Heinrich Steinfest
Der Mann, der den Flug der Kugel kreuzte

PIPER

Zu diesem Buch

Kann es sein, dass eine Stadt wie Stuttgart, in der Nüchternheit und Anstand regieren, sich in einen Käfig verwandelt? Einen Käfig, in dem hochnervöse Figuren in ein kriminelles Spiel geraten, das durch immer neue Regeln und Regelbrüche beschleunigt wird? Es kann! Stuttgart ist die Falle, in die alle tappen. Der Mann heißt Szirba. Er ist Auslandswiener und unschuldig. Als leicht verletzter Zeuge eines Verbrechens wird er ins Spital eingeliefert. Und muss bald feststellen, dass man ihn lieber tot als verletzt sehen möchte. Seine Flucht entwickelt sich zum tragisch-komischen Parforceritt durch eine unwirkliche Stadt. Der andere Mann heißt Jooß. Er ist der Killer. Aber leicht hat er es auch nicht. »Ich will nichts beschönigen: Ich töte Menschen. Menschen, die es vielleicht verdient haben, vielleicht nicht. Ich bin nichts anderes als ein Kellner, der ein Essen serviert, an dem einer stirbt. Ich wähle das Opfer nicht aus, wie der Kellner nicht bestimmt, wer das Lokal betritt.«

Heinrich Steinfest wurde 1961 geboren. Albury, Wien, Stuttgart – das sind die Lebensstationen des erklärten Nesthockers Heinrich Steinfest, welcher den einarmigen Detektiv Cheng erfand. Heinrich Steinfest wurde mehrfach mit dem Deutschen Krimi Preis ausgezeichnet, erhielt den Stuttgarter Krimipreis 2009 und den Heimito von Doderer-Preis. »Ein dickes Fell« wurde für den Deutschen Buchpreis 2006 nominiert. Zuletzt erschien sein Roman »Der Allesforscher«.

Heinrich Steinfest

DER MANN,
DER DEN FLUG DER
KUGEL KREUZTE

Kriminalroman

Piper München Zürich

Mehr über unsere Autoren und Bücher:
www.piper.de

Von Heinrich Steinfest liegen bei Piper vor:
Cheng. Sein erster Fall
Tortengräber
Der Mann, der den Flug der Kugel kreuzte
Ein sturer Hund. Chengs zweiter Fall
Nervöse Fische
Der Umfang der Hölle
Ein dickes Fell. Chengs dritter Fall
Die feine Nase der Lilli Steinbeck
Mariaschwarz
Gewitter über Pluto
Gebrauchsanweisung für Österreich
Batmans Schönheit. Chengs letzter Fall
Die Haischwimmerin
Wo die Löwen weinen
Der Allesforscher

Ungekürzte Taschenbuchausgabe
1. Auflage Juli 2008
5. Auflage Oktober 2014
© 2008 Piper Verlag GmbH, München
Erstausgabe: Verlagsgruppe Lübbe GmbH & Co KG,
Bergisch Gladbach 2001
Umschlaggestaltung: semper smile, München
Umschlagabbildung: Busse Yankushev/plainpicture
Satz: Filmsatz Schröter, München
Gesetzt aus der Sabon
Papier: Munken Print von Arctic Paper Munkedals AB, Schweden
Druck und Bindung: CPI books GmbH, Leck
Printed in Germany   ISBN 978-3-492-24895-2

*Ich glaube, dass ich ein Supermann bin,
den man nicht verletzen kann. Meine Familie
sieht das aber anders.*

Larry Holmes bei seinem Rücktritt im Alter von 46 Jahren

*ich tauchte
in die schweren silbernen vorhänge
des januars
der eiswind
sang mir seine todesweise*

Winterlied, Rudolf Kraus

Diese Geschichte spielt im Januar 1999. Die handelnden Figuren sind frei erfunden. Dass es lebende Personen gibt, die in Unkenntnis dieses Romans Unarten an den Tag legen, die der Autor – in Unkenntnis dieser Personen – beschrieben hat, ist ein Zufall, aber ein sehr wahrscheinlicher.

Lustig in die Welt hinein
gegen Wind und Wetter

Mut!, Winterreise, Franz Schubert / Wilhelm Müller

1 | Der Wiener

Da stand er wieder. Seit ich vor anderthalb Jahren nach Stuttgart gezogen war, beobachtete ich ihn. Diesen Herrn, der wohl auf das Pensionsalter zuging, tatsächlich ein Herr, wie ich mir einen vorstellte: stets elegant gekleidet, jedoch ohne eine Spur von Auffälligkeit, ein Klassiker von einem Menschen, dessen gerade Körperhaltung und hagere Gestalt ihn größer erscheinen ließen. Wenn man sein längliches Gesicht betrachtete, konnte man sich gut ein Monokel darin vorstellen, aber wenn ihm überhaupt etwas Dandyhaftes anhaftete, dann war es der schmale Schnurrbart, der wie ein dunkel eingefärbter Balken die beträchtlich aufragende Nase unterstrich, darunter sich eine Summe aus dünnen Lippen und einem Sockel von einem Kinn ergab. Und wirklich erschien mir sein Gesicht wie eine Rechnung, die stimmte.

Freilich war es nicht physiognomische Algebra, die mein Interesse erregte, sondern der Umstand, dass dieser Mann einer Leidenschaft frönte, der ich selbst anhing. Die meisten Leute würden wohl weniger von einer Leidenschaft sprechen, eher von einer Zwangsneurose. Oder sie würden sogar so weit gehen, meine Handlung als eine merkwürdige Form von Verbrechen zu bezeichnen. Ein verbrecherisches

Tun mittels Umkehrung. Man könnte sagen: ein Abgabedelikt. Wissenschaftlich gesehen, handelt es sich wohl um das verwandte Gegenstück zur Kleptomanie, um den krankhaften Trieb der Zuführung, Vermehrung, Komplettierung.

In einem Alter, da andere Kinder in einer Art krimineller Sozialisation begannen, sich in Supermärkten und Warenhäusern um Süßigkeiten und Kleinstspielzeug zu bereichern und solcherart die Dramatik eines rechtlosen Daseins zu erfahren, sperrte ich mich gegen diverse Anstiftungsversuche. Weniger aus Angst oder gar moralischen Zweifeln – es lag mir einfach nicht. Und als ich einst im Schlepptau meiner diebischen Freunde in einer Süßwarenbude stand, wie es sie damals noch gab und die zumeist von nahezu blinden älteren Damen geführt wurden, da überkam es mich. Ich griff in die Tasche, zog ein zuvor legal erstandenes Stück Kaugummi heraus und deponierte es – mit denselben Mitteln der Vertuschung, mit der die anderen stahlen – in einer Schachtel, in der sich ebenfalls Kaugummis befanden. Was für ein Erlebnis! Endlich hatte auch ich meine gewohnheitsverbrecherische Ader entdeckt. Was gleichzeitig einen Ausbruch aus der Normalität bedeutete. Mir wurde bewusst, dass ich anders war. Dabei erschien mein Tun mir in keiner Weise weniger anstößig als ein Diebstahl. Störend empfand ich jedoch, dass es gleichsam folgenlos blieb. Schließlich besteht ein Reiz derartiger Unternehmungen darin, dass die Tat später entdeckt wird, ohne sie jedoch mit dem eigentlichen Täter in einen Zusammenhang bringen zu können. Ein völlig unentdecktes Vergehen hingegen besitzt die Wirkung eines Bildes, das nie gemalt wurde. Weshalb ich auf die Idee verfiel, in den Regalen der Märkte und Geschäfte Produkte unterzubringen, die dort nichts verloren hatten, also möglicherweise auffallen würden. Das ist nun ein entscheidender Punkt. Würde man etwa einen Schuh zwischen Schokoladetafeln stellen, wäre dies eine bloße Karikatur des eigenen Triebes, zudem eine wirkliche Unart, da Schuhe in der Nähe von Nahrungsmitteln nichts zu suchen haben. Es geht vielmehr darum, eine mitgebrachte Schokolade unter die angebotene Schokolade zu schwindeln, wobei jedoch die Marke der hinzugelegten Tafel in dem betreffenden Geschäft gar nicht verkauft wird. Da meine Verwandtschaft dem gehobenen Mittelstand angehörte und mich zu diversen feierlichen Anlässen mit qualitativ eher hochstehender Ware versorgte, war es mir vergönnt, selbige in Billigläden unterzubringen. Missverständnisse drängten sich auf. Und tatsächlich wurde ich einmal ertappt, als ich versuchte, ein von meiner Tante mütterlicherseits in England erstandenes Modellauto in einer Anhäufung von Matchbox-Autos abzulegen. Der Unterschied zwischen dem sehr fein gearbeiteten Winkelmann-Lotus-59-Cosworth, den ich noch immer in der Hand hielt, und den anderen Gefährten war natürlich eklatant, wollte dem in seinem Eifer blinden Warenhausdetektiv jedoch nicht auffallen. Mir selbst fehlte sowohl die rhetorische Gabe als auch der Wille, ihn darauf aufmerksam zu machen. Ich verhielt mich ordnungsgemäß, brach in Tränen aus und flehte ihn an, meine Eltern aus dem Spiel zu lassen. Selbige erschienen eine Stunde später in dem kleinen Raum, in den man mich gesetzt hatte. Der Detektiv sprach von Anzeige. Mein Vater beachtete ihn nicht einmal, verlangte den Geschäftsführer zu sprechen, als wolle er sich über eine Nachlässigkeit beschweren. Das war seine Art, mit Subalternen umzugehen, die selten ihre Wirkung verfehlte. Der Geschäftsführer erschien. Mein Vater benötigte ein paar Minuten, dann konnten wir gehen. In solchen Dingen war er ungemein souverän.

Da meine Eltern Ende der Sechzigerjahre auf der Höhe der Zeit zu sein pflegten, ersparten sie mir Predigten und Sanktionen, nicht jedoch den Besuch eines Psychologen. Seine Freundlichkeit und grundsätzliche Bereitschaft, meine angebliche Fehlleistung zu tolerieren und als das Signal eines Sprachlosen zu begreifen, sowie die Art dieses Mannes, mich wie einen Erwachsenen zu behandeln, der ich ja nicht war, waren mir nicht geheuer. Was mich dazu veranlasste, an diesem Ort der Beichte, der Sündenerkenntnis und Sündenvergabe (so verstand ich ihn), nicht von meiner Leidenschaft zu sprechen und auf dem Spannungsmoment eines Diebstahls zu bestehen. Und gleichzeitig darauf zu beharren, es nie wieder tun zu wollen. Mir schien, dass ich den Psychologen mit einem solchen Gelöbnis enttäuschte.

Dass man zu Hause nunmehr verstärkt bemüht war, auf mich einzugehen, empfand ich als Belastung. Auch dass mein Umfeld (offensichtlich auf Empfehlung des Psychologen) sich dazu zwang, mich nicht mehr mit exklusiven Geschenken einzudecken, mir dieserart also das notwendige Material für meine Arbeitsweise vorenthielt. Glücklicherweise nahm der Druck der Einfühlsamkeit, der auf mir lastete, bald wieder ab und die Gabenfreudigkeit der Verwandtschaft wieder zu, da sie schlichtweg begriff, dass es zu wenig war, bloß sich selbst mitzubringen.

Ich möchte behaupten, dass ich durchaus normal aufwuchs, in dem Sinn, dass ich beim Fußball nicht im Tor stehen musste, meine Freizeit zusehends dem anderen Geschlecht widmete (ohne dabei zu gesunden, im Gegenteil) und schließlich ein Studium absolvierte, und zwar Architektur, als Kompromiss zwischen brotloser Schöngeistigkeit und der väterlichen Empfehlung, das Abenteuer des Welthandels kennenzulernen. Mein geheimer Trieb blieb unentdeckt, was mir als der eigentliche Kern eines jeden wirklichen Triebes erscheint: unentdeckt zu bleiben. Aber eben nicht unausgelebt. Freilich versuchte ich Steigerungen, weg vom reinen Warenhausdelikt, teils riskante Manöver, etwa indem ich die gut bestückte Glaskugelsammlung der Mutter einer Freundin um zwei passende Exemplare bereicherte. Als ich das nächste Mal zu Besuch kam, waren die beiden Stücke verschwunden. Doch geredet wurde davon nicht. Den meisten Leuten schienen solche Entdeckungen peinlich, als zweifelten sie an ihrem Verstand. Auch geriet ich nie in Verdacht, zumindest in keinen, welcher ausgesprochen wurde. Mein Meisterstück, wenn ich das sagen darf, war sicherlich die Unterbringung einer kleinen Handzeichnung von Wilhelm Busch in einer Münchner Galerie (deren Namen ich verständlicherweise nicht nennen kann). Ich riskierte wahrlich Kopf und Kragen, als ich in einem unbeobachteten Moment einen Nagel in die Wand schlug, dort, wo nahe einer Ecke noch genügend Raum war, und die gerahmte, monogrammierte und betitelte Zeichnung platzierte, ein Original, das meine Großmutter mir als einziges Stück vermacht hatte. Eine Fälschung wäre für mich nicht infrage gekommen. Unbehelligt verließ ich die Galerie. Und erdreistete mich, sie tags darauf nochmals aufzusuchen. Das Bild hing an derselben Stelle, nun wiederum durch den Galeristen komplettiert, der neben dem Bild eine Nummer angebracht beziehungsweise selbiges in seine Preisliste aufgenommen hatte. Übrigens ein Betrag, der mich kurz an meiner Handlung zweifeln ließ. Aber das war es wert gewesen. Der Preis entsprach der Tat. Zu dem Galeristen ist zu sagen, dass er wohl zu jenen Geschäftsleuten gehörte, die es verstehen, ein Geschenk anzunehmen. Oder eben einer war, der die eigene Vergesslichkeit nicht weiter tragisch fand. Eine Aktion in dieser Größenordnung wiederholte ich nicht. Dazu fehlte es mir an Kapital wie an Risikobereitschaft.

Sieben Uhr abends. Der Mann stand vor den Kochbüchern. Ich war gespannt, was für einen Band er dazulegen würde. Natürlich etwas, das mit Kochen zu tun hatte. Er verhielt sich stets korrekt, keine Übertreibungen, eben nicht der Schuh in der Schokolade. Also keine Philosophie zwischen Schauspielerporträts, keine Naturwissenschaft zwischen Lyrik, wenngleich er zu einer gewissen Ironie neigte, indem er einmal mittels eines dünnen Buches von Klaus Mann in die massive Phalanx der gesammelten Werke Karl Mays eingebrochen war, oder jüngst, als er einen Band, der das Verhältnis zweier führender sozialdemokratischer Politiker romanhaft behandelte, mit Ian McEwans *Schwarze Hunde* abgedeckt hatte. Diesbezüglich war ihm einiges zuzutrauen. Auch dass er jetzt ein seltenes, wertvolles Exemplar von »Kochen mit Blausäure« aus seiner Tasche ziehen und zwischen »Kochen mit Kindern« und »Kochen mit dem Wok« deponieren würde.

Das Geschäft befand sich in der Halle des Hauptbahnhofs, die Dependance einer großen Verlagsbuchhandlung. Jetzt im Januar ein durchaus gemütlicher, weil gut beheizter Ort. Auch ein moderner Ort, wo es nicht einfach war, unbezahlte Ware hinauszuschmuggeln. Aber es gab ja Leute, die es andersherum versuchten. Hier hatte ich den Mann das erste Mal gesehen, vor eineinhalb Jahren, in der zweiten Woche meines Aufenthalts. Es sollte mein erster Versuch in dieser neuen Stadt sein, *etwas zuzufügen* (so nenne ich das; ein Analytiker hätte wohl seine Freude an diesem Ausdruck). Offensichtlich beutelte mich bereits das Heimweh, denn es handelte sich um eine populär-avantgardistische Wiener Meisterschrift, die ich zwischen zwei baden-württembergische Fotobände schmuggeln wollte. Als ich mich vorsichtig umschaute, bemerkte ich den anderen, genau in dem Moment, da er in aller Ruhe, jedoch mit der Rasanz und Fertigkeit des Taschendiebs, ein Buch aus der Sakkotasche zog und es auf einen Stapel legte – wie einer, der es sich gerade anders überlegt hat, so, als wolle er die Ware doch nicht erstehen. Dann schlenderte er aus dem Buchladen, wobei er noch einige Blicke auf die Regale warf. Ich konnte mir nicht sicher sein, zudem war der Gedanke neu, dass noch jemand dem Zwang des Zufügens unterstand. Also ließ ich die Wiener Meisterschrift in meiner Mappe und ging hinüber, um mir das Buch anzusehen, das der andere abgelegt hatte. Es handelte sich um Stendhals *Le Rouge et le Noir*, eine Ausgabe im Original aus dem Jahre 1967, also wohl kaum aus dem Bestand einer Bahnhofsbuchhandlung. Deponiert hatte er das gute Stück auf einem Werk der Trivialliteratur, das ebenfalls von erotischen Verwicklungen zur Zeit der französischen Restauration handelte. Weshalb ich zunächst annahm, es hier möglicherweise bloß mit einem Gegner seichter Unterhaltung zu tun zu haben, der solcherart seinem Protest Ausdruck verlieh. Doch als ich den Mann Wochen später wiedersah, ihm durch ein Kaufhaus folgte und dabei beobachtete, wie er mit der gleichen Raffinesse eine alte Aktentasche unter edle Lederstücke mischte (was übrigens Stunden später einen blinden Bombenalarm zur Folge hatte), war mir klar, dass es sich um einen Gleichgesinnten handelte. Und auch die Bücher betreffend ging es ihm nicht um Standesdünkel, sondern um Witz. Das erkannte ich, nachdem er in einem Antiquariat neben Musils *Der Mann ohne Eigenschaften* ein altes Wiener Telefonbuch abgelegt hatte. Was mir die vage Hoffnung gab, er sei ein Landsmann. Natürlich blieb ich auf Distanz. Auch unterließ ich es, meiner Leidenschaft in jener Bahnhofsbuchhandlung zu frönen, in der ich ihn des Öfteren sah. Das war sein Platz, auch wenn er zumeist bloß herumstand, den Körper gerade hielt und mit geneigtem Kopf das Angebot betrachtete – schließlich stiehlt man auch nicht jeden Tag. Wie ich selbst trug er stets eine Tasche, schien ebenfalls gerade von der Arbeit zu kommen oder auf einen Zug zu warten.

Eine solche Tasche hatte er auch jetzt bei sich, als er vorgab, einer recht fülligen Person Platz zu machen. Er tat es mit einer großzügigen Geste, während er gleichzeitig, sozusagen im Schutz der Geste, einen großformatigen Band aus seiner Aktentasche zog, nun darin blätterte, interessiert tat, schließlich enttäuscht schien und die Lektüre zwischen den Kochbüchern deponierte. Ich stellte mich neben einen Angebotstisch mit Kunstbüchern, keine zwei Schritt von ihm entfernt. Noch nie war ich so nahe an ihn herangekommen, vergaß mich und starrte unverwandt in seinen Rücken. Mit einer Bewegung, die gleichzeitig rasch, aber ohne jede Hektik war, drehte er sich zu mir. Erst jetzt erkannte ich, dass er einen leichten Silberblick hatte, das rechte Auge ein wenig nach außen abwich. Übrigens änderte das nichts daran, dass die Rechnung in seinem Gesicht aufging.

Einen Moment meinte ich, er blicke mich strafend an, als gehöre es sich nicht, dass ein Täter dem anderen bei der Arbeit über die Schulter schaut; dann aber deutete er ein Lächeln an, nickte mir zu wie jemandem, den er vom Sehen kannte, und widmete sich wieder der ausgestellten Ware.

Der Aufschrei einer Verkäuferin riss mich aus meinen Überlegungen. Im Eingangsbereich stand ein junger Kerl, keine achtzehn. Eine Menge solcher Typen lungerten auf

dem Bahnhofsgelände herum, mit verkehrt herum auf-
gesetzten Baseballkappen, wuchtigen Basketballschuhen
und schwarzen Lederjacken, die wie offene Zwangsjacken
von den schmächtigen Körpern hingen. Die meisten Leute
waren der Ansicht, dass die Seelen dieser Jugendlichen ver-
mint waren und es besser sei, solche Problemfälle für alle-
zeit aus dem Verkehr zu ziehen. Nun, der hier gab sich
redlich Mühe, die pädagogischen Forderungen der Mehr-
heit zu begründen, nicht nur seines Aussehens wegen – etwa
der schmucken Narbe, die quer über beide Wangen verlief,
was seinem südländischen Gesicht einen schrumpfkopf-
artigen Charakter verlieh –, sondern vor allem, da er eine
Pistole in der ausgestreckten rechten Hand hielt und damit durchaus die abendliche Geschäftstätigkeit störte, wie
überhaupt den Frieden, der in den Herzen der Menschen
brodelte. Noch immer brodelte, oder eigentlich schon wieder, nachdem dieser Friede kurz zuvor übergelaufen war,
wie stets am Heiligen Abend.

Obwohl der Junge neben der Kasse stand, hielt er die
Waffe nicht der Angestellten unter die Nase, sondern hatte
sie in den Raum hinein gerichtet und zielte ... nun, er
zielte nicht in der Gegend herum, sondern drückte auch ab,
denn wegen der Kasse oder eines Buches war er nicht gekommen.

Es war ein Reflex. Ich rede von mir. Der Reflex des
guten Menschen? Der Reflex, der wie ein unverrückbarer
Schrank auch in einem furchtsamen Gemüt steckt? Ich
glaube nicht, dass ich für jeden x-beliebigen Passanten
mein Leben riskiert hätte. Aber immerhin bewunderte ich
diesen Mann, der mit solcher Bravour Waren in das Angebot hineinzuschmuggeln verstand. Sein Augenleiden, das
ich soeben entdeckt hatte, rührte mich, während die Gestalt
im Ganzen mir Respekt abverlangte. Ist das ein Grund?

Ein Grund dafür, in dem Moment, da eine Kugel abgefeuert wird, sich nicht von jener Person abzuwenden, der diese Kugel gilt, sondern auf sie zuzustürzen, mit ausgebreiteten Armen, um sie aus der Schusslinie zu befördern? Genau das tat ich. Denn der, dem die Kugel galt, merkte es nicht, schaute weiter auf die Kochbücher, schien den Schrei nicht gehört zu haben. Alles ging sehr schnell. Aber ich erreichte ihn, und zwar rechtzeitig, sodass ich ihn gegen ebenjene Kochbücher schleuderte. Dort, wo die Kugel in den Mann hätte dringen sollen, befand ich mich nun selbst, glücklicherweise jedoch nicht mit lebenswichtigen Teilen meines Körpers, sondern bloß mit der linken Hand. Das Projektil trat zwischen den Ansätzen von Daumen und Zeigefinger ein und fuhr durch das Daumensattelgelenk – kein echtes Hindernis, weshalb die Kugel auf der anderen Seite wieder austrat und mit geminderter, aber noch beträchtlicher Geschwindigkeit in den Brustkorb eines Mannes eindrang, der möglicherweise erstarrt oder in die falsche Richtung geflüchtet war, auf jeden Fall so stand, dass die Kugel einen Schusskanal bilden konnte und erst stecken blieb, nachdem sie seine Lunge erreicht hatte. Der Mann hatte mit der Sache nicht das Geringste zu tun. Wonach keine Kugel fragt. Er starb. Woran ich schuld bin. Möglicherweise sogar in zweifacher Hinsicht. Einmal, da ich das eigentliche Opfer aus der Bahn gedrängt hatte. Durchaus löblich. Aber dann hätte ich wenigstens so gut sein können, selbst getroffen zu werden, und zwar entscheidend, nicht bloß mit der Lächerlichkeit der eigenen Hand. Später kam mir sogar der Gedanke, dass ich durch mein Eingreifen die Kugel auf eine Weise abgelenkt hatte, dass sie gerade dadurch an einer so ungünstigen Stelle oder, anders gesagt, in einem ungünstigen Winkel in den Unschuldigen gefahren war.

Ich presste den Körper auf den Boden – überzeugt, dass der Herr, der jetzt in den Kochbüchern lag, trotz meines Einsatzes getroffen worden war. Dass dies vielmehr für einen anderen Herrn hinter mir galt, war mir zu dem Zeitpunkt noch nicht bewusst, auch befand ich mich in Unkenntnis der eigenen Verletzung, die ich noch nicht spürte (sie wird sich in dieser Geschichte noch deutlich bemerkbar machen – man soll nicht glauben, was so ein kleines, weggeschossenes Stück Fleisch wert ist).

Der Junge hatte einen einzigen Schuss abgegeben, fuchtelte mit der Waffe und schien zu überlegen, ob das auch genüge. Gut möglich, dass er in dem Durcheinander glaubte, den Richtigen getroffen zu haben. Auf jeden Fall war er kein eiskalter Profi. Er entschloss sich zum Rückzug und rannte durch die automatisch sich öffnende Tür. Deutlich drang der Lärm der Erregung in den Raum, die üblichen Haltet-das-Schwein!-Rufe von Leuten, die lieber stehen blieben und wohl auch kaum geschrien hätten, wäre ihnen die Waffe in der Hand des Davoneilenden aufgefallen. Auch von denen, die auf dem Boden der Buchhandlung lagen, rührte sich keiner. Der Schütze war draußen, das war gut so, das war die Hauptsache. Es herrschte eine merkwürdige Ruhe, als lauschten alle dem Quell austretenden Blutes. Man hätte meinen können, die Leute würden am liebsten ein wenig über die Sache schlafen. Wurden jedoch aufgeschreckt, als nun aus der Halle eine Reihe von Schüssen zu hören war. Die meisten sprangen auf, denn Neugier geht vor Angst. Sie drängten sich nahe dem Eingang und blickten hinüber zur Ostseite. Wie ferngesteuert war ich mit dem Pulk mitgezogen, vergaß, nach dem Herrn zu sehen, dem mein Rettungsversuch gegolten hatte, zwängte mich hinaus, streckte den Kopf, erblickte aber nicht viel mehr als einige Polizeibeamte, die auf der

Höhe des Abgangs ein grünes Knäuel bildeten. Ein Bahnbediensteter drängte die Gaffer zurück, schrie über deren Köpfe einem Kollegen etwas zu. Was ich aus dem Gewinde aus Lauten heraushörte, das war: »... Sauhond erwischd ...« Dies erinnerte mich daran, dass möglicherweise ebenjener Sauhund meinen unbekannten Freund verletzt oder getötet hatte. Ich trat zurück in den Laden, wo nur mehr wenige Leute standen. Einige hielten einander fest. Es war wie das Schluchzen aus einer verschlossenen Lade. – Da lag er. Jemand kniete neben ihm, schüttelte den Kopf. Dann schaute ich genauer hin. Er befand sich nicht bei den Kochbüchern, sondern ein Stück weiter hinten, auf der Höhe der Stadtpläne und Straßenkarten, neben seinem Kopf eine karierte Cordmütze. Er besaß ein feistes Gesicht, das nun wie eine umgekippte Torte schräg gestellt auf dem Boden klebte. Der Anblick der Blutlache ließ mich wanken. Ich weiß nicht, warum, aber wenn ich Blut sehe, habe ich diesen süßlichen Geschmack auf der Zunge. Der Geschmack ist nicht das Problem, sondern das Gefühl, Blut im Mund zu haben.

»Das ist er nicht«, sagte ich laut. Weshalb man zu mir herschaute.

»Großer Gott, Ihre Hand!«, rief jemand. Aber ich schaute mich nach dem Mann um, für den ich mein Leben riskiert hatte. Offensichtlich nicht umsonst, denn er war verschwunden.

In diesem Zustand der Ratlosigkeit kam ich so weit zur Ruhe, dass ich mich fragte, was der Hinweis auf meine Hand zu bedeuten habe. Und spürte auch schon den Schmerz, der sich beim Anblick der Wunde verdichtete wie auch der Geschmack von Blut in meinem Mund. Zum fremden nun auch das eigene, was meine Übelkeit nicht verringerte. Das Bild, das ich noch sah, gehörte schon nicht mehr zur realen Welt. Ich kannte dieses Bild aus meinen Träumen: Ein Ei öffnet sich, darin ein zerstückeltes … Dann kippte ich um. (Das Interessante an dem Ei war weniger der blutige, aber doch recht konventionell horrible Anblick als vielmehr der Umstand, dass dieses Ei in der Mitte und an den Polen aufgeschraubt werden konnte, obwohl es sich mit Sicherheit um ein natürliches Hühnerei handelte. Das war der eigentliche Schrecken. Eine Natur, die sich ohne jedes menschliche Zutun Marktgesetzen unterwarf.)

Als ich zu mir kam, lag ich bereits auf einer Trage, schaute hinauf zur Deckenkonstruktion der Bahnhofshalle, die ich jetzt noch monumentaler erlebte. Dann schob sich ein Kopf dazwischen. Ein Mensch mit Brille und weißem Kragen sah mir in die Augen, als suchte er darin eine Unregelmäßigkeit, die es zu beschreiben galt. Ich spürte die Hektik um mich herum, auch die eigene Bedeutung, die mir meine exklusive Lage verlieh; ich vermeinte sogar, einzelne Beifallsrufe zu vernehmen. Die dachten wohl, ich hätte die Kugel des Jungen absichtlich mit der Hand abgefangen.

Man hob mich in einen Rettungswagen, wo ich nie zuvor gelegen hatte. Drei Leute stiegen zu mir ein. Ich fand es eng. Und ich fand, dass es nach Zigaretten roch. Was ich nicht ansprechen wollte. Ohnehin wurde nichts geredet, eigentlich auch nichts getan. Na gut, es war ja bloß meine Hand verletzt, und der Einsatz der Sirene beim Losfahren galt vermutlich weniger mir als dem Vorfall an sich. Immerhin meinte ich trotz kurzer, ruhiger Fahrt mehrere Male das Bewusstsein zu verlieren. Vielleicht war da eine zweite Kugel, die ich nicht bemerkt hatte, die keiner bemerkt hatte.

Sie schoben mich durch lange Gänge. Alles wie im Fernsehen, wo man ja auch stets die Perspektive des Patienten zu sehen bekommt, halbe Gesichter, drittel Gesichter, hin

und wieder einen Arm, beruhigende Worte, dahinschie-
ßende Neonröhren. Ganz so schnell ging es hier nicht. Die
Neonröhren schossen nicht, sondern schwammen gemäch-
lich vorbei. Auch sprach noch immer keiner. Und es schien
sich nicht gerade um das neueste Spital zu handeln. Ver-
gilbte Wände. Krankes Licht. Kaum Farbgestaltung. Sie
ließen mich in einen Operationssaal gleiten. Saal ist übertrieben. Mehr ein Hobbyraum mit Tageslichtlampe. So
hatte ich mir früher den Ostblock vorgestellt, Chirurgie
als Höhepunkt improvisatorischer Kunst. Überall Mangel,
überall Vorsintflut. Deshalb Mikroben, deshalb Ampu-
tationen et cetera. War es möglich? Lag ich im Hauptstätter Hospital? Einem Bau in bester Lage, dessen Architektur allerdings an jene Wohnanlagen erinnerte, die von
den Rändern unserer Städte wie Nesseln abstehen, um wen
auch immer abzuschrecken. Der Ruf dieses Krankenhauses
war geprägt durch seine psychiatrische Abteilung. Doch
auch als schlichter Unfallpatient eingeliefert zu werden,
galt als Unglück, da einigen Ärzten der Ruf der Lässigkeit anhing, der operativen Lässigkeit. Klatsch machte die
Runde von verschwundenen Organen, vergessenen Zan-
gen, von Patienten, die wegen erkrankter Herzkranzgefäße
gekommen und in der Psychiatrie gelandet waren, natürlich auch von Krankenschwestern, die kein Pardon kannten. Auch wenn einst ein berühmter und angefeindeter
Regisseur sich hier hatte behandeln lassen (die Leute behaupteten, dass man es ihm auch ansehe), ein ehemaliger
Stararchitekt von »grandioser Medizinmaschine« gesprochen hatte und der Haupttrakt unter Denkmalschutz stand,
waren viele Stuttgarter nicht davon abzubringen, den ganzen Komplex als einen »irren Bau« anzusehen.

Ich lag da und blinzelte in die Leuchte. Wieder schob
sich ein Kopf dazwischen. Das Gesicht des Chirurgen. Ich

glaubte es jedenfalls an seinem zufriedenen Ausdruck zu erkennen. Einer von der spaßigen Sorte, der mit gespielter Hochachtung die Verletzung meiner Hand betrachtete, als hätte ich sie mir selbst zugefügt, und zwar mit Feingefühl und Kunstverstand. Und das nur, um ihm, dem Herrn Doktor, eine Freude zu bereiten.

»Also«, rief er jemandem zu, der hinter mir stand, »Vorhang runter.«

Der Angesprochene stülpte mir die Narkosemaske über und bat mich, rückwärts zu zählen. Warum rückwärts?, fragte ich mich. Gab es dafür einen stichhaltigen Grund, oder handelte es sich bloß um ein Zitat? Ein Anästhesist zitierte den anderen, eine reine Usance, so wie das umgehängte Stethoskop von Internisten, eine Kostümierung, mit der sie ihr Publikum unterhielten und …

Irgendwann in der Nacht schlug ich die Augen auf. Es war rein gar nichts zu sehen. Aber meine Hand spürte ich. Und wie. Als hätten sie mir alle Finger gebrochen und zu einem Zopf gebunden. Sie hatten mich verstümmelt und dann in den Keller geschoben. Niemand würde sich nach mir erkundigen. Ich war Österreicher, aber trotzdem unbeliebt. Auch bei meiner Frau. Sie würde nicht einmal …

»Guten Morgen, Herr … Szirba.«

Mein Name ging dem Mann nicht leicht von der Zunge. Das war ich gewohnt und ließ sämtliche Aussprachen zu. Es wäre unvernünftig gewesen, einen Einheimischen über die richtige Aussprache meines Namens unterrichten zu wollen. Der schwäbische Mensch liebt die Belehrung, die ausgeführte, nicht die angenommene. Sind die Schwaben untereinander, so belehren sie quasi in den leeren Raum hinein. Ihre verbalen Auseinandersetzungen vermitteln das Bild von Duellanten, die in entgegengesetzte Richtungen feuern, und zwar Rücken an Rücken, jedoch nichtsdestoweniger hasserfüllt, möglicherweise in der Hoffnung, das Geschoss würde nach einer Erdumdrehung den Kontrahenten treffen. Seitdem ich in dieser Stadt lebte, hielt ich mich zurück, blieb vermeintlich meinungslos, lachte, wo Lachen angebracht schien, bewegte mich nickend durch mein Arbeits- und Privatleben, lobte alles Inländische, leider jedoch unsicher, wo das Inland begann und wo es endete. Und legte auch eine gewisse Begriffsstutzigkeit an den Tag, wie man sie hier, wenn auch in Maßen, bei Ausländern gern antrifft. Es ist wie wahrscheinlich überall auf der Welt. Der Schwabe, ein wenig träge und langsam, hält sich gern für flink. Nur zu verständlich, dass er im eigenen Land darüber bestimmen möchte, wer hier langsam ist. Also: Ich bevorzugte es, Problemen aus dem Weg zu gehen. – Warum hatte ich dann in die Flugbahn dieser Kugel gegriffen?

Der Mann, der neben meinem Bett saß, war Hauptkommissar, eine nicht weiter auffällige Gestalt mit halbierter Haarfülle, aber gepflegten Zähnen, nicht eigentlich fett, jedoch mit einem direkten Übergang vom Kinn zum Halsansatz. Er schien mir einer dieser Leute zu sein, die nie in ihre Anzüge hineinpassen, sich aber daraus nichts machen, wie sie sich überhaupt aus nichts etwas machen, abgesehen von ihrem Beruf, der sie von zu Hause fernhält. Er sprach Hochdeutsch, wurde dennoch nicht ungemütlich. Sein Name war Remmelegg. Wie die bayerische Alp, erklärte er mir, von der er jedoch nicht stamme, sondern aus Heidelberg, und eigentlich müsste er Remmele heißen. Aber sein Großvater habe 1934 – nach nicht geringen Bemühungen – die deutsche Bürokratie überzeugen können, dass es auf zwei lächerliche g kaum ankomme und man nicht verlangen könne, dass er, Heinz-Eugen Remmele, weiterhin denselben Namen wie jener Hermann Remmele trage, der einst Vorsitzender der KPD und hoher Kominternler gewesen war. Zwar lebte der Kommunist seit 1932 in Moskau, war ein Jahr zuvor in die russische Mühle geraten und sämtlicher Funktionen enthoben worden, doch der Ärger des Heinz-Eugen war dennoch so beträchtlich, dass er lieber zum bayerischen Klang wechseln wollte, als weiterhin mit einem dunkelrot befleckten schwäbischen Namen leben zu müssen. Und dass Hermann Remmele nicht einmal mit den Bolschewisten auskam, wertete er als letzten Beweis für die Schlechtigkeit dieses Kommunisten. Obwohl dem Heinz-Eugen damals auch die Nazis zu sehr nach Gosse rochen (April 1934, noch marschierte Röhm), verdankte er ihnen die ersehnte Änderung seines Namens.

»So ist das Leben«, sagte Remmelegg, »der Mann ist erst vor zwei Jahren gestorben, vierundneunzigjährig. Nicht der Hermann, natürlich nicht, nicht unter Stalin, da war neununddreißig Schluss, sondern mein Großvater. Rüstig bis ins hohe Alter. Und stolz. Auf seinen Namen natürlich. Damit konnte er uns ganz schön auf die Nerven gehen. Ich weiß nicht, so alt möchte ich eigentlich nicht werden. Sie? – Entschuldigung, das ist eigentlich nicht die Frage, die ich Ihnen stellen wollte.«

Derartiges war ich gewohnt. Schwaben mussten sich erst einmal warmreden, am besten, indem sie von etwas ganz anderem als dem Eigentlichen sprachen. Immerhin, Remmelegg brauchte nicht allzu lange, um zur Sache zu kommen. Der Mann mit dem Lungenschuss war tot. Ebenso der Attentäter, übrigens ein Kind griechischer Einwanderer. Ein Polizist, der in der Bahnhofshalle gestanden war, hatte ihn verfolgt und nach zwei Warnschüssen niedergestreckt.

»Das ist natürlich bedauerlich«, meinte Remmelegg, »ich hätte schon ganz gern gewusst, was den Jungen zu sei-

ner Tat bewogen hat. Was wollte er eigentlich? Bücher
stehlen?«

»Die Zeit nach Weihnachten«, sagte ich.

»Wie?«

»Ist das nicht die Zeit, wo die Leute durchdrehen?«

»Dafür ist jede Zeit gut.«

Eine Weile schwiegen wir, als hätte der Niedergang der
modernen Gesellschaft uns zu denken gegeben. Remmelegg erhob sich, machte einige Schritte durch den Raum, in
dem ich als einziger Patient lag, und blieb vor einem Kunst-
druck stehen.

»Die könnten sich wirklich mal überlegen, was sie auf-
hängen«, sagte Remmelegg. »Nichts gegen HAP Gries-
haber, immerhin Oberschwabe, aber der *Totentanz von
Basel* gehört nicht in ein Krankenhaus, nicht mal in dieses.«

Er kam zurück, schaute auf mich hinunter und erklärte:
»Sie wollten ihn schützen.«

»Wen?«

»Ich denke, den Toten. Wen sonst? Kannten Sie den
Mann?«

Ich traute Remmelegg nicht. Er war einer von diesen Leuten, die stets den Eindruck von Gleichgültigkeit vermitteln. Beamte ohne Ehrgeiz, die nur auf ihre Pensionierung
schielen, so scheint es. Wenn dann alle schlafen, schlagen
sie zu.

Ich wollte Remmelegg nicht sagen, was tatsächlich geschehen war. Wollte nicht von dem Mann sprechen, dem
eigentlich die Kugel gegolten hatte. Wollte nicht erzählen, warum ich diesen Mann beobachtet hatte. Remmelegg
hätte mich ausgehorcht, unangenehme Fragen gestellt. Ich
wäre nicht umhingekommen, von meiner eigenen »Obsession des Zufügens« zu reden. Aber lieber wäre ich gestor-

ben. Auch wollte ich nicht in irgendeine Kriminalgeschichte hineingezogen werden.

Ich sagte Remmelegg, dass ich den Toten nicht kannte. Diesbezüglich brauchte ich nicht einmal zu lügen. Was ich dann aber doch tat, indem ich erklärte, ich hätte niemals vorgehabt, jemanden zu retten. »Ich wollte flüchten«, schwor ich ihm, »offensichtlich in die falsche Richtung. Mir ist das eigentlich peinlich. Ich setze mich ungern in Szene. Ich bin der Typ, der sich aus allem raushält. Dieser Mann, der jetzt tot ist, er stand hinter mir, ich konnte ihn gar nicht sehen. Nein, glauben Sie mir, ich hänge an meiner Haut. Ich bin blöd, aber ich bin nicht dumm.«

»Sie meinen, Sie waren ungeschickt.«

»Ja«, sagte ich, erfreut, dass *er* es war, der mir erklärte, was ich meinte.

»Gut, Herr Szirba, ich will Sie nicht länger stören. Das war eine reine Formalität. Solche Dinge geschehen nun mal. Schießwütige Kinder, was kann man da machen? – Im Nebenzimmer wartet Ihre Frau. Sie hat mich um Rücksicht gebeten. Was ich durchaus verstehe. Ihre Frau weiß ja selbst am besten, wie die Medien arbeiten. Darum habe ich auch die Leute von der Presse nach Hause geschickt. Die müssen ja nicht alles erfahren. Ein Glück, dass Ihre Gattin einen anderen Namen trägt. Und Sie, Herr Szirba, wird man eben als todesmutigen Wiener bezeichnen. Lassen Sie uns Schwaben die kleine Freude. Das muss es auch geben dürfen: Ausländer mit Anstand. Und Ausländer, die nicht wie solche aussehen. Morgen ist der Vorfall ohnehin vergessen.«

Er schüttelte mir die Hand, was mich daran erinnerte, wie sehr die andere schmerzte, welche in dem Verband überraschend klein wirkte, als sei darunter lediglich der mumifizierte Rest der ehemaligen Pracht. Beim Hinausgehen ließ Remmelegg die Tür offen, durch die nun meine Frau trat, von der viele behaupteten, ich verdiente sie nicht. Sie arbeitete fürs Fernsehen, moderierte ein recht erfolgreiches Talk-Magazin, in dem bedeutende Menschen sich ständig ins Wort fielen, den Begriff der Moral strapazierten und gern die Köpfe schüttelten. Meine Frau saß in der Mitte und war hübsch anzusehen. Auch wirkte sie kompetent, indem sie ihre Fragen in einer Art stellte, als wüsste sie längst die Antworten. Was ja auch der Fall war. Jedoch keine Kunst. Und sie spielte die Schiedsrichterin. Hatte also darauf zu achten, dass die Lesung der Leviten im Rahmen zivilisierter Prügel blieb.

Marlinde trug eines von diesen hellen, steifen Kostümen, in denen die Damen aussehen, als kämen sie frisch aus dem Backofen.

»Idiot!«, sagte sie und blieb in der Mitte des Zimmers stehen, die Arme verschränkt, unter denen ein Kanister von Handtasche baumelte. »Ich glaub es einfach nicht. Was ist los mit dir? Wozu diese Übertreibungen? Musst du denn dämlicher sein als alle anderen? Spielst den Lebensretter, rettest aber niemanden.«

»Wär es dir lieber, ich wäre tot?«

»O Gott.«

Natürlich wäre es ihr lieber gewesen. Auch wenn wir uns kaum sahen, war ich der Klotz an ihrem Bein, talentlos, umfassend impotent, und zwar – wie sie mir vorhielt – mit Absicht und aus Überzeugung. Ein vierzigjähriger Architekt, der noch immer nicht baute, sondern auf Plänen Striche zog, die andere sich ausgedacht hatten. Man durfte sich also fragen, warum diese Frau mich genommen hatte. Sicher, damals war das beginnende Alter noch nicht wie ein Warnschild vor meinem Gesicht aufgeragt, und in meinen besten Momenten hatte mein Blick gewirkt, als wäre er auf das gerichtet, was die Leute eine Zukunft nennen.

Nach Stuttgart waren wir gezogen, da sie das Haus ihrer Eltern geerbt hatte, beste Lage, scheußlich eingerichtet, schreckliche Nachbarn. Es zu verkaufen, kam Marlinde nicht in den Sinn, nicht Papas Haus, nicht Mamas Vasen, die an jeder Ecke, jeder Kante wie aufgerichtete Zeigefinger standen. Ohnehin wollte sie, die Deutsche, weg von Wien und vom österreichischen Fernsehen, weg von Menschen, die ihr stets verbraucht erschienen und deren Lustigkeit sie für eine Art Kränkeln hielt.

Als Marlinde zum Star geworden war, hatte sie darauf geachtet, den Umstand ihres Verheiratetseins wie überhaupt ihr Privatleben (von dem auch ich recht wenig wusste) vor der Öffentlichkeit geheim zu halten. Gern ließ sie sich mit zwei Bernhardinern ablichten, zudem mit einem dreibeinigen Rehkitz und blinden Katzen. Weshalb ihr der Ruf anhing, nur für ihre Tiere zu leben. Was mich wunderte. Wir besaßen keine Bernhardiner. Auch keine blinden Katzen. Ich selbst hatte meine Frau nie mit irgendeinem Vieh gesehen. Und kannte ihre Abneigung gegen alles, was Haare verlor.

»Kannst du dir denken«, donnerte Marlinde (aber eben genau in jenem Tonfall, der eine Denkleistung meinerseits eigentlich ausschloss), »wie unangenehm es wäre, wenn die Presse herausbekommt, mit wem du verheiratet bist? Die reimen sich doch sofort eine unschöne Geschichte zusammen. Ein wahres Glück, dieser Kommissar. Ein diskreter Mensch.«

»Diskretion«, sagte ich und hob meine verletzte Hand, »das ist es, was mir fehlt. Ich bin doch wirklich so schamlos und lass mich in aller Öffentlichkeit von irgend so einem Lümmel anschießen.«

»Hör auf. Soweit ich weiß, hast du dich richtiggehend angeboten. Du hast ja diese Komödie auch nur deshalb überlebt, weil du wieder mal zu langsam warst. Schätzle, ich will ganz offen sein: Von mir aus bring dich ruhig um. Aber ... nimm – bitte – Rücksicht.«

»Versprech ich dir, mein Lämmle.«

Immerhin, es gab noch so etwas wie einen dümmlichen Humor zwischen uns. Nicht, dass sie mich jetzt küsste. Sie hatte den ganzen Tag mit einer Unmenge Menschen zu tun. Und nicht wenige davon musste sie auch küssen, Kolleginnen und so. Da wollte sie zu Hause etwas kürzertreten.

Marlinde sah auf die Uhr, seufzte, lächelte, und zwar schief. Legte mir noch eine Schachtel Zigaretten hin und war auch schon verschwunden. Wenn ich mich recht entsann, hatte sie einen Termin in Magdeburg, wo es ja Gott sei Dank jetzt auch Fernsehen gab, ich meine, richtiges Fernsehen.

Eine Krankenschwester kam mit dem Frühstück. Sehr dünn, der Kaffee. Sehr freundlich, die Dame, die mir mein Kissen richtete und das Fenster öffnete. Das war ein nicht unwesentlicher Vorteil des Hauptstätter Hospitals: Hier konnte man noch Fenster öffnen. Was nützt Architektur auf der Höhe unserer Zeit, wenn man dabei erstickt? Die Schwester setzte sich zu mir, um mich zu füttern.

»Gute Frau, ich bitte Sie«, wehrte ich mich und demonstrierte ihr, wie gut mein unbeschadeter Arm funktionierte. Was sie anerkannte, jedoch sitzen blieb und mir von ihrer Heimat erzählte, Litauen, wo sie als Russin nicht hatte bleiben wollen.

»Wir sind dort jetzt der Abschaum.«

»Aha«, sagte ich. Was sollte ich auch sagen? Als durchschnittlicher Westeuropäer war ich veranlasst, Verständnis für das Schicksal von Muslimen zu entwickeln, vorausgesetzt, sie waren Bosnier, für Albaner, vorausgesetzt, sie lebten und starben im Kosovo, für den einen oder anderen Afrikaner, für Straßenkinder und Straßenhunde, was sich von selbst versteht – aber für Russen? Noch dazu für Russen in Litauen? Auch Verständnis hat seine Grenzen. Ich meine das nicht moralisch, sondern organisatorisch. Ich hatte sozusagen bereits für die Litauer unterschrieben, da die Zerschlagung des Sowjetimperiums auf meinem »Wunschzettel eines Demokraten« ganz oben gestanden war. Aber wie gesagt, die Dame war überaus liebenswürdig, zudem seit Kurzem mit einem Deutschen verheiratet, wozu ich herzlich gratulierte, erfreut über eine Ehe, die allen Ernstes einen Sinn ergab. Ich bot ihr meinen unangetasteten Kaffee an, als wäre er ein Strauß Blumen. Sie nahm ihn dankend an und schlürfte daran wie eine Zarentochter – wie ich mir eben vorstellte, dass Zarentöchter einst geschlürft hatten, verhalten, jedoch ohne den Unfug eines weggestreckten kleinen Fingers.

»Mein Heinz hat früher geboxt«, sagte sie mit Vorsicht. »Jetzt ist er Trainer.«

Wie nicht wenige Männer, die sich vom Intellektualismus zumindest gestreift glaubten, fand ich Boxen beeindruckend, quasi als einen Ersatz für jene großen Gemälde, die heutzutage nicht mehr gemalt wurden, nun, da die Kunst hinter der Unterwäsche von Theorie und Wissenschaft gänzlich verschwand oder sich im Missverständnis auflöste oder sich derart ausdehnte, dass man sich in ihr bewegen konnte, ohne sie zu bemerken. Der Boxring aber hatte die richtige Größe, besaß die Grenzen, die der Rahmen vorschrieb, in welchem drei Menschen eine variable, jedoch stets in sich stimmige Komposition bildeten. Boxen lieferte das letzte Bild, in welchem die Trinität tatsächlich funktionierte – in dem Sinne, dass die drei Personen nicht unabhängig voneinander wirkend gedacht werden konnten.

Ich gestand Frau Kasakow-Neuper, wie sehr ich für den Boxsport schwärmte. Woraufhin sie versprach, später nochmals mit einer Tasse Kaffee vorbeizuschauen, diesmal Privatkaffee. Was mich berührte, allerdings auch peinlich, da ich ihr zuvor die dünne Brühe aufgedrängt hatte.

Als Nächster suchte der Oberarzt mich auf, der Einzige hier, der wirklich Schwäbisch sprach, weshalb ich ihn nur schwer verstand, umso mehr, da er zu Bonmots neigte, die ihn selbst derart amüsierten, dass er gleichsam in die eigene Rede hineinlachte. Soweit ich verstand, war die Verletzung meiner Hand keineswegs geringfügig, ein Handwurzelknochen bereitete ihm, dem Doktor Kölle, Ärger, dann lachte er, vielleicht um zu zeigen, dass dieser Ärger seinem Frohsinn nichts anhaben konnte. Mit einem Augenzwinkern warnte er mich vor der Krankenhausküche, was jedoch kein Grund sei, ein Gesicht zu machen wie sieben Tage Regenwetter. Also blickte ich optimistischer und dankte herzlich.

»I han's brässant«, sagte Kölle und trat im Schlenderschritt hinaus. Ich sah ihm verächtlich nach. Glaubte nicht, dass diesen Mann irgendetwas pressieren konnte. Die Leute starben auch ohne ihn.

Ich schob mir die Decke über den Kopf und erledigte schlafenderweise den Rest des Tages. Nur unterbrochen vom Anruf meines Chefs, der sich nach dem Zustand meiner linken, also meiner Linealhand erkundigte. Der Schmerz in selbiger begleitete mich durch Träume von zementener Konsistenz.

Schwester Kasakow-Neuper weckte mich zum Abendessen. Von einem Schlangenfraß konnte keine Rede sein. Frau K. (so will ich sie der Einfachheit halber nennen) hatte

den Küchenchef zu einem Spezialmenü überredet: Pfann-
kuchen mit Geflügelleber, dazu Spinatsalat. Die Nach-
speise, Fruchtsalat mit Mandarinen und Walnusskernen,
war von ihr selbst zubereitet worden. Mit Liebe und Über-
sicht, wie gesagt werden muss. Während ich aß, sah sie
mir mit mütterlicher Aufmerksamkeit zu und nahm meine
Kommentare mit Wohlwollen entgegen. Natürlich fragte
ich mich, woher sie die Zeit nahm, mich derart zu hofieren.

Nachdem sie abgetragen hatte, übrigens auch den *Totentanz von Basel*, brachte sie mir einen Fernseher, fum-
melte so lange an der Antenne herum, bis das Bild eine
erträgliche Qualität aufwies, erklärte, wo sich das Raucherzimmer befinde, und wünschte mir einen vergnüg-
lichen Abend. Ich dachte mir: Jawohl, solche Menschen
gibt es also. Gerade in Kliniken. Sie sind selten ebenmäßig
geschnitzt, heißen selten Julia oder Sabine, aber es gibt
sie. Schwestern, die alles bemerken, auch die Zigaretten
auf dem Nachttisch, dann aber nicht von Bluthochdruck
und Atemwegsschädigung sprechen, sondern davon, wo
man unbelästigt seiner Sucht frönen könne. Das ist der
Krankenhausroman der Wirklichkeit. Dumm nur, dass die
Wirklichkeit auch noch anderes zu bieten hat.

Mein Schlafbedürfnis war beträchtlich. Während der
Abendnachrichten nickte ich ein, und das, obwohl gerade
wieder amerikanische Sternschnuppen auf Bagdad nieder-
gingen. Nach zwei Stunden erwachte ich. Es dauerte eine
ganze Weile, bis ich *sie* auf dem Bildschirm erkannte. Ihr
Haar wirkte rötlicher, die Gestalt kleiner, vielleicht, da
sie üblicherweise saß, während sie in dieser Sendung auf
einer Bühne stand, flankiert von groß gewachsenen Herren. Es ist nichts dabei, die eigene Frau nicht gleich zu
erkennen. Manchmal erkennt man schließlich sich selbst
nicht.

Hin und wieder übernahm Marlinde die Moderation von Galaveranstaltungen. Nämlich dann, wenn eine gewisse Seriosität angemessen war. Das schien nun der Fall zu sein, an diesem Abend, an dem Auszeichnungen an Sportler vergeben wurden, irgendwelche Schwimmer und Eisschnellläufer, Menschen, deren gewaltige Brustkörbe und Oberschenkel man in zivile Abendgarderobe gepackt hatte. Die Anwesenheit Marlindes, ihr guter Ruf, ihre vornehme Erscheinung und der Umstand, dass sie ihre Gäste nicht anzufassen oder zu beleidigen pflegte, hatte seinen Grund wohl auch in der einen Person, die neben ihr stand: einem Mann, der nicht nur meine Jugend vergoldet hatte – wegen seines großen Mauls, seiner Balletteinlagen und Seiltänzereien, wegen der Art, wie er seine spöttische, ungedeckte Visage den Gegnern hinhielt und etwas sagte, das aussah, als würde er Kot spucken (aber mit Perlmutt verziert). Wegen seiner Schläge, die Geschichte schrieben, ohne ständig umgedichtet werden zu müssen wie ein beträchtlicher Teil der Historie. Wegen seiner konkret poetischen Analysen des fiesen weißen Mannes, während er gleichzeitig einigen seiner schwarzhäutigen Gegner das Wort »Nigger« an den Kopf warf (er borgte sich dieses Wort nicht einfach aus, sondern nahm es, ohne zu fragen, und verbrauchte es). Ich denke, wir liebten und lieben diesen Mann auch deswegen, da er, der Größte, auch schon einmal wankte, auch schon mal auf die Bretter ging und ausgezählt wurde und sich genau dadurch erst – merkwürdigerweise – der Mythos der Unbesiegbarkeit zur Wahrhaftigkeit verfestigte. Erst indem er fiel, wurde er tatsächlich der Größte aller Zeiten. Als müsste ein Gott, den wir ernst nehmen können, in der Lage sein, einen Weltmeistertitel nicht nur zu gewinnen, sondern auch zu verlieren – einmal durch Kriegsdienstverweigerung, das andere Mal wegen

eines gotteslästerlichen jungen Gentleman, der schlussendlich im Kuriositätenkabinett der Boxgeschichte verschwand.

Der Exweltmeister aller Klassen stand nun neben meiner Frau und drückte sich eine goldene Statuette wie einen
Teddybären an die Brust. Wie auch sonst? Ein Gott mit
angegriffenen Stammhirnbezirken, der jetzt gezwungen
war, sich einen Popsong anzuhören, während die Kameras
eigentlich kaum die Sängerin zeigten, sondern ständig dem
Ausgezeichneten ins Gesicht krochen, damit alle sehen
konnten, was diese Krankheit, die ein Brite namens Parkinson erfunden hatte, selbst mit einem Mann anrichten
konnte, der weit mehr geleistet hatte, als den Mond zu
erobern oder Vietnam zu entlauben.

Würdelos, dachte ich mir, und das dachten wohl alle,
die das jetzt sahen und sich ebenso wenig von diesem Bild
des Jammers losreißen konnten, doch dann … Na ja, möglicherweise hatte ich Fieber, ziemlich sicher sogar, auf jeden
Fall war es wie eine Erleuchtung: Hier stand nicht bloß
der einzige wirkliche Weltmeister im Schwergewicht, nein,
hier stand das 20. Jahrhundert, dessen positiver Pol, die
nicht mehr wiederholbare Form eines Champions. Mag
sein, an das Kreuz der Fernsehunterhaltung genagelt und
den Blicken der Gaffer ausgeliefert; doch dieser Mann
sah in Wirklichkeit durch uns hindurch, eben nicht in
eine Leere hinein, sondern auf das, was hinter uns lag: das
Leben selbst.

Ein Schüttelfrost packte mich. Erschöpfung und Trauer
zogen mich dort hinunter, wo das Bewusstsein ein Bahnsteig war, auf dem man stehen konnte, ohne auf die Uhr
zu schauen. Kein Zug kam hier an, keiner fuhr ab. Hier
konnte man warten, um des Wartens willen. Und auf diese
Weise kam ich zur Ruhe.

Nach Mitternacht stand ich auf, stülpte mir eigen- und einhändig einen Pullover über mein Nachthemd, stellte den Fernseher ab, nahm die Zigarettenpackung und trat aus dem Zimmer. Der Gang war leer und trostlos, das Licht fahl wie in einem Dokumentarfilm über sibirische Kasernen. Ich hatte längst vergessen, wo das Raucherzimmer lag, und ging auf die Toilette schräg gegenüber, wo ich eine halbe Stunde saß, eine nach der anderen rauchte und die Zeitung vom Tag las, natürlich den Bericht über die Schießerei. Tatsächlich bezeichnete mich der Artikelschreiber als »couragierten Österreicher«, welcher »den lebensmutigen Einsatz schwer verletzt überlebt hat«. Kein Wort über Unzurechnungsfähigkeit oder verlorene Liebesmüh. Also, wie man sagt: eine gute Presse.

Als ich zurück zu meinem Zimmer ging, kam soeben ein Mann heraus. Auch wenn er keine Uniform trug, erkannte ich ihn. Schließlich hatte ich gerade sein Foto in der Zeitung gesehen. Thomas Keßler, der geistesgegenwärtige Polizist, der den jungen Griechen erschossen hatte. Dass mein Name in der Zeitung stand, war offensichtlich einer Indiskretion zu verdanken.

Ich vermutete einen späten Besuch. Fand das eigentlich nett. Bin überhaupt jemand, dem es nie schwergefallen ist, Sympathien für Polizisten zu entwickeln, die ich gern mit den ebenso gering geachteten Leuten von der städtischen Reinigung vergleiche, welche den Dreck von der Straße räumen, Dreck, den wir hemmungslos produzieren, indem wir fressen und Kinder erziehen.

Herr Keßler ließ mir allerdings keine Chance, ihn sympathisch zu finden. Zwar grüßte er, zog dann aber eine Pistole unter seiner Jacke hervor und richtete den Schalldämpfer auf meinen Pullover, dort, wo sich meine Brust verbarg. Nichts passierte. Ich meine, nichts passierte in meinem Kopf. Der Schreck erstickte sich selbst. Ich wäre ohne einen Protest gestorben. Doch in diesem Moment ging die Flügeltür hinter Keßler auf, sodass er sich umwandte, statt zu schießen. In der Tür stand eine dickleibige Frau im Trainingsanzug, dessen Farben geeignet waren, einen Herrn Simson zu blenden. Die Dame aber kreischte nicht, sondern grinste über das ganze fleischige Gesicht.

Es ist schon eigenartig, was einem in solchen Augenblicken auffällt, aber ich bemerkte, dass sie keine Schuhe trug, sondern barfuß war. Und sah nun, dass auch Keßler auf die Füße jener Frau schaute, die wohl den Weg von der Psychiatrie hierhergefunden hatte, wie auch immer es ihr gelungen war, ungesehen einzudringen. Ich zwang mich aus der Starre und rannte in die andere Richtung los. Keßler schickte mir eine Kugel hinterher. Ich glaubte den Windzug zu spüren, als das Projektil an meinem Hals vorbeiflog. Nun setzte Keßler sich selbst in Bewegung. Bevor er mich erreichen konnte, stieß ich eine Tür auf, fiel in die Dunkelheit eines Zimmers, warf mich auf den Boden und drehte mich mehrmals zur Seite. Mir war, als würde meine Hand zerbröseln. Dennoch schrie ich nicht, was ja wohl naheliegend gewesen wäre, schließlich war es ein Gebäude voll von Menschen. Aber ich war wie ein Tier, das sich verkroch, und zwar unter ein Krankenbett. Über mir war ein Schnaufen zu vernehmen. Es hörte sich nicht so an, als würde der Patient mir helfen können. Ich hoffte darauf, dass Keßler das nun entstandene Risiko scheute. Doch was er scheute, war das Risiko, das mein Überleben mit sich brachte. In dem Lichtstreifen, der vom Gang her ins Zimmer fiel, sah ich seine Beine. Er schloss die Tür. Ich lag da, keuchte, schwitzte und wartete. Keine Frage, hier kamen Züge des Lebens an, und hier fuhren sie auch ab. Das Licht einer Taschenlampe brach die Dunkelheit auf. Der Schein fuhr mit nervösen Bewegungen durch den Raum, landete neben mir auf dem Boden. Ich rückte zur Seite. Der Lichtkegel kam mir nach, kroch auf meinen Oberarm. Ich spürte, wie Keßler neben dem Bett in die Knie ging und die Waffe vorstreckte. Ich schloss die Augen. Marlinde würde mir das alles nicht verzeihen. Aber das wäre dann allein ihre Sache.

Das Geräusch war heftiger, als ich es mir von einem gedämpften Schuss erwartet hatte, zupackender. Ich konnte nicht sagen, wo ich getroffen war. Überall, dachte ich. Und nirgends. Das Licht der Nachttischlampe ging an. Über mir war eine rasante, pfeifende Bewegung, als würde ein Zug vorbeijagen. Keßlers Beine flogen nach oben, aus meinem Gesichtsfeld heraus; dann fiel seine Waffe klappernd zu Boden. Dann ein Geräusch wie beim Öffnen eines Marmeladenglases. Ein Körper stürzte vom Bett, schlug klatschend auf. Ich stieß einen Fluch aus, der aber vielmehr einen Ausdruck des Erstaunens darstellte. Ob des Geschehens … und ob des Umstands, dass ich überhaupt sehen konnte, was ich sah. Eben weil ich noch am Leben war. Und wer lebt, der zahlt.

Jemand fasste mit beiden Händen nach mir, um mich wie einen Sack unter dem Bett hervor und in die Höhe zu ziehen. Ich starrte in eine männliche Gesichtshälfte, die aus dem Halbdunkel herausleuchtete und auch wegen der kraterähnlichen Oberfläche an ein Gestirn erinnerte. Als nun die Deckenbeleuchtung aufflammte, erkannte ich neben dem anderen Teil des Gesichts die dazugehörende schlagbereite Faust eines Mannes, der nicht Keßler war. Zum Glück tauchte hinter dieser Faust nun das Gesicht meiner russischen Gönnerin auf.

»Heinz, was tust du?«, fragte Frau K.

»Die wollten mich killen«, erklärte ihr Mann, hielt mich weiterhin am Kragen fest, ließ die Faust aber sinken.

»Bist du verrückt? Doch nicht Herr Szirba!«

»Und was ist das?« Heinz zeigte mit seiner nunmehr sinnlos geballten Faust auf die Waffe am Boden, neben welcher der benommene Keßler lag. »Bild ich mir das vielleicht nur ein?«

Frau K. betrachtete skeptisch die Pistole, als überlege sie, ob Heinz sich bloß herauszureden versuche, und packte schließlich seine Hand, um diese von meinem Kragen zu lösen.

»Sie müssen sich setzen. Sie tun ja zittern«, sagte sie und wies mir die Bettkante an.

»Ich glaub das net«, brüllte Heinz und stampfte mit den Füßen auf. Eine dürre Gestalt Ende der fünfzig, ein lebenslänglicher Leichtgewichtler, der jedoch aussah, als hätte er seine härtesten Jahre doppelt gelebt. Immerhin, die Nase saß noch gerade. Und die Schläge, die seine dünnen Arme bei Bedarf austeilen konnten, schienen noch immer eine betäubende Wirkung zu haben.

»Ihr Mann hat recht«, sagte ich.

Jetzt betrachtete sie auch mich nachdenklich, hob die Waffe auf und ließ das Magazin herausgleiten, als beende sie ein Spiel. Gerade kam Keßler wieder zu Bewusstsein, richtete sich leicht auf, blieb auf dem Hintern sitzen, griff sich an den Kiefer, stöhnte. Ängstlich darauf bedacht, meine Unschuld zu sichern, berichtete ich in raschen Sätzen, was vorgefallen war. Verschwieg nicht, dass Keßler jener Polizist war, der den jugendlichen Attentäter zur Strecke gebracht hatte. Was ihm scheinbar nicht gereicht hatte.

Heinz schüttelte den Kopf, beugte sich zu Keßler hinunter. »Was soll das?«

Der Polizist schwieg.

»Gut, rufen wir Ihre Kollegen«, beschloss Heinz.

»Sie haben doch keine Ahnung«, hielt Keßler ihn mit weinerlicher Stimme zurück.

Der Boxer wollte wissen, wovon er keine Ahnung hatte. Das wollten wir alle wissen. Also redete Keßler, redete wie einer, der, die Schuld eingestehend, sich aus dieser herauszuwinden versucht. Es sei sein Auftrag gewesen, den Jungen zu erschießen, nachdem dieser den alten Bötsch erledigt hatte, nur dass er eben nicht Bötsch getroffen habe, sondern irgendein armes Schwein.

»Sie wissen doch sehr gut, wovon ich spreche«, beschwerte sich Keßler und zeigte auf mich.

»Ich hab keine Ahnung«, log ich halb.

»Sie haben dem Bötsch aus der Bredouille geholfen. Profimäßig. Ich hab's gesehen. Bin doch draußen gestanden und hab auf den Burschen gewartet.«

Ich schwor, dass ich in der Buchhandlung völlig kopflos gewesen war und mir nicht bewusst sei, einen Menschen namens Bötsch gerettet zu haben, sondern nur, einen anderen Menschen nicht gerettet zu haben.

Keßler glaubte mir nicht. Verständlich, denn wenn ich nicht log, hätte er sich die weitreichende Pleite dieser Nacht sparen können. Selbst wenn Remmelegg Verdacht geschöpft und mich in die Zange genommen hätte, wäre nicht viel mehr herausgekommen, als dass ich ein Verrückter war, der einen anderen Verrückten vor dem Tod bewahrt hatte, ohne ihn eigentlich zu kennen. Der Name Bötsch wäre nie gefallen.

Keßler wechselte vom Boden auf einen Stuhl. Sein Gesicht sah aus, als hätte er es mit Terpentin gewaschen. Er redete nun in einem fort, wie um nicht in Tränen auszubrechen. Berichtete, dass er vor drei Jahren damit angefangen habe, nebenberuflich für einige dubiose Herrschaften zu arbeiten, für eine Agentur namens »Sans Bornes«, die Polizisten, ehemalige Söldner, aber auch kräftig gebaute Studenten beschäftigte. Wenig Aufregendes: Beschattungen, Leibwache, Geldtransporte, nichts, weswegen man ein schlechtes Gewissen haben musste. Wobei es nicht blieb. Keßler hatte Schulden. Wie alle Menschen. Weshalb sie mehr arbeiten, als gut für sie ist. Und nicht selten Dinge tun, die sie hässlich finden. Nichts würde funktionieren, hätten die Leute keine Schulden. Wir könnten diese Gesellschaft dichtmachen. Denn ein paar Sadisten machen noch keine Gesellschaft.

Vor etwa einer Woche war »Sans Bornes« mit einem unerfreulichen Auftrag an Keßler herangetreten. Sie sprachen natürlich nicht von »unerfreulich«, sondern von »notwendig«. Keßler solle im Zuge einer legalen Polizeiaktion einen flüchtenden Mörder liquidieren. Die Sache sei bereits arrangiert, auch dass er zum fraglichen Zeitpunkt auf dem Bahnhof patrouillieren würde. Mehr brauche ihn nicht zu interessieren.

Keßlers Bedenken wurden nicht einmal ignoriert. So ist die Realität. Niemand drohte, dass man seiner Tochter ein Ohr abschneiden oder sein Haus anzünden würde. Das verstand sich von selbst, darüber redeten bessere Kriminelle nicht. Sie selbst bezeichneten ihr Schweigen als »argumentative Praxis«, welche eben das Aussprechen der Argumente nicht erfordere, da diese ja bekannt seien und die schaurigen Details der Phantasie des Einzelnen vorbehalten sein sollten. Man gab Keßler einen Auftrag und überließ es ihm, sich vorzustellen, was geschehen würde, wenn er sich gegen diesen Auftrag entschied (der moderne Arbeitnehmer horcht stets in die Abgründe der eigenen Befürchtungen).

Die Anordnung hatte gelautet, dass der Junge in jedem Fall aus dem Verkehr zu ziehen sei. Daran hatte Keßler sich gehalten. Doch als er am selben Abend in den Wagen jenes Mannes stieg, der bei »Sans Bornes« sein Vorgesetzter war, wollte dieser wissen, was danebengegangen und wohin Bötsch verschwunden war. Keßler argumentierte, dass er schwerlich das Bürschlein umlegen und gleichzeitig hinter Bötsch hatte herrennen können. Und beging nun den Fehler, davon zu sprechen, dass Bötsch jemanden bei sich gehabt hatte, der den Griechenjungen rechtzeitig gesehen und Bötsch aus der Schusslinie befördert habe. Der Mann sei dabei an der Hand verletzt worden und liege jetzt im Hauptstätter Hospital.

»Die haben mich auf Sie angesetzt«, jammerte Keßler und zeigte auf mich, als repräsentierte ich die chemische Zusammensetzung allen Übels. »Leider. Allerdings zu Recht. Ich kann nicht glauben, dass Sie den Bötsch nicht kannten.«

»Ich auch nicht«, sagte Heinz, der mich nicht zu mögen schien und nun von Keßler wissen wollte, wer dieser Bötsch eigentlich sei und warum man so begierig war, ihn tot zu sehen.

»Keine Ahnung. Und ich bin froh, dass ich über das alles wenig weiß. Nur so viel: Der Bötsch ist Professor, ein Labormensch. Etwas mit Parasiten. Da stelle ich mir die Frage, was kann so einer überhaupt anstellen?«

»Die Parasitologie ist ein weites Feld«, meinte Krankenschwester K. weise.

Auf jeden Fall hatten jene Agenturbetreiber, die in Keßlers Beschreibung völlig diffus blieben, einigen Aufwand getrieben. Der Mord an Bötsch sollte wie ein Zufall aussehen. Die verirrte Kugel eines verirrten Jungen, der bloß mit seiner Waffe herumgespielt hatte. Bötsch an seinem Arbeitsplatz oder in seiner Wohnung umzubringen, hätte zu einer eingehenden Untersuchung geführt. Dort wäre er nicht als das Opfer unglücklicher Umstände durchgegangen. Jene unglücklichen Umstände, die dann einen anderen trafen.

Heinz Neuper reichte es. Er wollte die Polizei rufen, auch wenn seine eigene Anwesenheit erklärungsbedürftig war, denn krank war er nicht und hatte angezogen auf dem Bett gelegen. Ich ging davon aus, dass er zunächst seine im Nachtdienst arbeitende Frau besucht hatte. Dann war er wohl müde geworden und hatte sich nach einem leeren Zimmer umgesehen, um ein wenig auszuruhen.

Der schmächtige Boxer packte Keßler, zog ihn hoch.

»Das wird keinem helfen«, sagte Keßler.

»Mir schon.« Heinz war überzeugt. »Gehen wir.«

Zu viert traten wir auf den Gang. Doch bevor wir das Telefon erreichen konnten, stiegen zwei Männer aus dem Lift, und wir waren zu sechst. Die beiden sahen eine Spur zu schick aus. So sauber, so abgeschleckt, wie sie da standen und uns beäugten, konnte es sich nur um die Vertreter eines Medizingeräteherstellers handeln. Oder um Schlimmeres. Was leider der Fall war. Keßler schien die beiden zu kennen. Die Ouvertüre seines Lächelns verbog sich zu einer Erkenntnis, zu der kein Lächeln mehr passte.

»Keßler, Keßler – miese Arbeit«, sagte der mit der modischen Brille, zog eine Waffe und verpasste dem Polizisten eine Kugel. Er tat es auf eine Art und Weise, als hätte er mit seiner Fernbedienung ein Gerät ausgeschaltet. So empfand er es wohl auch. Sein Kompagnon schien sich auf der gleichen Gefühlsebene zu befinden, hielt seine Fernbedienung nur etwas höher und knipste Frau K. ohne Umstände aus, indem er ihr eine beinahe lautlos austretende Kugel zwischen die Augen jagte.

»Natalja!«, stieß Heinz hervor, als seine Frau nach hinten kippte.

»Nicht weinen, Opa«, bemerkte der Brillenträger höhnisch und wollte auch den Opa heimschicken, während die Fernbedienung seines Kameraden auf mich zielte.

Man kann keineswegs sagen, dass diese zwei Mordbuben zögerten, aber im Vergleich zur Schnelligkeit der Bewegung, die der ältliche Heinz Neuper nun vollzog, waren sie zu langsam. Neuper war geschockt, konterte jedoch automatisch, wie man eben einen Schlag mit einem Schlag beantwortet. In der Manier eines Bodenturners wirbelte er auf die beiden Männer zu, um mit ausgebreiteten Armen zwischen ihnen aufzutauchen. Zwar kamen sie noch zum Abdrücken, doch die Läufe ihrer Waffen waren bereits aus der Richtung. Niemand wurde mehr ausgeknipst. Die Kugeln schlugen ins Mauerwerk.

Mit einem Haken nach rechts und einem nach links traf Neuper die beiden Kerle in die Mägen. Die Burschen klappten zusammen. Dann packte er den einen, der Natalja erschossen hatte, zog ihn hoch, wuchtete ihn gegen die Wand und drückte ihm mit einem Schlag das Brillenglas ins Auge. Mit der linken Hand fixierte er den Schädel, indem er das Kinn nach oben drückte. Dann bearbeitete er mit gleichmäßigen rechten Punches die Gesichtsmitte. Die ohnmächtige Wut des Heinz Neuper löste sich in einer Folge regelmäßiger wuchtiger Schläge, unter denen das Gesicht des Mannes seine Form verlor, wobei es nicht auseinanderfloss, sondern alle Teile zusammenrückten, sich wie in einer Grube drängten, wo einst die Nase gewesen war. So etwas hatte ich noch nie gesehen. Ich hätte es auch nicht für möglich gehalten, wie rasch ein Gesicht unter Fausthieben alle menschlichen Züge verlieren konnte, bis es nur noch einem in die Tiefe ziehenden schmutzigroten Wirbel glich.

Es kam mir aber nicht in den Sinn, Heinz davon abzuhalten, sondern ich sah nach Frau K. und Keßler. Doch da war nichts mehr zu machen, so viel verstand auch ich von Leben und Tod. Während ich der Russin ins Einschussloch blickte wie in ein drittes Auge, vernahm ich ein Geräusch, das anders war als das Stakkato von Neupers Schlagfolge. Hinter mir schloss sich die Lifttür, die bisher von einem Koffer blockiert gewesen war. Der zweite Mann hatte sich aus seiner Lähmung gelöst und war in den Aufzug geflohen. Ich hörte noch, wie er in irgendein Gerät hineinbrüllte, sie bräuchten Verstärkung. Der Aufzug setzte sich in Bewegung. Er selbst fuhr nun abwärts und würde wohl noch lange Zeit mit großer Dankbarkeit sein Gesicht im Spiegel betrachten.

Ich griff dem Boxer auf die Schulter. Seine verschmierte Schlaghand donnerte noch einmal in den Fleischstrudel, dann blickte er mich an, als würde er mich nicht erkennen.

»Wir müssen weg von hier«, sagte ich, »die zwei sind nicht allein.«

»Natalja?«

»Es tut mir leid.«

»Was tut Ihnen leid?«

Heinz ließ von seinem Opfer ab, das uhrzeigerartig zur Seite fiel, packte mich, ließ aber gleich wieder los. Auf meinem weißen Nachthemd prangte der blutige Abdruck seiner Hand wie eine große rote Blüte.

Heinz Neuper kniete neben seiner Frau nieder, küsste sie auf den Mund. Als er sich erhob, streckte er die Hand aus, sodass ich in Erwartung einer Attacke zusammenzuckte. Er griff jedoch nach meinem Oberarm und schob mich von den drei Leichen weg.

»Wir werden das zusammen erledigen«, sagte er, während wir bereits den Gang entlangliefen, was auch immer er mit »erledigen« meinte. Neuper kannte *sein* Hospital.

Er dirigierte mich durch Abstellräume, die uns zu einer Nebentreppe führten, welche wir hinunterrannten. Ungehindert erreichten wir den Ausgang, der jedoch von zwei Männern bewacht wurde, auch diese proper und bewaffnet, aber auch sie eine entscheidende Spur zu lässig und zu langsam. Denn Heinz Neuper hielt jene Pistole in seiner Hand, die er dem Mann weggenommen hatte, dessen Gesicht niemand mehr zusammenzuflicken brauchte. Und er verstand es, dieses lebensfeindliche und lebenserhaltende Instrument zu benutzen. Er schoss auf die beiden, so wie man rasch mit dem Finger auf zwei Leute zeigt und sagt: »Du und du!« Sie gehorchten und brachen ordnungsgemäß zusammen.

Draußen empfing uns die Nacht mit ebenso ordnungsgemäßer Kälte und leichtem Schneefall. Unterhalb des Saums meines Nachthemds glänzten feucht meine dünnen Beine. Immerhin, ich trug Laufschuhe. Was kein Zufall war. Beinahe mein Leben lang hatte ich Sportschuhe getragen. Nicht weil ich die Dinger so schön fand. Aber ich hatte seit jeher geahnt und befürchtet, dass ich mal in eine Situation geraten würde, in der praktisch gekleidete Füße von Vorteil wären. Immer wieder hatte ich meine Laufschuhe betrachtet und mir gedacht: hässlich, aber praktisch.

Wir pressten unsere Rücken gegen die Hauswand. Am anderen Ende des Gebäudes, dort, wo der Weg hinunter zur Ausfahrt führte, waren mehrere Gestalten zu erkennen, Männer in Anzügen. Der Verdacht lag nahe, dass es sich um weitere Mitarbeiter von »Sans Bornes« handelte. Auch ein zweiter Ausgang war besetzt. Ein erstaunlicher Aufwand wurde hier betrieben. Selbst wenn Keßler erfolgreich gewesen wäre, mich also erschossen hätte, er hätte diese Nacht kaum überlebt. »Sans Bornes« war nicht die Firma, die mit Leib und Seele an ihren Mitarbeitern hing.

Heinz atmete durch. Dann versetzte er mir einen Stoß, und ich stolperte in die Dunkelheit. Einen Moment war ich wie betäubt. Plötzlich spürte ich, wie jemand nach meinem Arm griff. Aus und vorbei, dachte ich und war voller Hass gegen mein Leben, das nun zu Ende gehen würde. Aber es war Heinz, der mich gepackt hatte, um mich durch die Nacht zu dirigieren. Wie es schien, hatte niemand uns bemerkt. Zwischen einem fabrikartigen Schornstein und dem Verwaltungsgebäude bewegten wir uns vom Hauptgebäude weg, schlichen durch eine Parkanlage und erreichten in geduckter Haltung den rückwärtigen Teil der Psychiatrischen Klinik. Im Lichtschein einer schmalen Pforte herrschte ein Wintermärchen. Der Schnee kreiselte wie Flitter zu Boden. Vor dem Eingang stand eine gewaltige Person. Sie war bunt und barfüßig. Es war dieselbe wunderbar voluminöse Dame, die mir durch ihr Auftreten das Leben gerettet hatte. Und sie empfing uns mit dem gleichen gesichtsfüllenden Grinsen.

»Rosenkohlrösle, dich mag ich«, sagte sie, wies auf mich und zeigte dabei ihre prächtigen weißen Zähne, was so gar nicht in meine Vorstellung von Psychiatrie passte. Mit einer merkwürdig eleganten Bewegung – ein Koloss in der Schwerelosigkeit – öffnete sie die Tür und wies uns an, ihr zu folgen. Ein Bürschlein von einem Pfleger trat im Vorraum auf uns zu, wollte wissen, was wir hier zu suchen hätten.

»Friederich, geh schlafen«, befahl die Dame und strich ihm über das glatte, lange Haar.

»Aber Gerda …«

»Nix. Aber dich drücken ja schon die Schlafläus'. Sei brav.«

Der junge Mann resignierte augenblicklich und verzog sich. Übrigens sah er wirklich müde aus. Und seine Aufsichtspflicht konnte er ruhigen Gewissens vernachlässigen. Denn obwohl auf den Gängen und in den offenen Räumen noch einiges los war, konnte von einem Tollhaus nicht die Rede sein. Hier herrschte ein kultivierter nächtlicher Betrieb: Kartenrunden, Schachspieler, Paare in durchaus sittlicher Weise zärtelnd, einige Personen, die Zigaretten rauchend vor sich hin dämmerten. In einem einzigen Zimmer wurde gezankt. Gerda schloss die Tür mit einem Ausdruck der Verachtung. Führte uns in einen Raum, der aussah, als gehörte er dem Chef der Abteilung. Eine Einrichtung, die Offenheit suggerierte. Die mächtige Bücherwand war wie der Personalausweis eines smarten Intelligenzlers. An den Wänden hing zustandsgebundene Kunst, wie man sie sich erwarten darf, also scheinbar ungebunden.

Gerda drängte uns, Platz zu nehmen. Dann schob sie sich hinter den Schreibtisch und hob den Hörer ab, wählte eine zweistellige Nummer und gab in harschem Tonfall die Anweisung, zwei Tassen Kaffee und Cognac heraufzubringen, zudem einen bequemen Herrenanzug – sie taxierte mich kurz mit liebevollem Blick – Größe 50. Nachdem sie aufgelegt hatte, bot sie uns Zigaretten an und versicherte, dass wir hier gut aufgehoben seien. Sie selbst müsse weiter, den Überblick behalten.

»Ade, Rösle.« Sie zwinkerte mir zu und trieb mit einer sparsamen Bewegung aus dem Büro, als hätte sie eine ideale Strömung erwischt.

»Ihre Freundin?«, fragte Heinz mit der Stimme eines Verschütteten.

»Mein Schutzengel«, gab ich zur Antwort.

Diese Bemerkung holte den Boxer an die Oberfläche zurück. Er schrie: »Schutzengel! Ach, so ist das. Großartig! Wunderbar! Wie schön für Sie, dass Sie einen Schutzengel haben. Aber *mein* Schutzengel ... vielleicht ist Ihnen das noch nicht aufgefallen, mein Schutzengel ist tot. Meine Natalja. Sie war ein Schatz. Das Beste, was mir in meinem verhunzten Leben passiert ist. Und dann kommen Sie daher und ziehen uns da hinein. Ich sollte Sie ...«

Er setzte sich, schluchzte. Ich legte ihm meine gesunde Hand wie ein Bußwerk auf die Schulter. Er ließ es geschehen. Nach einer Weile begann er wieder zu reden, wie jemand, der gezwungen ist zu schwimmen, weil er nicht zu ertrinken vermag.

»Natalja hat mir erzählt, was für ein netter Kerl Sie sind. Na, großartig. Lass die Finger von dem, hab ich ihr gesagt. Da hat sie mich beschimpft. Ich soll nicht dumm sein mit meiner Eifersucht. Als wäre das meine Angst gewesen. Diese Frau war treu. So was gibt's gar nicht mehr. Bloß noch bei den Russen. Früher war ich gegen die Russen. Jetzt weiß ich es besser. Das sind noch Menschen. Keine Ratten wie hier überall. Ich hab sogar versucht, Russisch zu lernen. Dabei war ich immer gegen den Kommunismus. Für uns Deutsche ist das nichts. Aber ich denke mir, den Russen geht der Kommunismus ab, weil das ihre Erfindung ist, auch wenn das nicht stimmt. Und was geht uns Deutschen ab? Nichts. Nicht einmal der Hitler. Den verraten sogar die Neonazis. Der Deutsche ist untreu. Und der Schwabe ist noch untreuer als die Deutschen.«

Vielleicht hatte er recht. Auch indem er auf diese Weise zwischen Schwaben und Deutschen unterschied. Und indem er mich beschimpfte. Ich fühlte mich elend. Gern hätte ich mein Leben für das der Frau K. gegeben. Als ich das dachte, meinte ich, jemand im Raum würde den Kopf schütteln, mehr amüsiert als verächtlich. Heinz Neuper war es nicht. Dieser schlug mit der Faust auf den Tisch, nannte die Schwaben charakterlos und zeigte mit wilden Fingerstößen auf mich, so wie Keßler auf mich gezeigt hatte. Heinz schien vergessen zu haben, dass ich aus Österreich stammte, welches freilich eine Steigerung der Treulosigkeit ins Bodenlose bedeutet.

Nachdem er lange genug mit dem Finger in meiner Aura herumgestochert hatte, begann er erneut zu schluchzen, redete sich in eine kaum nachvollziehbare hymnische Analyse der russischen Seele, sprach bald zu sich selbst oder – wie mir schien – mit Natalja, sank auf die Knie, faltete die Hände und bat seine Frau unter Tränen um Vergebung, sie nicht gerettet zu haben. Plötzlich verstummte er, hörte zu schluchzen auf, spitzte die Ohren, als wäre seine Natalja tatsächlich erschienen, um ihn – Russin wie eh und je, also bei aller Gefühlswärme praktisch veranlagt – daran zu erinnern, dass er das Unglück gar nicht habe verhindern können und sie ihn ohnehin weiterhin lieb haben werde, solange das eben gehe, wenn man körper- und (ironischerweise) auch ein wenig geistlos den Lebenden beim Leben zusehen müsse. Scheinbar hatte sie ihm auch gesagt, dass er aufhören solle, mir die Schuld zu geben, denn als er sich nun erhob und auf mich zukam, war sein Blick milde. Er reichte mir die Hand, die ich nahm, und bot mir das Du an, gegen das ich mich ebenso wenig sträubte. Ich erklärte, dass ich Robert hieße, worauf er mir erklärte, dass es dabei bleibe, dass man zusammen diese Sache zu einem gerechten Ende führen werde.

»Wir sollten zur Polizei gehen«, sagte ich.

»Unsinn, Robert. Denk an den Burschen, der dich umlegen wollte.«

»Keßler.«

»Ist ein Bulle gutmütig, tut er nichts. Tut er was, ist er nicht gutmütig.«

»Du übertreibst.«

Er blickte mich eingehend an, als zweifle er an meinem

Verstand. Dann drehte er mir den Rücken zu und erzählte der Bücherwand, dass er es auch allein schaffen werde, hinter die Sache zu kommen.

Dorthin also wollte Heinz in seiner Verzweiflung. Hinter die Sache. Um zu erkennen. Und um zu töten. So sind die kleinen Leute, wenn man sie erst einmal von ihren Fernsehern weggelockt hat.

Nun, ich war ja selbst einer, der von seinem Fernseher weggelockt worden war. Und im Grunde traute ich der Polizei ebenso wenig. Was war denn von Remmeleggs Freundlichkeit zu halten? Reichte sie zu mehr, als die Abhängung des *Totentanzes von Basel* zu empfehlen?

Es klopfte an der Tür des Büros. Eine junge Frau trat ein, ein dunkles Herrensakko, eine helle Hose und ein weißes Hemd sowie einen gefütterten Regenmantel über dem Arm und ein Tablett in den Händen balancierend. Sie sprach mit gesenktem Kopf wie in eine Gasmaske hinein, grüßte, servierte Kaffee und Cognac, verschwand kurz, kam mit mehreren Wolldecken zurück und teilte uns mit, wir könnten hier auf den beiden Sofas übernachten. Nachdem sie gegangen war, kostete ich den Kaffee. Hervorragend, so, als wäre Frau K.s versprochene Privatmischung doch noch angekommen. Meine Nachtruhe würde nicht darunter leiden. Heinz aber begnügte sich mit dem Weinbrand, stürzte ihn hinunter und wich alsbald in den Schlaf aus.

Mit dem Kaffee hatte ich mich getäuscht. Ich lag noch eine Stunde herum, mit drängender Blase, wagte aber nicht, eine Toilette aufzusuchen. Letztendlich verband sich der urinale Druck mit dem Schmerz in meiner Hand, und zusammen bildeten sie einen schweren Block: Morpheus' Brustkorb. Der Schlaf begrub mich geradezu. Im Traum erstickte ich. Nicht aber meine Hand, aus der allein ich dann bestand, aus ihr und ihrer Qual.

Mit dem Erwachen zog der Schmerz auch wieder in die übrigen Körperteile ein, was mir zumindest ein Gefühl der Vollständigkeit bescherte.

»Guten Morgen«, erklang es vom Schreibtisch, hinter dem ein grauhaariger Mann saß, der meiner Vorstellung gemäß nichts von einem Psychiatrieleiter besaß, dafür alles von einem Gefängnisdirektor. Was ich als Kompliment meine, denn dieser Mensch sah gepflegt aus. Er stellte eine manikürte, nicht jedoch parfümierte Erscheinung dar, war geschmackvoll gekleidet, mit einem konservativen Touch, der das Auge erfreute. Er erinnerte an den späten Charlie Chaplin. Nur dass er schlanker wirkte. Er rauchte eine Zigarette in einer konzentrierten, genießerischen Art und trank Kaffee aus einer dunkelbraunen Mokkaschale. Ein Mann, der genügend Muße hatte, weil sein Betrieb auch ohne großes Geschrei funktionierte.

Ich stand auf und erwiderte seinen Gruß. Er schenkte mir einen jovialen Blick, schien in keiner Weise irritiert ob des Umstands, dass ich hier übernachtet hatte und nun in Unterhosen vor ihm stand, und war auch gleich wieder in seinen Kaffee vertieft.

Es wurde mehrmals an die Tür geklopft, bis der mutmaßliche Anstaltsleiter von seiner Mokkaschale aufblickte und sich fragend umsah. Ich war nicht minder irritiert und zeigte zur Tür, die ja nicht meine, sondern seine Tür war. »Ach ja«, sagte er und dann, in einem singenden Tonfall: »Herein, herein.«

Herein trat Heinz Neuper, und zwar angezogen. Bei ihm war eine Frau in einem blassblauen Arbeitsmantel. Wortlos legte sie einen Stoß Zeitungen auf dem Schreibtisch ab und machte sich nun daran – in jener pflegerischen Art, die keinen Widerspruch duldet –, mir beim Ankleiden behilflich zu sein. Es überraschte mich nicht, dass alles ausgezeichnet passte. Dann öffnete sie meinen Verband und behandelte meine Wunde mit einer Tinktur. Wunde ist ein zu harmloser Ausdruck. Es sah aus, als hätte ein großes, böses Tier ausgiebig auf meiner Hand herumgebissen und erst damit aufgehört, nachdem dieses Spielzeug nichts mehr hergegeben hatte. Ich konnte nicht glauben, dass eine solche Verletzung von einem bloßen Durchschuss stammte. Viel eher von einem misslungenen Experiment. Einer diabolischen Operation.

Die Frau legte mit großem Geschick einen neuen Verband an. Dann verpackte sie die Hand ein zweites Mal, indem sie einen Seidenschal darumwickelte und etwas wie »Der Schal ist von der Chefin« murmelte. Dabei schaute sie mich kein einziges Mal an, ignorierte meinen Dank und verließ das Büro.

Der Leiter der Psychiatrie, wenn es denn der Leiter war (denn wer war dann die Chefin?), schenkte uns Kaffee ein, konzentrierte sich aber gleich wieder auf seine englischsprachige Zeitung, die ihn zu amüsieren schien. Mehr als ein Schmunzeln gab er jedoch nicht frei. Seine stumme Vornehmheit machte mich nervös. Ich hätte gern etwas gesagt. Dann sah ich den Wattebausch, der im linken Ohr des Leiters steckte und dem Organ etwas Blumiges verlieh. Ich unterließ die Taktlosigkeit, aufzustehen und auch nach dem anderen Ohr zu sehen. Ohnehin ging ich davon aus, dass es auf die gleiche Weise präpariert worden war.

»Komm mit«, sagte Heinz, nachdem wir rasch den Kaffee ausgetrunken hatten. Wir waren beide erleichtert, als wir die Tür hinter uns geschlossen hatten. Manche Menschen strahlen eine Zufriedenheit aus, die man im Kopf nicht aushält.

Heinz dirigierte mich durch die Gänge. Auf einer von diesen großen, schlichten Küchenuhren, auf denen die Zeit stets einen leicht hinkenden Charakter besitzt, sah ich, dass es bereits nach zehn war. Wieder herrschte reger Betrieb. Überall waren Schachbretter aufgestellt. Die meisten davon in einer Art Speisesaal, in welchem die Luft dick und klebrig über den Köpfen hing, als wäre es tatsächlich das Resultat qualmender Hirne. Hinter den Figurenreihen saßen nicht bloß die Spieler, sondern standen ganze Menschentrauben, die das jeweilige Spiel kommentierten, wild durcheinanderflüsternd, sodass sich ein an- und abschwellendes Summen ergab. Ich meinte sogar, einige der Spieler zu erkennen, etwa einen in der freien Schweiz beheimateten Großmeister russischer Herkunft, der soeben vom Sessel aufgesprungen war, wohl um irgendeinen Protest gegen eine russische Delegation einzulegen. Denn wenn es hier auch keine wirkliche Delegation gab, Russen gab es zur Genüge, man erkannte sie ... nun, es lag etwas Russisches in der Luft. Ich meine nicht das Abgestandene, Feuchte, ich meine ... etwas Grundlegendes. Als wäre alles Gute und Schlechte auf der Welt zunächst einmal russisch. Und irgendwann später erst international oder schweizerisch oder was auch immer.

Natürlich kam es mir merkwürdig vor, dass ein Schachturnier, möglicherweise eines von Weltgeltung, in einem solchen Gebäude wie dem Hauptstätter Hospital stattfand. Ich meinte jetzt sogar zwei weitere berühmte Schachspieler zu erkennen, Groß- und Weltmeister. Verblüffend. Besaßen die Veranstalter eine dermaßen ironische Ader, dass sie die besten Spieler der Welt inmitten offiziellen Verrücktseins gegeneinander antreten ließen? Mir gefiel diese Vorstellung. Nicht, weil ich Schach für verrückter halte als Autofahren oder Brotbacken. Das Anlegen von Blumenbeeten oder Agrarmärkten oder Sparkonten ist sicherlich verrückter als Schach, aber es handelt sich dabei um sehr allgemeine Tätigkeiten, die über das Massenhafte den Eindruck des Absonderlichen verloren haben. Schach hingegen bleibt etwas Bizarres, vielleicht eben auch, weil es noch immer von den Russen und den Russlandstämmigen dominiert wird. Die Russen stecken im Schach wie in einer permanenten Revolution.

Wahrscheinlich aber bildete ich mir das nur ein. Nicht das Turnier, das nicht. Aber die Anwesenheit großer und größter Meister. Unmöglich, dass mir die Tage und Wochen zuvor die Nachricht entgangen sein sollte, die zwei führenden Spieler der Welt würden endlich wieder aufeinandertreffen. Noch dazu in Stuttgart.

Heinz schob mich durch die Menge der Kiebitze auf eine Tür zu, hinter der wir in einen kleineren, mit nur wenigen Schachbrettern ausgestatteten Raum gelangten. In einer von den Spielern entfernten Ecke stellte Heinz mich einem jungen Mann vor, der sich Fisch nannte und zu dessen Füßen etwas saß, das ein Hund sein konnte, aber eigentlich wie ein Stapel ziemlich alter und nachlässig aufeinandergeschichteter Putzlappen aussah. Fisch war offenbar ein Punker. Als Vierzigjähriger tue ich mich schwer, diesbezüglich zu differenzieren. Von den Schuhen bis zum Hemdkragen erinnerte er mich eher an einen leicht verwahrlosten Angehörigen der deutschen Bundeswehr, aber sein Kopf bestach durch kunstvoll zerzaustes, in einem hellen Orangerot gehaltenes Haar. Allerdings hatte er kein Metall im Gesicht. Den einzigen Ring, einen goldenen, trug er am Ringfinger. Was doch ein wenig provokant wirkte. Jetzt erkannte ich auch, dass er kein Junge mehr war. Die tiefen Furchen um seinen Mund waren echt. Möglicherweise trug er den Ring genau dort, wo seine Frau ihn haben wollte, den Ring.

»Wir haben Bötsch«, sagte Fisch.

»Und wir haben kein Geld«, gab ich zurück.

»Robert, wart doch mal«, sagte Heinz und bremste mich ein, indem er erklärte, dass es hier nicht um Geld gehe. Er wusste bereits Bescheid, denn Gerda hatte ihn frühmorgens geweckt, um ihn mit dem Punker Fisch bekannt zu machen.

»Dich wollte sie noch schlafen lassen, ihr geliebtes Rösle«, sagte Heinz vorwurfsvoll.

»Dafür kann ich nichts«, verteidigte ich mich.

Fisch unterbrach uns. »Bötsch will mit euch reden.«

»Wozu?«, wollte ich wissen. Eine lächerliche Frage.

»Geht mich nichts an. Wir halten den alten Mann versteckt. Muss so sein, sind es ihm schuldig. Und weil er sich das sehnlichst wünscht, habe ich euch beide aufgetrieben. Er will euch sprechen. Der Rest interessiert mich nicht. Der Rest riecht schlecht. Riecht nach Bullen. Bullen sind im Grunde in Ordnung. Aber mit meinen roten Haaren sehe ich wie 'ne Bullenampel aus. Versteht sich, dass die keine Ampel wollen, die ihnen im Weg steht. Das ist Natur. Begreift ihr das?«

»Leuchtet mir ein«, sagte ich.

Fisch nickte. Genau genommen nickte er seinem Hund zu, der sich erhob und streckte. Er öffnete sein Maul, gähnte. Fisch stellte uns den Hund vor, mit einer Ernsthaftigkeit, die etwas sehr Bürgerliches besaß (indem er die Intelligenz dieses seines Hundes herausstrich). Majakowski hieß er. Schon wieder ein Russe, dachte ich.

Als wir zurück in den Turniersaal kamen, hatten sich sämtliche Menschentrauben zu einem gewaltigen Kranz verdichtet. Unmöglich zu erkennen, welche zwei Spieler in der Mitte dieses Gebindes saßen. Allerdings löste sich jetzt eine Gestalt aus der Menge. Es war Gerda, auffälligerweise in reines Schwarz gekleidet, beschuht, feierlich, eine Dame auf dem Höhepunkt schwergewichtiger Damenhaftigkeit.

Sie gab mir einen Kuss auf den Mund. Was mir das Gefühl gab, gezwungen zu sein, ein Glas Wein in einem Zug auszutrinken. Es gibt Schlimmeres.

»Der Russe wird gewinnen«, sagte sie und stieß mich zärtlich an.

»Welcher von den Russen?«, fragte ich. Doch da hatte sich Gerda bereits wieder entfernt und war wie ein fehlendes Stück in den Kranz aus Menschen zurückgekehrt.

Über einen Personalausgang verließen wir das Gelände des Krankenhauses. Draußen wartete ein weiterer Punker auf uns, eine mächtige Gestalt, so eine Art linksradikaler Diskuswerfer. Das Symbol, das aus seinen kurzen, hellgelben Haaren herausgeschoren war, kannte ich nicht. Am Rand seiner Brauen steckten je zwei silberne Ringe, wie um die dunkle Färbung der Haut unter seinen Augen auszugleichen. Sein verschmutzter Overall hing ihm in Fetzen herab. Darunter war aber sehr deutlich eine makellose, reinweiße Funktionsunterwäsche zu erkennen. Zudem trug er erstklassige Laufschuhe. Was ich nicht deshalb erwähne, um das Widersprüchliche eines solchen Menschen hervorzuheben, sondern viel eher seinen Verstand. Nichts gegen Ornamente, gegen ideologische Signale, nichts gegen die Umwandlung von Dreck in Dekor, nichts gegen Chemie in den Haaren und zerstochene Gesichter, aber wer auf gute Unterwäsche, auf gutes Schuhwerk Wert legt, der besitzt Grips. Dem gehört meine Achtung. Da kann er die Gesellschaft verachten, so viel er will.

Der Mann wurde uns als Erik vorgestellt. Auch er befand sich in Begleitung eines Hundes, eines kleinen, rattenähnlichen Wesens. Wie bei den Spießern: Große, starke Menschen lieben kleine Hunde.

So bildeten wir eine skurrile Gruppe, der die anderen Passanten auswichen. Es war schon merkwürdig, einmal auf der anderen Seite zu stehen, nicht der Zuseher, sondern das Bild auf dem Schirm zu sein, das alle möglichen Gefühle provoziert.

Wir stiegen in die Straßenbahn mit der Nummer fünfzehn, ein altes Vehikel, mehr eine Liliputbahn. Die Knie der Gegenübersitzenden drohten aneinanderzustoßen, weshalb die Fahrgäste vertrackte Körperhaltungen einnahmen, sodass der Eindruck von etwas Behindertem und Invalidem entstand. An einer der oberen Fensterscheiben war ein Gedicht angebracht. Darin drohte der Autor den Elektrizitätswerken. Natürlich nicht mit Bomben oder Erpressung – was ja kaum die richtige Lyrik für den öffentlichen Raum gewesen wäre –, sondern bloß mit einer niedrigen oder gar keiner Zahlung des Strompreises, da er, der Verfasser, in letzter Zeit sein Licht, seine Wärme und ähnliche elektroenergetische Leistungen aus den Augen, den hinreißenden Augen einer geliebten Frau bezogen hatte. – Armes Gedicht, dachte ich, lieblos auf die Scheibe geklatscht, ungelesen, eine Speise, die trotz allgemeinen Hungers nicht verzehrt wird.

Ich saß neben Erik, der seinen Dackelmischling auf dem Schoß hatte. Der Dackel sah an mir vorbei aus dem Fenster, konzentriert, stolz, mit spitzer, vorgereckter Schnauze, eine lebendige Kühlerfigur. Er schaute hinaus auf UFA-Palast und den Nordbahnhof, auf den Rosensteinpark, auf Bürogebäude mit dem Reiz halbierter Wolkenkratzer, auf die Weinberge, auf denen der Schnee sich lange genug hielt, um nicht einfach nur dreckig, sondern todkrank auszusehen.

Nach einer Viertelstunde erreichten wir Zuffenhausen. Doch war es nicht das Ende unserer Reise, auch wenn der Eindruck von Zuffenhausen eine erschreckende, unbenennbare Endgültigkeit besaß. Aber wie im Leben: Es kommt immer etwas nach. Wir fuhren weiter und kamen nach Stammheim. Ebenjenes in der ganzen Welt berühmte Stammheim: ein kleines, hässliches Dorf, welches das Glück hatte, an seinem Rand ein gewaltiges und bedeutendes Stück Architektur zu besitzen, zunächst einmal das Gefängnis und dann die sogenannte Mehrzweckhalle. Ich muss gestehen, ein wirklich schöner, weil in seinem hochsicherheitlichen Anspruch wahrhaftiger Gebäudekomplex. Eine siloartige Kathedrale in der Einöde, die das Tragische des Einsperrens und Eingesperrtseins nicht verheimlicht, sondern herausstellt. Eine Müllverwertungsanlage, die sich nicht als Vergnügungspark tarnt.

Mehrere gleichartige, lang gestreckte, in Reihen aufgestellte Wohnhäuser reichten bis an die südliche Mauer der Vollzugsanstalt heran, was mich doch sehr überraschte. Pflänzchen im Schatten des Kolosses. Die Punks steuerten uns in eines dieser Häuser. Fisch besaß einen Schlüssel, um die Eingangstür und jene, die hinunter in den Keller führte, zu öffnen. Vorbei an Verschlägen und Warmwasserheizung gelangten wir in einen Stollen und hielten nach kurzer Zeit vor einer Metalltür.

Ich hatte dahinter einen weiteren Keller erwartet und war dementsprechend perplex, als wir nun in einen hohen, mit Neonröhren hell erleuchteten, fensterlosen Saal traten, eine Turnhalle, wie ich jetzt an den Sprossenwänden und den verwaschenen Linien auf dem Parkett erkannte. Ansonsten erinnerte nichts mehr an die körperliche Ertüchtigung, die hier einst Programm gewesen sein musste. Überall lagen Menschen auf Schlafsäcken oder zerfressenen Matten, schrille Gestalten. Man konnte die beträchtliche Zahnlosigkeit und Zahnfäulnis förmlich spüren. Der Zahnschmerz drang mir viel mehr ins Bewusstsein als der viele Alkohol und die Drogen, die hier eingenommen wurden, um den Zahnschmerz zu lindern. An einem Ende des Saals war über die gesamte Breite ein Tresen aufgebaut, der aus alten Möbeln, Windschutzscheiben und Computerschrott bestand, im Grunde todschick. Dahinter und davor standen Leute, die sich gegenseitig zu bedienen schienen. Das Gewirr der Stimmen und die technokratische Musik aus zwei mächtigen Lautsprechertürmen vermengten sich mit dem Gebell der vielen Hunde. Der Gestank war unerträglich, aber bloß eine halbe Minute. Auch Gestank ist ja eine Frage des Standpunkts. Mitten im Gestank stinkt es nicht.

Heinz fragte Fisch, wo wir uns befinden würden.

»Unter Stammheim.«

Nun, das wussten wir auch, dass wir uns in Stammheim aufhielten und diese Anlage hier unterirdisch lag. Aber Fisch hatte etwas anderes gemeint und wurde nun deutlich: Er spreche vom *Gefängnis* Stammheim.

»Das ist nicht dein Ernst«, sagte ich, überzeugt, wir hätten uns von der Anstalt wegbewegt, natürlich, wohin auch sonst.

Fisch lachte. »Gibt's einen besseren Platz? Einen, der sicherer ist? Für Leute wie uns? Für Bullenampeln? Wir warten nicht, bis der Vollzug zu uns kommt, wir machen es uns unter ihm gemütlich. Wir leben mit dem Gesetz. Marschieren einfach rein. Das Gesetz ist in Ordnung. Natürlich muss man hin und wieder raus auf die Straße, um sich was einzufangen, gehört zum Leben, was in die Fresse kriegen, gute Sachen, schlechte Sachen. Wenn dir aber die Kacke richtig in die Hose schießt, dann zurück nach Stammheim.«

Der Raum lag genau unterhalb jener Mehrzweckhalle, in der die Prozesse gegen Baader-Meinhof stattgefunden hatten. Es war nicht ganz klar, wozu er ursprünglich gedient hatte. Nun, als Turnhalle natürlich. Aber wer soll dort geturnt haben? Andererseits: Wenn gebaut wird, dann ordentlich, schon der Honorare und Erträge wegen. Doch schien die Verwaltung vom Wert dieser dem Sport dienenden Anlage nicht überzeugt gewesen zu sein; irgendwann hatte sie die Aufgänge von der Turnhalle zum Prozessgebäude zumauern lassen. Wer nun so frech gewesen war, vom Keller des benachbarten Wohnhauses einen Tunnel zu graben – und wann –, ist völlig unklar. Eine geplante Befreiungsaktion? Eine geplante gefälschte Befreiungsaktion? Das schlichte Missverständnis einer Baufirma? Moderne Archäologie? Ein verwirrter Mieter? Wie auch immer, vor einigen Jahren war Fisch mit ein paar Freunden in eines der Zeilenhäuser eingedrungen, das zu dieser Zeit leer stand. Die Jungs waren ganz irre bei dem Gedanken, so nahe der verhassten Anstalt eine Hausbesetzung vorzunehmen. Sie waren mit der Abwärtsbewegung ihrer Besoffenheit sofort in den Keller geraten, hatten den Stollen entdeckt und an dessen Ende die gymnastische Einrichtung, die – der Zumauerung zum Trotz – noch immer über eine funktionierende Heizung, Licht, Warmwasser in den Duschen und intakte Toiletten verfügte. Die Turnhalle hing wie mit einer Nabelschnur am Leib der Mutter, deren Desinteresse nichts an den biologischen Zwängen ihrer Mutterschaft änderte.

»Das Gesetz sorgt für uns«, sagte Fisch. »Als Schüler musste ich mal Kafkas *Vor dem Gesetz* lesen. Bourgeoise Scheiße, fand ich. Beamtenliteratur. Aber als ich dann in dieser Halle stand – und ich hab sofort begriffen, wo genau ich da war –, da hat's gefunkt. Das war mal was anderes als draußen stehen und auf den verdammten Knast glotzen und dem Baader eine Träne nachweinen und den Wächtern die Syph ins Hirn wünschen und von Farbbeutelaktionen träumen. Ich hab ihn verstanden, den Herrn Kafka. Es stimmt schon. Man muss ins Gesetz rein. Dann hast du deinen Frieden. Schau dir diesen Haufen hier an, Asoziale, Junkies, Anarchos, auch ein paar schwere Jungs. Bestens aufgehoben im Bauch von Stammheim.«

»Klingt nach Religion«, sagte ich.

»Es ist wie Religion, von der nichts anderes übrig geblieben ist als ein schönes, gemütliches Pfarrhaus.«

Erik trottete in Richtung Tresen, während Fisch uns an den am Boden liegenden Gestalten vorbei in einen Nebenraum führte, in dem Turngeräte und Bälle lagerten, aber auch zwei Kühlschränke, eine Gefriertruhe und eine Mikrowelle. Hier war es noch wärmer als in der Halle. Dennoch schien der Mann, der Bötsch war, zu frieren, trotz Mantel. Derselbe Mantel, den er getragen hatte, als ich ihn unbedingt hatte retten müssen. Er saß einer jungen Frau gegenüber, einem fleischigen, grell geschminkten Ding, das sich wild am Hals kratzte. Warum sie sich nicht die Fingernägel schnitt, war mir ein Rätsel. Allergie ist eine Sache, lange Fingernägel eine andere. Ihr Hals sah aus, als hätte ihn jemand mit einem Spargelmesser bearbeitet. Aber Schach schien sie zu beherrschen. Denn auch hier wurde gespielt. Weltschachtag? Wenn ja, schien es kein guter Tag für den Professor zu sein, denn seine Stellung war aussichtslos. Sein König war ein armer, betagter Mann, der mit hängenden Schultern in seiner Ecke stand, umgeben von ein paar letzten Getreuen, armen Würstchen, die sich wie Zielscheiben vor ihren Herrn stellten und auf ein Wunder hofften. Was prompt geschah. Als Bötsch mich sah, winkte er mir zu, als wäre ich sein alter Kumpel, markierte den Gelassenen und besaß die Frechheit, der jungen Dame wie ein Gottesgeschenk ein Remis anzubieten.

»Res nullius«, sagte sie und erklärte damit das Spiel zur

herrenlosen Sache. Ich konnte nicht glauben, dass sie damit meinte, der Sieg gehöre niemandem, dass also das Remis in Ordnung gehe. Wahrscheinlich stand »Res nullius« für den Umstand, dass es im modernen Leben wie im Schachspiel an richtigen Herren fehle, Herren, die noch in der Lage waren, mit Anstand zu verlieren. Und nicht so unverschämt waren, am Boden liegend ein Unentschieden vorzuschlagen.

Die Frau erhob sich, warf einen abgeklärten Blick auf das Brett und ging halskratzend mit Fisch aus dem Raum.

»Also, meine Herren, setzen Sie sich bitte«, sagte Bötsch und zeigte mit der Geste eines Hausherrn auf zwei freie Stühle. Ich hatte den Eindruck, dass sein rechtes Auge bedeutend stärker nach außen abwich als zwei Tage zuvor. Sein Silberblick wirkte angegriffen. Die Rechnung in seinem Gesicht ging nicht mehr wirklich auf. Mir war, als säße ich einem Hochstapler, dem falschen Bötsch gegenüber. Was freilich Unsinn war. Der Mann war müde, zumindest im Gesicht. Das war alles.

»Wie haben Sie uns gefunden?«, fragte ich ihn.

»Hab ich doch gar nicht. Der Herr Fisch war so freundlich. War mal ein Student von mir. Äußerst begabt. Originell im Denken. Nur dass er das Studium abgebrochen hat. Was ich begrüße. Politisch unzuverlässige Leute, so genial sie sein mögen, gehören auf die Straße. Wie überhaupt das Genie auf die Straße gehört. Universitäten dienen der Selektion. Das ist ihre heilige Aufgabe. Die Wissenschaft braucht keine Denker, sondern Arbeiter. Denken verunreinigt die Luft. Das kann sich nur die Kunst leisten, die ja nichts leisten muss.«

Bötsch unterbrach sich, rieb sich die Schläfe, als überlege er, wo er sich eigentlich befand. Sein rechtes Auge wirkte nun geradezu selbstständig. Plötzlich richtete er sich auf,

als sei er aus einem Traum aufgeschreckt, und fragte mich:
»Warum haben Sie das getan?«

»Was getan?«

»Mich gerettet.«

»Ich stand gerade in Ihrer Nähe.«

»Das ist doch kein Grund. Oder wollen Sie mir weismachen, Sie seien ein guter Mensch?«

»Das ist nicht mein Problem. Mein Problem ist, dass ich Sie seit geraumer Zeit beobachte. Sie interessieren mich. Das mag sich nicht gehören, aber schließlich bin ich Ihnen nicht nachgeschlichen. Sie sind mir immer wieder über den Weg gelaufen. Und deshalb weiß ich, was Sie tun, wie Sie es tun. Sie verstehen mich doch. Die Bücher, die Taschen, all die Dinge, die Sie ablegen und zufügen.«

»Was kümmert Sie das?«

»Viel. Ich hänge der gleichen Leidenschaft an. Seit jeher.«

»Traurig für Sie, junger Mann, woran auch immer Sie hängen mögen. Aber in meinem Fall kann von Leidenschaft keine Rede sein. Ich betreibe Forschung, verstehen Sie? Mich beschäftigt das Phänomen des Brutparasitismus. Ich lege Kuckuckseier, ich hinterlege das Fremde in den Nestern der Wohlstandsgesellschaft. Und kann immer wieder feststellen, wie sehr der moderne Mensch einem materialistischen Brutpflegeinstinkt unterworfen ist. Was die Leute in ihren Taschen finden, in den Laden ihrer Schreibtische, in ihren Kofferräumen, das halten sie für das Eigene. Und was sie in den Regalen der Warenhäuser sehen, halten sie für das Echte. Die Kunden wie die Verkäufer. Nur selten berücksichtigen sie die Möglichkeit, Opfer einer versuchten Brutschmarotzerei zu sein. Selbst wenn es sie verunsichert oder abstößt, fast immer nehmen sie das gefundene Ei an. Und – wenn ich das so sagen darf – sie brüten es aus. Ich will Ihnen ein harmloses Beispiel nennen: Die Gemahlin eines Kollegen, in deren Wohnung ich einen neunzehn Zentimeter großen Bonsai geschmuggelt habe. Die gute Frau, ein reinlicher Mensch im pathologischen Sinn, hat nie auch nur einen Blumenstrauß in ihrer Wohnung geduldet. Heute ist sie Präsidentin der Deutschen Bonsai-Gesellschaft. Und glücklich. Letzteres allerdings hat mich nicht zu interessieren. Wie gesagt, das ist ein harmloses Beispiel. Und man kann sich infolgedessen ausmalen, welche manipulative Möglichkeiten der Brutparasitismus bietet.«

»Wovon wird hier eigentlich geredet?«, beschwerte sich Neuper.

»Und wer sind *Sie* eigentlich?«, fragte der Parasitologe.

Ich sah, dass der arrogante Tonfall des Professors den eben erst verwitweten und verständlicherweise angespannten Boxer zu einer Handlung antrieb.

»Nicht jetzt, bitte«, sagte ich, ohne irgendein Versprechen für später abzugeben. Dennoch beruhigte sich Heinz und lehnte sich wieder umständlich zurück. Auch der Professor beließ es dabei. Nun wollte ich aber doch wissen, warum der Griechenjunge versucht hatte, Bötsch umzubringen.

»Man mag mich nicht lebend.«

»So scheint es.«

»Unglückliche Umstände und ihre Folgen«, erklärte Bötsch in seiner dozierenden Art, »das Schicksal ist hin und wieder ein übler Genosse, der mit Blumen lockt, welche dann stinken. Ich bin am Anfang dieser fatalen Woche leider in die Verlegenheit geraten, ein Gespräch zu belauschen. Für den forschenden Menschen ist das Horchen eine Tugend. Schlimm nur, dass ich dabei zu hören bekam, dass jemand umgebracht werden soll, eine mir durchaus bekannte Dame namens Holdenried. Persönlich bekannt.

Ich nehme an, dass Sie schon einmal von ihr gehört haben. Sie ist eine recht umtriebige Person. Sitzt bei Köpple im Vorstand, und wo sie sonst noch so sitzt. Intelligent, gewieft – eine Spur zu gewieft, fürchte ich. Und da erfuhr ich also, dass man zur Beseitigung dieser Frau einen Spezialisten aus Südafrika hat kommen lassen, einen merkwürdig fettleibigen Menschen, wenn man seine Profession bedenkt. Er ist bereits in Stuttgart und macht sich bei religiös motivierten Leuten beliebt, indem er mit luxuriösen Ethno-Bibeln handelt. Das soll wohl seine Tarnung sein. Er wirkt sogar recht überzeugend. Ich kenne den Mann. Er wurde mir ganz offiziell vorgestellt. Nicht als Killer, versteht sich. Sie sehen also, dass ich einiges in der Hand hatte. Nichts in der Hand zu halten, wäre mir allerdings lieber gewesen. Ich war mir nicht sicher, was zu tun ist und mit wem ich darüber reden sollte. Und ob überhaupt. Es ist zumeist besser, solchen Kram gleich wieder zu vergessen. Ich exponiere mich gern als Wissenschaftler, nicht jedoch als Aufdecker eines Komplotts. Auf jeden Fall dachte ich, genügend Zeit zu haben, mir das alles zu überlegen. Zeit bis zum Ende dieser Woche.«

Ich wollte wissen, für wann die Ermordung Frau Holdenrieds geplant war.

»So in etwa Samstagnacht, Sonntagmorgen«, sagte Bötsch. Er warf einen kurzen Blick auf das Schachbrett und erklärte, er sei überzeugt gewesen, ihm könne nichts geschehen. Aber offensichtlich war er beim Lauschen beobachtet worden. Weshalb man ihn jetzt umbringen wolle. »Zuerst mich, dann die Holdenried.«

Ich fragte Bötsch, warum er nicht zur Polizei gegangen war.

»Das überlasse ich gern Ihnen«, sagte Bötsch, wirkte amüsiert, unsympathisch.

Natürlich, er hatte sich denken können, dass der Polizist, der den Griechen erschossen hatte, als Teil eines Konzepts fungierte. Ein Konzept, in das vielleicht weitere Polizisten eingebunden waren. Wenn nicht der gesamte Apparat. Ich teilte Bötsch mit, dass besagter Polizist tot war, ohne ins Detail zu gehen. Ich wollte den Boxer nicht zu sehr aufregen, der mit einem leeren Blick an sich hinuntersah. Ich wollte nicht von Frau K. sprechen.

»Freut mich«, sagte Bötsch und meinte den toten Polizisten, »aber das macht mich noch lange nicht sicher. Der Mann, der hinter diesen Machinationen steckt, ist eine einflussreiche Person. Einflussreich ist gar kein Begriff. Der ist nach allen Seiten abgedeckt.«

»Wer soll das sein?«

»Es ist besser, junger Mann, wenn Sie das nicht wissen. Eben.«

»Warum haben Sie mich dann holen lassen? Was soll ich tun? Ihnen beim Schach assistieren? Ihren König aus dem Feuer holen?«

»Ich will Ihnen die Chance geben, die Sache in die Hand zu nehmen. Mir scheint doch, dass das Ihre Spezialität ist.«

»Was? Dinge in die Hand nehmen?«

»Sie haben sich eingemischt. Nun, dann bleiben Sie gefälligst dabei. Verhindern Sie das Attentat. Um bei Ihrer Diktion zu bleiben: Sie brauchen keine Könige aus dem Feuer zu holen, aber eine Königin.«

»Du liebe Güte, soll ich mich wieder vor eine Kugel werfen?«

»Sie müssen ja nur zusehen, dass der Killer ausscheidet. Der Mann heißt Jooß, Ludwig Jooß, Südafrikaner. Er wohnt im Hotel Graf Z. Er stammt von Deutschen ab. Man kann also mit ihm reden. Zumindest deutsch. Aber wahrscheinlich ist es besser, nicht allzu viele Worte zu verlieren.«

»Moment. Wie denken Sie sich das: ausscheiden?«

»Das kann ich nicht sagen. Ich wollte Ihnen nur eine Chance geben.«

»Was für eine Chance? Schon wieder den Helden zu spielen? Meine Güte, Herr Professor, das ist nun wirklich meine traurigste Rolle. Und wer ist überhaupt diese Holdenried? Warum soll sie sterben?«

»Ich sage Ihnen nur, dass diese Frau den Tod nicht verdient.«

»Wer verdient ihn denn?«

Bötsch schwieg. Heinz schwieg schon lange. Ich sagte auch nichts mehr, stand auf, folgte dem Blick des Boxers auf das Schachbrett. Auch der Professor sah jetzt wieder hinunter auf die hoffnungslose Situation seiner weißen Figuren, welche angesichts des Remis noch tragischer wirkten als zuvor, wie Leute, denen man nicht einmal den Tod gönnt.

Ich überlegte. Sollte ich wirklich versuchen, einen Berufsmörder an seiner Arbeit zu hindern, so wie man einem Schlachter seine Knochensäge aus der Hand nimmt und ihn nach Hause schickt? Wofür? Um eine Frau zu retten, die ich nicht kannte und die zu retten der Herr Professor entweder zu feige oder zu faul war? Um mir eine weitere Kugel einzufangen und eine weitere Operation zu überstehen oder auch nicht? – Gut, der Boxer hatte das Motto vorgegeben: die Sache erledigen. Also genau das, was einem im Leben sonst nicht gelingt, weil man sich nun einmal vor Kugeln fürchtet oder auch nur vor einer schlechten Benotung, vor ein paar scharfen Worten, den Folgen von zu viel Knoblauch oder vor einer Diarrhö. Man zittert durchs Leben, auch wenn man um Haltung bemüht ist (weshalb das Herrensakko erfunden wurde, dieser Panzer des Jämmerlichen), man spricht von erledigten Arbeiten, aber in

Wirklichkeit ist bloß das erledigt, was innerhalb unseres Zitterrahmens Platz findet. Außerhalb dieses Rahmens stehen die nicht einmal vergebenen Möglichkeiten, da stehen die Worte, die, längst geformt, Besoffenheit vorspielen, um nicht aus dem Mund herausfinden zu müssen, da warten jede Menge Wut und ein paar Kilo Knoblauchzehen. Gerade in Deutschland werden im Jahr Abermillionen von Knoblauchzehen nicht gegessen, die eigentlich gegessen gehören, da ja der entsprechende millionenfache Appetit durchaus besteht. Doch man fürchtet sich vor dem eigenen Atem. Der eigene Atem ist der Abgrund, dem wir auszuweichen versuchen.

»Ich wüsste einen Ausweg.«

Unvermutet hatte Heinz Neuper gesprochen. Ich schaute ihn von der Seite an. Er saß jetzt nach vorn gebeugt und hatte die Hände zum Kopf gezogen, als wollte er in der üblichen Boxermanier die empfindlichen Stellen seines Gesichts decken. Er unterließ es aber, Fäuste zu bilden, sondern presste die Daumen gegen das jeweilige Jochbein, während die anderen Finger zwei Wände bildeten, die wie Klappen das Gesicht erweiterten. Sein Blick war auf das Schachbrett gerichtet. Er hatte sich verändert. Vom Boxer zum Schachspieler. Er hob die Brauen, als wäre ihm eine Idee gekommen.

Ich kenne die Gesichter und die Biografien berühmter Spieler, ich kenne den Tratsch, der diese Leute umgibt, den sie selbst so gern fördern. Und man muss sich fragen, warum noch niemand auf die Idee gekommen ist, in der Art von Ärzteromanen auch Schachromane zu verfassen. Das Leben der Schachgrößen – die alle etwas Landadeliges besitzen, etwas Borniert-Geniales, eine gewisse schlanke Fettleibigkeit, eine trockene Verschwitztheit – würde sich bestens eignen, den Leser in eine Welt zu entführen, in der die vom vielen Denken und Nachdenken und Überdenken gequälten Männer jede Banalität in etwas Tragödienhaftes verwandeln. Eine Welt, in der jedes Rätsel schlussendlich auf einem Holzbrett gelöst wird, das aussieht wie die Zielflagge eines Autorennens.

Vom Schach selbst verstehe ich allerdings überhaupt nichts. Deshalb war es mir unmöglich, den Ausführungen Neupers zu folgen, der sich nun in eine Hitze hineinredete, derart war er um die Rettung des weißen Königs bemüht, als könne er dadurch Natalja retten, die ja nicht mehr zu retten war, so wenig wie der König aus dem vereinbarten Remis. Die Frau mit dem zerkratzten Hals würde nicht zurückkommen, um dieses Spiel wieder aufzunehmen.

Neuper aber ließ es sich nicht nehmen, das Schicksal mit allen Regeln der Kunst umzudrehen und zu erklären, wie die wenigen weißen Figuren dieses Spiel noch hätten gewinnen können. Der Professor, zuerst bloß belustigt, hörte nun aufmerksam zu und musste erkennen, dass der Glanz seines ergaunerten Remis verblasste.

Ich ließ die beiden allein und ging hinüber zum Tresen, stellte mich an eines der Enden, wo man mir ungefragt ein Glas Bier zuschob, welches ruhig etwas kühler hätte sein dürfen. Trotz der erhöhten Temperatur im Raum, im Bier und im Körper leerte ich ein Glas nach dem anderen. Mit zunehmender Betrunkenheit hatte ich immer weniger das Gefühl, an einem Schanktisch zu stehen, viel eher an einer Baustelle, an eine Absperrung gelehnt. Mit frührentnerischer Gelassenheit verfolgte ich das Geschehen: Werktätigkeit, nackte Arme, Unterleibchen, Lärm, das Durcheinander, das der Ordnung voransteht. Ich kam so schnell nicht los. Der Tag verging. Sehr spät löste ich mich aus meiner Betrachtung und fiel wie ein Toter zwischen fremde Körper.

Keine Ahnung, was in diesem Bier gewesen war, aber ich meinte nicht bloß durch den Boden hindurchzufallen, was ja einem herkömmlichen schwer alkoholisierten Zustand allemal entsprochen hätte, sondern ich stürzte aus diesem Boden wie aus einer Wolke heraus und raste auf die Erde zu. Und zwar nicht im Bewusstsein einer Wahnvorstellung, sondern zutiefst erschrocken darüber, keinen Fallschirm zu besitzen. Das klatschnasse Hemd klebte wie eine Eisplatte auf meiner Brust. Mein Herrensakko flatterte. Auch wenn ich Arme und Beine wie ein Flughund ausbreitete, konnte von einem kontrollierten Flug keine Rede sein. Wozu auch Kontrolle? War der Boden zunächst so weit entfernt gewesen, dass ich bloß einen dunstigen Schleier gesehen hatte, klarte es nun auf, und eine Stadt erschien, die von hier oben etwas Flachgedrücktes, Einheitliches besaß, sich aber aufzulockern begann. Ich registrierte sehr wohl das Abstruse dieser Situation, dass ich ausgerechnet von Stammheim aus auf die Erde stürzte. Stammheim lag also über den Wolken, quasi im Himmel. Und die Stadt, auf die ich jetzt hinuntersauste, war natürlich Wien. Ein sehr gängiges Bild, jenes vom verlorenen Wiener Sohn, der nicht einfach per Bahn oder Auto zurückkehrt, sondern direkt aus dem Himmel in die Stadt fällt. Die Frage ist nur, wohin man fällt. Direkt in ein Grab, in ein Ehrengrab hinein? Mit solcher Wucht in ein Ehrengrab hinein, dass keiner mehr sagen kann, man würde ein solches gar nicht verdienen. Mit solcher Wucht, dass niemand es schafft, einen aus diesem Ehrengrab wieder herauszukratzen. Das mag nach Klischee klingen, aber der geborene Wiener, also der im naturtrüben Klischee geborene Mensch, wünscht sich nichts so sehr wie ein Ehrengrab, auch wenn er niemals in den Geruch der Berühmtheit oder gehobener Ehrenhaftigkeit gerät. Selbst der Wiener

Mörder hofft weniger auf Vergebung, sondern vielmehr darauf, dass die Vergeber von Ehrengräbern mit der Zeit an seiner kriminellen Tat das Verdienstvolle erkennen, etwas Wegweisendes (politische Weitsicht, Entwicklung eines neuen Tötungsverfahrens oder Ähnliches). Manche treiben es in ihrer Verzweiflung besonders weit. Während sie noch im Gefängnis einsitzen, beginnen sie eine schriftstellerische Karriere, von der sie hoffen, sie würde ihnen den Weg ins Ehrengrab ebnen. Denn wie auch die anderen Wiener Künstler nehmen sie nicht deshalb jede Schamlosigkeit in Kauf, um an einen bedeutenden Kunstpreis heranzukommen, sondern diese Kunstpreise dienen ihnen bloß als Sprungbrett ins Wiener Ehrengrab.

In der Donau wollte ich nicht landen. Lieber im Donaukanal, nicht weil er sauberer ist, das nicht. Aber die Donau ist nicht Heimat, der Kanal schon. Er ist es, welcher besungen gehört. Die Donau hat etwas Arrogantes, etwas Ländlich-Arrogantes und Antistädtisches. Wenn man sie sieht, muss man sofort an die Wachau denken und damit an das Liebliche. Der Kanal hingegen fällt nicht einmal auf, wenn man rechter oder linker Hand an ihm entlangfährt. Er ist wie eine gesperrte, mittlere Autospur, an der seit Ewigkeiten gebaut wird.

Aber ich fiel weder in den Kanal noch in ein Ehrengrab, sosehr ich mir das auch wünschte. Ich wurde auch nicht – sosehr ich es erwartete – von einer der zahlreichen Kirchturmspitzen aufgespießt, landete nicht auf dem Secessionsgebäude, das ich von Weitem erkannte und das von hier oben wie ein sehr edles Emailwaschbecken in einem total verdreckten Badezimmer aussah. Nein, ich raste auf einen von jeder religiösen oder weltlichen Sehenswürdigkeit unbedarften Häuserblock zu. Ich würde mitten im grauen fünften Gemeindebezirk landen, in Margareten. Eine Gegend, die mir bestens vertraut war. Ich raste jetzt mit dem Kopf voran abwärts und schrie meinem Aufprall entgegen. Doch so, wie ich zu Anfang dieser Reise durch den Stammheimer Turnhallenboden geglitten war, so glitt ich nun durch das Dach des Hauses, den Dachboden, durch die Stockwerke hindurch, vorbei an Familien und Alleinstehenden, die allesamt beim Frühstück saßen, und landete – nicht weich, aber auch keineswegs hart – auf einem Stuhl. Voilà! Jetzt saß ich vor einem gedeckten Tisch, mir gegenüber eine junge Frau im Bademantel, wie junge Frauen in Bademänteln nun einmal wirken, wenn sie beim Frühstück sitzen: zerrauft, unausgeschlafen, ungnädig, gelangweilt. Sie wirken und sind ungeschminkt. Sie erlauben sich – bei aller Pose – den ungeschminkten Auftritt, ohne zu wissen, wie alt und zerstört sie in solchen Momenten aussehen. Wenn sie dann auch noch rauchen, statt zu essen, erinnern sie alle ein wenig an betagte Hollywoodschauspielerinnen mit einem gewissen Alkoholproblem. Und das ist nicht übertrieben.

Diese Frau hier klopfte die Asche ihrer Zigarette in das aufgeschlagene Viereinhalb-Minuten-Ei, während ich selbst nicht nur in den Stuhl hineingefallen war, sondern mit einer Hand in einen Zeitungsrand, mit der anderen in den Griff einer mit Kaffee gefüllten Schale. Zudem trug ich nun einen Schlafanzug von der Farbe der Eierschale. Ich wusste es sofort wieder. Es war Samstag. Und es würde nicht irgendein Samstag bleiben. Es würde ein schrecklicher Samstag werden. Vielmehr: Es war ein schrecklicher Samstag gewesen, damals vor nicht ganz zwanzig Jahren. Und jetzt? Würde ich das Ganze noch einmal erleben müssen? Ich würde. Es läutete an der Eingangstür, so wie es damals geläutet hatte, nur dass ich jetzt – in diesem Traum – wusste, wer draußen stand. Und als nun Angelika, die Frau im Bademantel und Vorgängerin von Marlinde, von ihrem Buch aufsah *(Fegefeuer in Ingolstadt)*, mir den Rauch entgegenblies und sagte: »Mach du doch auf!«, so wie man sagt: Hol du dir doch den Tod!, da verhielt ich mich genauso wie damals, konnte gar nicht anders, knöpfte meinen Pyjama zu, trat in den Vorraum und öffnete die Tür, vor welcher zwei Mittvierziger standen. Auf ihren Gesichtern lag die humorlose Fröhlichkeit von Menschen, die ihren Job ernst nehmen und viel Freude daran haben. Bevor ich ihnen sagen konnte, dass ich nicht an Gott glaubte und dies auch in Zukunft nicht vorhätte, waren sie bereits über die Schwelle getreten. Ohne mich dabei zur Seite gedrängt zu haben. Sie bewegten sich wie Muränen. Und atmeten wie Muränen. Wegen Gott waren sie nicht hier. Der eine mit der Lesebrille, über deren Rand er mir einen scharfen Blick zuwarf, zückte einen Ausweis, steckte ihn aber so schnell zurück, dass ich außer einer verwaschenen Fotografie nichts erkennen konnte.

»Also, Szirba, jetzt schaun mir uns mal Ihre Geräte an.« Ich war doppelt verwirrt. Einmal, weil ich nicht wusste, was er mit Geräten meinte. Zudem verstörte mich eine solche Anrede, und ich bestand darauf, ein *Herr* Szirba zu sein. (Die Not – auch jene, im Nachtgewand vor diesen Männern zu stehen – war so groß, dass ich vergaß, dies alles schon einmal erlebt zu haben.)

»Net renitent sein«, empfahl mein Gegenüber, »die Anrede können S' getrost uns überlassen. Wer net zahlt, der ist auch kein Herr.«

Ich verstand kein Wort, obwohl der Mann um eine deutliche, amtshandelnde Aussprache bemüht war.

Fest entschlossen, diese beiden Gestalten hinauszuwerfen, sagte ich: »Verlassen Sie meine Wohnung«, allerdings so, wie man sagt: Ich gestehe alles. Kein Wunder also, dass sie sich nicht abhalten ließen und ins Wohnzimmer gingen, wo Angelika saß. Der größere der beiden, der bisher stumm geblieben war, stellte sich neben den Fernseher und legte triumphierend die Hand auf das Gerät. Gerät? Einen Moment war ich erleichtert. Dieser morgendliche Überfall war also nicht geschehen, um mich wegen des jämmerlichen Stückchens Marihuana hochzunehmen, von dem ich selbst nicht mehr genau wusste, hinter welchem Teil meiner Plattensammlung ich es versteckt hatte. Und diese Männer waren nicht hier, um zu eruieren, warum ich Tage zuvor in einem Favoritener Modehaus einen getragenen, jedoch einwandfreien Maßanzug unter die Stangenware gemischt hatte. Auch nicht wegen der paar Demonstrationen, an denen teilzunehmen meine Leidenschaft für Angelika mich gezwungen hatte. Es handelte sich allein um den Umstand, dass ich darauf verzichtet hatte, meinen Fernseher und mein Radio anzumelden. Ein Kavaliersdelikt, auch wenn die Behörde in ihren warnenden Aufrufen so tat, als wäre sie fest entschlossen, mit diesem schlimmsten aller Gewohnheitsverbrechen aufzuräumen. Wer nichts angemeldet hatte, war verdächtig. Die Vorstellung eines rundfunklosen Haushalts war abwegig, ein solcher Haushalt eigentlich auch schon ein Verbrechen (sogar das Wesentlichere). Allerdings brauchte man die Kontrollorgane nicht in die Wohnung zu lassen. Die Freiheit des Bürgers war beträchtlich, abgesehen von der in seinem Kopf, wo noch immer Angst und Devotion regierten. Wie auch in meinem Fall. Deshalb standen die beiden Männer ja in meinem Zimmer, standen gewissermaßen mit ihren Straßenschuhen in meinem so liebevoll angerichteten samstäglichen Frühstück. Das Geheimpolizeiartige ihres Auftretens darf ihnen nicht übel genommen werden. Sie wären nicht weit gekommen in ihrem Beruf, wären sie vor den Türen stehen geblieben wie die Heiligen Drei Könige, um sich auf Diskussionen über das erschreckende Niveau der Fernsehprogramme einzulassen.

»Kompliment, junger Mann«, sagte der, der das Sagen hatte, »das ergibt eine ordentliche Verwaltungsstrafe, die Sie da werden zahlen müssen.« Und zog einige Formulare aus seiner Mappe.

»Meinen Sie also, alter Mann«, fauchte ich ihn an, unter Aufwendung meines ganzen außerparlamentarischen Mutes.

»Oh, oh, oh«, entgegnete er, »das ist unklug, junger Mann, sehr unklug. Was meinen S' denn? Dass ich Ihnen vielleicht entgegenkomm, wenn Sie sich solche Frechheiten herausnehmen? Na, da stell ich aber gleich auf stur.«

»Höchststrafe!«, ließ der andere sich lachend vernehmen, noch immer die Hand am Fernseher, den Blick aber auf Angelika gerichtet, die unbeirrt weiter in ihrem Buch las und sich eine neue Zigarette anzündete. Dabei wirkte sie nicht etwa bemüht, sondern schien die Ruhe selbst, als wäre angesichts eines Ingolstädter Fegefeuers die lächerliche Wirklichkeit in diesem Zimmer belanglos.

»Der Fernseher geht doch gar nicht«, bemühte ich mich, die Auseinandersetzung wieder ins Faktische zu ziehen. Was allerdings so nicht ganz stimmte. Von den zwei Programmen, mit denen man sich damals begnügen musste, empfing ich das eine unter schwersten Einbußen jeglicher Verständlichkeit, das andere jedoch war bloß durch eine gewisse Körnigkeit des Bildes beeinträchtigt. Was die beiden Herren aber ohnehin nicht interessierte. Der Apparat stand da, zudem befand sich im Schlafzimmer ein Radiowecker. Und ob in den Corpora Delicti noch Leben schlummerte oder nicht, war für das Festhalten meiner Schuld nicht von Bedeutung. Nachdem die Vergehen mit allen

»schmutzigen« Details schriftlich festgehalten waren, sollte ich sie, meine Schuld, auch noch per Unterschrift bestätigen. Der Mann schob seine Lesebrille wieder den Nasenrücken hinunter, betrachtete mich gleichzeitig angewidert und belustigt und hielt mir das Papier an die Brust.

»Unterschreiben Sie doch selbst«, sagte ich. Natürlich war das ein schwächlicher, nichtsdestoweniger unerlaubter Tiefschlag. Einerseits meine Weigerung an sich, andererseits der ironische Versuch, ein solches Kontrollorgan zur Fälschung einer Unterschrift zu animieren. Bekanntermaßen wird alles Ironische sehr unterschiedlich aufgefasst.

»Jetzt reicht's, du Kaschperl, depperter. Eine blöde Bemerkung noch und i...«

»Schleicht's euch!«

Einen Moment herrschte völlige Stille. Oder eben eine Stille, die den idealen Hintergrund für eine einzige wesentliche Geräuschfolge bildete, die im tiefen Inhalieren des Tabakrauchs und im Ausstoßen desselben bestand. Angelikas »Schleicht's euch« war nicht nur dem Inhalt nach beleidigend gewesen. Indem sie diese dialektale Phrase ohne jede dialektale Färbung gesprochen hatte, war eines klar geworden: dass sie, die Tochter aus besserem Hause, sich einer fremden, grässlichen Sprache nur bedient hatte, um die Barbaren aus dem Haus zu weisen. Und schon war diese Bademantelschönheit wieder in die Literatur versunken und rauchte, als wollte sie einen nikotinenen Schutzwall um sich errichten. Ein wenig kam mir der Gedanke, dass dieses »Schleicht's euch« auch mir gegolten hatte, dem Liebhaber, Wohnungseigentümer und Lieferanten dieses prachtvollen Frühstücks.

Der Mann, der das Sagen hatte und dem dieses Sagen zu entgleiten drohte, löste sich aus seiner Starre, ging zwei

Schritte auf Angelika zu und sagte: »Hör'n S' zu, Fräulein.« Aber das Fräulein hörte nicht zu, blieb in ihr Buch und ihre Zigarette vertieft. Weshalb der Mann seinen Arm ausstreckte und seine Hand auf ihre Schulter legte. Und auch wenn diese Handlung nicht eigentlich aggressiv war, eher dem ungelenken Versuch glich, eine Schlafende wach zu rütteln, ging er einen Schritt zu weit. Angelika war nun mal nicht das Fernsehgerät, auf dem er mit vollem Recht seine Hand platzieren konnte. Mit einer raschen, kurzen Bewegung machte Angelika sich frei und zischte den Mann an – etwas von wegen, dass er alt sei, ein Kretin, seine Hand dreckig und dass ihr Vater ein hohes Tier in der Polizeidirektion Wien sei. Das mit ihrem Vater war mir vollkommen neu. Ihr nächster Blick traf mich, ein Blick der Verachtung, wohl dafür, dass sie gezwungen war, ihren Vater ins Spiel zu bringen, weil ich – der Mann im Pyjama, der Mann in weiten Hosen – unfähig war, sie vor der Belästigung solcher visitierender Kreaturen zu beschützen. Dieser Blick tat weh. Er machte mir klar, dass Angelika nichts von Männern hielt, die sich allein auf die Zubereitung von Frühstücken verstanden. Angstvoll überlegte ich, dass vielleicht genau darin meine einzige wirkliche Qualität bestand, im Frühstückbereiten (obwohl erst zwanzig, ahnte ich bereits, dass ich ein Architekt ohne Architektur werden würde). Und wie um meinem Schicksal zu entgehen, meinte ich nun, den Wilden spielen zu müssen, stürzte mich auf den Mann, der Angelika angefasst hatte, packte ihn am Mantelkragen und schob ihn durchs Zimmer, bis er mit dem Rücken gegen einen Türstock krachte. Ich hätte Lust gehabt, ihn ein wenig in die Höhe zu drücken. Doch Wut macht vielleicht verrückt, aber sie versetzt keine Berge. Der Kerl wog sicher an die achtzig Kilo. Und es war mein Glück, dass er in seiner Verdutztheit nicht auf die Idee kam, sich zu wehren. Wie auch sein Kollege sich nicht rührte, als wäre er längst am Fernsehgerät festgewachsen.

»Das darf doch nicht wahr sein«, sagte Angelika, legte das Buch zur Seite und drückte die Zigarette aus. »Du bist ja noch ein halbes Kind.« Dann stand sie auf, schob die Teile ihres Bademantels ineinander und ging hinüber ins Schlafzimmer. Die Tür sperrte sie ab. Das Geräusch des sich im Schloss drehenden Schlüssels lärmte quälend lange durch meine Gehörgänge. Dabei sah ich dem Mann, den ich noch immer festhielt, in die Augen. Zwischen uns war nur seine Lesebrille. Ich erkannte sein echtes Bedauern. – Jetzt fiel mir alles wieder ein. Dass sich Angelika von mir trennen würde. Dass ihr Vater Jahre später eine ziemlich unglückliche und viel diskutierte Figur machen würde. Dass ich noch wochenlang Angst haben würde vor einer Anzeige wegen meines Übergriffs. Zudem entwickelte ich paranoide Züge. Erwartete einen groß angelegten Rachefeldzug der Gebühreneintreiber und wagte mich nicht an die Tür, wenn es läutete. Aber die Wirklichkeit erwies sich als undramatisch und freundlich. Ich sah die beiden Männer nie wieder, nachdem sie ohne ein Wort – vielleicht meine anbrechende Verrücktheit fürchtend – gegangen waren. Und auch sonst rührte sich der Rundfunk nicht (wofür ich hier ausdrücklich danken möchte). Man ließ mir meine Geräte, duldete meine Nichtanmeldung, verzieh mir sämtliche Untaten. Dass ich wenig später Marlinde kennenlernte, die Fernsehjournalistin, und auch den Umstand, dass das Fernsehen immer schlechter wurde, empfinde ich natürlich *nicht* als Strafe. Das wäre lächerlich. So wie es überhaupt lächerlich ist, sich über das Fernsehen aufzuregen. Manche Dinge sind übel, weil es in der Natur der Sache liegt. Wollte man dem Regen vorhalten, dass er nass ist, oder dem Unkraut, dass es wächst?

Jetzt aber – in dieser Wiederholung der Wirklichkeit – stand ich noch immer neben meinem sinnlos gewordenen Frühstück, hielt den Mann am Kragen und erkannte sein Mitleid. Und ließ ihn endlich los. Auch weil ich spürte, wie ich den Boden unter den Füßen verlor, und zwar im wahrsten Sinne des Wortes. Ich tauchte durch den Boden ab, fiel in die darunter liegende Wohnung, weiter in den Keller und dann in die Erde, also doch in ein Grab, wenn auch kein Ehrengrab. Allerdings blieb ich auch hier nicht stecken, sondern glitt fortgesetzt durch das Innere, passierte den Mittelpunkt der Erde, den ich mir, ehrlich gesagt, etwas pompöser vorgestellt hatte. Andererseits, was sollte aus ein paar Nickel- und Eisenverbindungen auch schon Großartiges entstehen. Während ich am Mittelpunkt vorbeiflog, schlief ich ein.

Anders gesagt: Ich erwachte. Es herrschte eine relative Ruhe in der Stammheimer Turnhalle. Ein Geschnarche und Geschnaufe erfüllte den im Neonlicht grellen Raum. Alte Stammheimer Tradition: Niemals ging das Licht aus. Ich sah auf die Uhr. Sechs Uhr morgens. Ich trat über die Liegenden, die dicht gedrängt die gesamte Fläche der Halle ausfüllten. Ich dachte: Völkerball. Ohne auf jemanden getreten zu sein, erreichte ich die Toilettenanlage, die sich in einem überraschend sauberen Zustand befand. Was kein Wunder war. Zwei Frauen waren gerade dabei, den Boden aufzuwischen. Ich wartete, bis sie mit ihren Fetzen und Eimern und Chemikalien hinüber in die Damentoilette gewechselt waren. Manchmal denke ich, dass nichts uns Westeuropäer so sehr verbindet wie der Umstand, dass wir unsere Toiletten nicht selbst putzen. Vielleicht war das meine fixe Idee. Aber ich selbst und meine Frau hatten unser Klo nicht ein einziges Mal kraft eigener Anstrengung gereinigt, seit wir nach Stuttgart gezogen waren. Doch wenn ich es betrat, war es picobello, wie neu, eine warme, glänzende, jeden Gedanken an den eigentlichen Zweck auslöschende Fliesenidylle. Darüber wird natürlich nicht offen gesprochen, nicht im Büro, nicht im Freundeskreis. Schon gar nicht war das ein Thema zwischen mir und Marlinde. Dennoch bekam ich mit der Zeit den Eindruck, dass ich niemanden kannte, der sein Klo selbst putzte, die Küche vielleicht, manchmal, aber sicher nicht die Toilette.

Und jetzt stand ich hier, in der Wohngrotte der letzten Linksradikalen, und was sah ich? Putzfrauen. Und genoss es auch gleich, als Erster von deren Arbeit profitieren zu können. Ich steckte den Kopf ins glänzende Waschbecken und ließ kaltes Wasser über meinen Schädel fließen. So lange, bis der neue Schmerz den alten Schmerz wie mit einer Klammer umgab. Dann richtete ich mich auf und betrachtete mein gerötetes, feuchtes Gesicht im blanken Spiegel. Was ich sah, gefiel mir. Nicht, dass ich über Nacht hübscher geworden war. Aber irgendetwas war aus meinem Gesicht herausgefallen. Es wirkte schlanker, karger, wie eine bäuerliche Stube, aus der man einen schweren Schrank und die Hirschgeweihe, nicht aber das Kreuz entfernt hatte.

Gegen sieben machte ich mich daran, Heinz Neuper aufzuspüren, stelzte zwischen den Schlafenden umher, fand ihn aber nicht. Ich versuchte es im Geräteraum. Der Boxer saß auf einem niedrigen Stuhl, die Ellenbogen auf die Knie und das Kinn auf die verschränkten Hände gestützt. Auf seinem Hemd zeichneten sich dunkle, feuchte Flecken ab. Er starrte auf ein Schachbrett vor sich, ebenso wie die Dame, die ihm gegenübersaß und ungebrochen ihren Hals bearbeitete. Bötsch stand in gebührender Entfernung und beobachtete das Spiel.

»Heinz, wir haben zu tun«, sagte ich, nicht einmal sicher, was wir eigentlich zu tun hatten.

»Seien Sie doch ruhig.« Bötsch war aufgesprungen und hielt mich davon ab, näher an Neuper heranzutreten. »Seine Dame, er wird seine Dame verlieren«, flüsterte mir der Parasitologe ins Ohr. Und es klang, als wäre nichts wichtiger als diese Dame, nichts tragischer als ihr wahrscheinliches Ausscheiden. Ich begriff das nicht. Menschen waren gestorben, nicht wenige, weitere konnten folgen. Bötsch war in Gefahr, Neuper ein Witwer auf Rachetrip, und dennoch war eine kleine, schwarze, hölzerne Dame in den Mittelpunkt gerückt. Bötsch schob mich aus dem Raum.

»Er braucht absolute Ruhe«, erklärte Bötsch. »Gut, er wird die Dame verlieren. Aber nicht unbedingt das Spiel. Dieser Mann besitzt erstaunliche Qualitäten. Aber seine Nerven, seine Nerven sind das Problem. Einmal macht er einen genialen Zug, dann einen blödsinnigen. Er benötigt sein Genie, um die Folgen seiner Blödsinnigkeit zu kompensieren. Eine Tragödie.«

»Der Mann hat seine *Frau* verloren«, rief ich, »wegen dieser Geschichte, wegen Ihrer Geschichte.«

»Ich weiß, ich weiß. Ein Unglück, gar keine Frage. Aber was heißt hier ›meine Geschichte‹? Hätten Sie nicht darauf bestanden, mich zu retten ... aber lassen wir das. Ich will Sie nur bitten, sich hier nicht einzumischen, nicht in *dieses* Spiel. Retten Sie Annegrete Holdenried. Schalten Sie den Bibelmenschen aus. *Das* ist Ihr Spiel, wenn ich so sagen darf.«

»Das alles muss ein Albtraum sein«, erwiderte ich pathetisch und schüttelte den Kopf.

»Bloß eine ungewöhnliche Woche«, meinte Bötsch, »und keine Woche fällt vom Himmel, sondern bereitet sich vor. Wer sich wundert, der wundert sich über seine Blindheit.«

»Lassen Sie das, Professor, keine Vorlesungen. Als ich

Sie noch nicht kannte, nur beobachtet habe, da dachte ich, dass wir etwas gemein haben. Ich dachte, Sie seien derjenige, der mich verstehen könnte. Das war eine unsinnige Vorstellung.«

»Eben. In der Tat.«

»Noch einmal: Warum soll diese Holdenried sterben? Wer verlangt das?«

»Annegrete ist eine ehrgeizige Dame. Nichts gegen solche Frauen, die Holdenried ist grandios. Es ist wie im Schach: Die Macht der Dame ist die größte. Aber sie sollte natürlich dem eigenen König dienen.«

»Hat Frau Holdenried den König und damit die Seite gewechselt?«

»Ich denke eher, sie hatte vor, den König zu opfern.«

»Sodass der König beschließt, sie eliminieren zu lassen.«

»Eben.«

Ich stellte Bötsch nicht noch einmal die Frage, warum ausgerechnet ich, sozusagen ein Bauer, das Attentat auf die Dame verhindern und dadurch den König erzürnen sollte, wer auch immer das war. Doch in gewisser Weise hatte alles seine Richtigkeit. Ich war ja kein Bauer, der als getreuer Soldat kämpfte, sondern ein verrückter Bauer, nicht durchgehend schwarz, nicht durchgehend weiß, mehr eine gestreifte Granate, die abseits jeder Ordnung durch die Reihen zog. Und so sollte es bleiben.

Ich bat Bötsch, mir Neupers Pistole zu bringen. Dann würde ich mich allein auf den Weg machen, um einem Plan zu folgen, den ich nicht verstand.

»Würde ich ihn verstehen, würde ich ihm nicht folgen«, sagte ich.

Bötsch lächelte milde ob einer solch vulgärphilosophischen Kraftanstrengung und verschwand im Geräteraum. Kehrte mit der Waffe zurück und legte sie mir zusammen mit einer unbenutzten Mehrfahrtenkarte und ein paar Hundertmarkscheinen in die gesunde, rechte Hand. Was mich an meine Linke erinnerte, welche überdeutlich zu schmerzen begann.

»Wollen Sie mir denn kein Glück wünschen?«, fragte ich den Professor Bötsch.

»Wozu? Würde ich Ihnen damit eine Freude machen?«

»Nicht wirklich.«

»Eben«, sagte Bötsch, drehte sich um und ging dorthin zurück, wo die Welt auf ein kleines Brett passte und noch immer ihre flache Form besaß.

Ich verließ die Turnhalle. Mir ging ein Lied durch den Kopf. Schuberts Wanderer. Da heißt es: *Dort, wo du nicht bist, dort ist das Glück.* Dass ich jetzt an diesen Text dachte, war nicht fair. Immerhin war ich noch am Leben. Aber war das wirklich ein Glück? Ich summte das Lied voller Trotz, als ich mich durch den Stollen bewegte, schließlich den Keller des Wohnhauses erreichte und hinaufstieg. Es war kurz nach acht, als ich hinaus in einen kalten, grauen Morgen trat. Die Luft war so feucht, dass ich meinte, Plankton zu schlucken. Als ich losging, vergaß ich vollkommen, dass sich in meinem Rücken die Strafanstalt befand. Mein Blick war nach vorn gerichtet, auch wenn das optimistischer klingt, als mir zumute war. Ich bewegte mich auf einer lang gezogenen, menschenleeren Straße. Dass Stammheim nicht bloß aus einem trostlosen Dorf und einer unterirdischen Turnhalle bestand, wurde mir erst wieder klar, als mir ein Kleinbus der Polizei entgegenkam. Bevor er mich erreicht hatte, flüchtete ich in ein Bistro. Der Bus fuhr vorbei, auf das Gefängnis zu.

Da ich der einzige Gast war, fragte ich die Frau hinter der Theke, ob schon geöffnet sei. Sie nickte, und ich bestellte einen Kaffee. Aus den Lautsprechern drang orientalische

Musik. Hatte das Lokal von außen her klein ausgesehen, erwies es sich nun als ein ausgedehnter, nach hinten dunkler Schlauch. Die Einrichtung sah neu aus und billig. Der Kaffee war passabel. Ich dachte an Frau K. und schwor, in Zukunft *für* die Russen zu sein. Ohne das begründen zu wollen. Ich würde einfach mein Vorurteil umkehren. Zuerst gegen die Russen. Jetzt für die Russen. Zu Ehren der toten Frau K. Weshalb ich einen Schnaps bestellte und Frau K. zuprostete. Die Serviererin glaubte, ich hätte sie gemeint, und das machte sie verlegen. Mich auch. Aus diesem Grund wandte ich mich um und blickte durch eine große Scheibe hinaus auf die Straße, sah jetzt Passanten, sah gegenüber einen Möbelwagen parken. Auf der Ladebordwand mühten sich Männer mit einem Klavier ab. Es war mir nicht möglich festzustellen, ob sie es ein- oder ausluden. Mein Blick schweifte zu einem Straßenschild. Ich wusste nun also, dass ich mich auf der Asperger Straße befand. Asperg? Hohenasperg? War das nicht jene Festung, auf der Süß-Oppenheimer und Friedrich Schubart inhaftiert gewesen waren? Ich fand das übertrieben, dass ausgerechnet eine Asperger Straße in das Gefängnis Stammheim mündete. Hätte man denn nicht einen Namen wählen können, der dem ganzen Unglück ein wenig an Schärfe nahm? Die Deutlichkeit der Architektur reichte vollauf. Während dieser Überlegungen gewahrte ich den Schriftzug auf der Scheibe, durch die ich gerade schaute, und las seitenverkehrt den Namen des Lokals, in dem ich saß: Stammheimer Freiheit. Das war doch irgendwie erfreulich, ein solcher Name, auch wenn der Raum kaum geeignet war, so etwas wie Freiheit zu vermitteln. Aus kleinen Wandöffnungen knapp unterhalb des Plafonds strömte jetzt eine Wärme, die etwas von einem Wüstenwind besaß und mich aus der »Freiheit« hinausekelte. Die Kellnerin mied meinen

Blick, als ich bezahlte. Sie starrte beharrlich in ihre Geld-börse. Doch als ich das Lokal verließ, war ihr Gruß durch-aus herzlich. Typisch Freiheit, dachte ich.

Ich ging die Asperger Straße, diese wahrhafte Gefäng-nisstraße, ein Stück hinunter und stieg in eine Straßen-bahn der Linie fünfzehn. Ich stellte mich in die Mitte des Wagens, stand da, meinen schmerzenden Arm in der Man-teltasche vergraben, ausgestattet mit einem gültigen Fahr-ausweis und einer Pistole in der Umhängetasche, und fuhr wieder jenem Stuttgart entgegen, das auch wie Stuttgart aussah und nicht wie ein von der Moderne bloß leicht tou-chiertes württembergisches Dorf.

Ich war mir durchaus bewusst, dass ich zur Fahn-dung ausgeschrieben war. Es gab wohl Leute, die wollten mich im Leichenschauhaus wissen. Daneben gab es viel-leicht auch welche, deren alleinige Aufgabe darin bestand, mich ins Hauptstätter Hospital zurückzubringen. Jeden-falls hatte ich wenig Glück. Denn beim Pragfriedhof stiegen zwei Polizisten ein. Der Waggon war jetzt derart überfüllt, dass ich sie zu spät sah und nicht mehr herauskam. Ich arbeitete mich zum hinteren Ausgang durch und hielt mei-nen Kopf so, dass die Beamten mein Gesicht nicht sehen konnten. Meine verletzte und mit einem grünen Schal um-wickelte Hand ließ ich in der Manteltasche verschwinden. Woraufhin sie mehr schmerzte denn je, als machte sie eine solche Verleugnung wütend. Ich hätte schreien mögen, auch wegen des inneren Zwangs, der mich dazu trieb, das alles durchzustehen. Als die Bahn in die nächste Station einfuhr, groteskerweise die des Hauptstätter Hospitals, wagte ich einen kurzen Blick. Genau *den* hätte ich mir sparen kön-nen. Mich trennten bloß vier, fünf zusammengepresste Fahrgäste von den beiden Polizisten, von denen einer mir nun direkt ins Gesicht starrte, und was er sah, erregte ihn.

»Den Weg frei!«, rief er und versuchte an den Leuten vorbeizukommen. Beinahe erreichte mich seine Hand. Ein kleiner Ruck noch, und er würde mich erwischen. Da ging die Tür auf, und ich sprang hinaus. Ich spürte, wie der Beamte hinter mir ins Leere griff.

Jetzt kam es also darauf an, was man in den Beinen hatte. Und ganz schlecht war es um meine Beine nicht bestellt. Vor Jahren hatte ich zu laufen begonnen, als ich mich alt genug fühlte, dem Alter etwas entgegenzusetzen. Und den Zigaretten und der Angst vor dem Fettwerden.

Auch besaß ich den Vorteil, dass ich Laufschuhe trug, meine ewigen praktischen Begleiter. Ich rannte den Bahnsteig entlang und die Stufen hinauf. Hinter mir die Schreie der Polizisten. Die Passanten traten erschrocken zur Seite. Glücklicherweise gab es hier keinen Helden, der meinte, sich mir in den Weg werfen zu müssen. Ich gelangte ins Freie, bog in eine kleinere Straße ein, legte die erste Hektik ab, lief gleichmäßig rasch und erreichte das Hauptstätter Hospital. Über dem Haupteingang war ein gewaltiges rotes, folglich durch und durch russisch anmutendes Leinen gespannt, auf dem in weißen Lettern stand:

Schach und Diktatur
Das königliche Spiel in der Zwangsjacke
13. Januar – 31. März 1999

Eine Ausstellung? Dann wohl eine sehr plastische. Einen Moment überlegte ich, ob ich nochmals in der Anstalt, bei Frau Gerda, Unterschlupf suchen sollte. Aber der schrille Ton einer Pfeife trieb mich weiter. Ohne mich umzusehen, rannte ich in einen offenen Hauseingang. Der Flur – düster, herrschaftlich, ein wenig verfallen – wirkte eher wienerisch als stuttgarterisch. Hinter den Briefkästen befand sich eine kleine Einbuchtung in der Wand, gleich einer Grabnische für Stehende. Worin der eigentliche Zweck bestand, konnte ich nicht sagen. Ich drückte mich hinein und zog die Pistole aus der Tasche. Die Vertiefung passte wie angegossen. Den Gedanken von der Grabnische jedoch dachte ich nicht noch einmal.

Bötsch hatte mir die Waffe erklärt, wie man einem Kochanfänger die Funktion eines Küchengeräts erläutert. Ich entsicherte die Pistole, zog sie an die Brust, den Lauf auf Kinnhöhe. Dann hörte ich ihn schon. Es musste einer der Polizisten sein. Er keuchte, während ich mein eigenes Keuchen hinunterschluckte. Als Erstes sah ich den Lauf seiner Waffe, die wie ein manieristisch gedehntes Kinn in den Raum ragte. Ich stand so tief im Dunkel, dass er mich nicht gleich sah. Als es dann doch geschah, war seine eigene Waffe auf den Hofeingang am Ende des Flures gerichtet, während mein Schießinstrument so ungefähr auf seinen Kopf zielte.

»Seien Sie doch vernünftig. Man kann doch reden.« Was hätte er auch sagen sollen.

»Keine Chance«, erklärte ich und bat ihn, seine Waffe fallen zu lassen, dann würde ihm auch nichts geschehen. Das war natürlich eine laienhafte Aufforderung, das mit dem Fallenlassen. Ein Schuss hätte sich lösen können. Aber der Mann dachte mit und legte seine Pistole behutsam auf dem Boden ab.

»Danke«, sagte ich und meinte damit auch seine Vorsicht.

Man sieht also, dass derartige Situationen nicht immer in wilde Schießereien und unerquickliche Gespräche ausarten müssen. Woran sich nichts änderte, als nun auch der andere Polizist in den Hauseingang trat. Ich hatte seinen Schritt gehört, trat jetzt aus der Nische und hinter den

Briefkästen hervor, sodass der Lauf meiner Pistole nur noch wenige Zentimeter vom Kopf des ersten Beamten entfernt und ein Verfehlen eher unwahrscheinlich war. Bemüht, jegliche Schärfe in der Stimme zu vermeiden, sagte ich zu dem anderen: »Legen Sie die Waffe weg. Und dann seien Sie so gut und kommen her. Vorsichtig.«

Er machte keine Schwierigkeiten. Auch so ein junger Bursche, der weder das Leben seines Kollegen noch das eigene gefährden wollte. Das ist vielleicht das Problem der deutschen Polizei. Zu viele von ihren Leuten haben allein den Ehrgeiz, am Leben zu bleiben. Die meisten wollen einfach Geld verdienen und heiraten oder etwas in der Art. Und riskieren nichts, zumindest nichts, was nicht extra bezahlt wird. Die beiden hier, so war ich überzeugt, standen auf einer einzigen Gehaltsliste. Jener der Polizei, also einer eher traurigen.

Dennoch fragte ich, als die zwei auf gleicher Höhe standen, wer sie geschickt hatte. Sie seien »die Polizei«, erklärten sie mir, als hielten sie mich für schwachsinnig.

»Wir bringen Sie zurück«, meinte der Ältere in freundlichstem Tonfall, »und *das da* vergessen wir einfach.« Dabei blickte er auf meine Pistole und blinzelte mir zu, als wäre er mein Anwalt.

»Geht nicht«, sagte ich, meinerseits verzweifelt, da ich nicht wusste, was ich mit den beiden anfangen sollte. Ich entschied mich für das Abgedroschenste, indem ich sie zum Treppenaufgang dirigierte und zwang, sich mittels ihrer Handschellen gegenseitig am Geländer festzumachen. Dann nahm ich ihnen die Schlüssel ab. Sie hätten mich zigmal ausschalten können. Andererseits hätte ich sie zigmal erschießen können.

»Entschuldigung für alles«, sagte ich, als ich sie verließ. Ich meinte einen Anflug von Nachsicht in ihren Gesichtern zu lesen. Das waren genau die Leute, die man lieber bei einer Grillparty getroffen hätte.

Ich steckte die Waffe zurück in die Tasche und setzte meinen Weg mit schnellem Schritt fort. Dabei kam ich an einer Kirche vorbei, der Erlöserkirche. Kein weiter aufregendes Gebäude. Dennoch kam mir der Gedanke, dass ich in all den Jahren viel zu wenig von Stuttgart gesehen hatte, in dieser Stadt aus eigenem Verschulden nie heimisch geworden war. In gewisser Weise holte ich das jetzt nach. Wer war schon je, selbst von den Einheimischen, in Stammheim gewesen? Und als ich nun die Birkenwaldstraße hinaufmarschierte, erreichte ich einen Ort, der mich regelrecht entzückte. Auf die Höhe eines innerstädtischen Weinberges hatte man einen chinesischen Garten gesetzt, mit einem kleinen tempelartigen Gebäude, einem Teich, in dem sich gebrochenes Eis befand, einer Steinbrücke, Figuren und einer überdachten Aussichtswarte in Form eines Glockenturms. Im Sommer mochte hier einiges los sein. Jetzt aber war ich der einzige Besucher, setzte mich auf eine Bank und schaute hinunter auf die City, die unter dem niedrigen, bedeckten Himmel leblos wirkte. Selbst die Kakophonie klang hier oben schwächlich, wie Wellen, die alles Gewaltige verloren hatten, als sie endlich an den Strand brandeten.

Ich blickte hinüber zum Bahnhofsturm, der die Gestalt eines Bergfrieds besaß und den man durchaus als Zentrum dieser Stadt verstehen konnte, als den Hauptturm der Burg Stuttgart, auch wenn er bloß über neun Etagen verfügte. Viel wesentlicher war, dass von der Höhe des Turms ein gewaltiger, sich drehender Mercedesstern aufragte. In der Nacht, wenn der Stern dank gebündelter Neonröhren erstrahlte, sah das richtig hübsch aus. Kein Einheimischer dachte dann an die Automarke, die dieser Stern repräsentierte, oder an die wirtschaftliche Bedeutung von Daimler Benz. Das galt für mich in gleichem Maße. So weit war ich bereits Stuttgarter, dass ich diesen Stern in mich aufgenommen hatte. Ein jeder Stuttgarter besaß seinen inneren Mercedesstern. Etwa im Bereich des Herzens, wie man sich denken kann, und nicht im Bereich des Verstandes, wo immer der liegen mag. Der innere Stern drehte sich parallel mit jenem auf dem Bahnhofsturm. Leuchtete der große Stern, leuchtete auch der innere. Untertags freilich musste der Mercedesstern ohne Illumination auskommen, und damit erlosch auch der innere Stern der Stuttgarter. Weshalb die Leute tagsüber immer ein wenig fahl wirkten. Man könnte auch sagen: ausgebrannt.

Hinter mir vernahm ich das Heulen von Sirenen. Dennoch blieb ich ruhig. Die Bank, auf der ich saß, war von der Straße nicht einsehbar. Zudem hielt ich es für unwahrscheinlich, dass meine Verfolger so verquer dachten, mich an einem Plätzchen mit Aussicht zu suchen.

Selbst als ich Schritte auf dem Kies vernahm, blieb ich gelassen. Ich vermutete einen Spaziergänger, der jeden Tag hierherkam. Und ich sah auch nicht zur Seite, als ein bemantelter Körper sich neben mir niederließ.

»Zigarette?«, fragte der andere und hielt mir ein Päckchen hin, aus dem ein befilterter Stängel köderartig herausstand. Ich griff zu. Remmelegg gab mir Feuer.

»Schön, unser Stuttgart«, sagte der Kriminalist, obwohl der Blick auf das Gelände hässlich war und dieser lichtarme Wintertag nichts tat, das zu ändern. Aber wahrscheinlich meinte der Hauptkommissar es grundsätzlich – oder er meinte all die Flecken, die man von hier nicht sah, zumindest heute nicht. Oder es war bloß eine Form von »Guten Tag«. Weshalb ich antwortete: »Ja, wirklich schön.«

Remmelegg nickte und meinte, dass er froh sei.

»Worüber?«

»Wie souverän Sie das gelöst haben. Ich meine den Vorfall mit den beiden Streifenpolizisten. Die könnten jetzt tot sein. Oder *Sie* könnten tot sein. Oder wir hätten drei Verletzte, was das Schlimmste gewesen wäre.«

»Was wäre das Beste?«

»Lieber Herr Szirba, das Beste gibt es nicht. Es gibt nur das Bessere.«

»Wäre es für Sie nicht besser, ich wäre tot?«

»Ach, nicht wirklich. Meine Karriere wird wohl kaum den Bach hinuntergehen, wenn Sie am Leben bleiben. Vielleicht die Karriere anderer Leute.«

»Sie werden mich also bloß verhaften?«

»Nicht doch, Herr Szirba. Wäre ich sonst hierhergekommen?«

»Ich verstehe nicht …«

»Gehört doch Ihnen«, sagte Remmelegg und reichte mir den grünen Seidenschal, den ich eigentlich an meiner Hand vermutete. Meine Hand – die sich in der Kälte und im Schmerz offensichtlich zu einer gewissen Gefühllosigkeit entschlossen hatte – war jedoch nur noch von einem blutigen Verband unzureichend umgeben.

»Wie konnten Sie wissen …?«

»Wir waren gerade auf dem Weg zu den beiden Kollegen, die die Sache auf so wunderbare Weise versaut haben. Und hier in der Kurve, kurz vor dem Chineseneingang, habe ich den Schal liegen sehen.«

»Sie müssen ein gutes Auge haben.«

»Das empfiehlt sich auch. Ich bin aus dem Wagen gestiegen und habe die anderen weitergeschickt. Die kommen auch ganz gut ohne mich aus.«

»Aber woher wussten Sie, dass der Schal mir gehört?«

»Das ist Gerdas Schal. Unverkennbar. Wahrscheinlich

besitzt sie einen ganzen Schrank davon. Das ist ihr Markenzeichen. Die heilige Gerda. Wem sie einen Schal vermacht, der steht unter ihrem Schutz. Sie dürfen stolz sein, Herr Szirba. Die Gerda geizt mit ihrem Schutz. Ich habe mir ja schon gedacht, dass Sie in die Psychiatrie geflüchtet sind, und bin gestern Abend hingefahren, um mich ein wenig zu informieren. Gerda redet mit mir. Die redet nicht mit jedem, schon gar nicht mit der Polizei. Aber sie kennt mich. Trotzdem, zu einem Schal habe ich es noch nicht gebracht. Leider Gottes, muss ich sagen.«

»Sie haben von Stammheim erfahren?«

»Ich mag Stammheim nicht. Die ganze Gegend nicht. Viel zu flach. Und das Gefängnis deprimiert mich. Ich hatte keine Lust, nach Stammheim zu kommen.«

»Und was wollen Sie jetzt?«

»Ich wollte Ihnen bloß den Schal zurückbringen.« Der Kommissar nahm meine Hand und wickelte nicht ungeschickt das Seidentuch herum. Dann erhob er sich, warf einen mitleidigen Blick auf die Stadt und sagte: »Also, sehen Sie zu, dass meine Leute Sie nicht erwischen. Ich selbst kann nicht viel mehr tun, als Ihnen einen Schal nachzutragen und viel Glück zu wünschen.«

»Sie werden es bereuen, mich nicht verhaftet zu haben.«

»Nein, das werde ich nicht«, versprach er und stand auf.

»Eine Frage noch. Was stellt diese Gerda eigentlich dar?«

»Ich sagte Ihnen doch, sie ist eine Heilige.« Und als sei es der Worte genug, als drohe gerade das Heilige im Wort sich aufzulösen oder zu etwas Religiös-Anekdotischem zu verkommen, wandte Remmelegg sich um und ging.

Eine halbe Stunde später betrat ich einen Friseurladen, keineswegs, um mich mittels einer neuen Frisur zu tarnen. Ich wollte einfach etwas für meine Haare tun, für die ich seit

Jahren nichts mehr getan hatte, erst recht nicht in den beiden vergangenen Tagen, die ja für ohnehin schon angegriffenes Haar eine Tortur gewesen sein mussten.

Der junge Mann, der mich bediente, erinnerte mich an meinen Freund Fisch, an einen gereinigten Fisch, also auch an einen gereinigten Punker. Ein schicker, wilder Kerl. Aber nett. Keineswegs spöttisch angesichts meiner Haare. Aber auch nicht verlogen. Er sagte, er heiße Bero und würde das Menschenmögliche versuchen. Und während Bero wie ein vielarmiger Chirurg seinen Eingriff vornahm, erzählte er mir von Dingen, die ich ihm nicht glaubte, nämlich von der Wahrheit der Werbung und der Zukunft des modernen Gefühlsmenschen, etwa am Beispiel von Textilien. Er erzählte von Hemden, welche raffinierte Duftstoffe verströmten und dadurch die Sexualbereitschaft des Gegenübers wesentlich erhöhten. Man kann auch sagen: stinkende Hemden, die im Grunde jene Gerüche transportierten, welche der Träger dieser Hemden eben erst mittels der Hygiene vom Körper verdrängt hatte. Also: Der Mensch benötigt ein Hemd, um nach sich selbst zu riechen. Und darf es nicht ausziehen, will er seinen Erfolg nicht gefährden.

»Gibt's doch nicht«, sagte ich, während Bero seine Modellierschere über meinen Schädel jagte und die Arbeit auch nicht unterbrach, als er sich zu mir beugte, damit ich an seinem Leibchen riechen konnte. Na ja, es roch ein wenig streng. Andererseits machte Bero einen gewaschenen Eindruck. Dennoch, ich blieb skeptisch.

Die Frisur ging in Ordnung. Das Menschenmögliche eben. Ich bin nie ein Haarmensch gewesen. Bero empfahl mir, mit der Zeit zu gehen und eines von diesen »anziehenden« Hemden zu kaufen.

Ich dankte für den Rat, zahlte und verließ das Geschäft. Um gleich gegenüber in einen Laden zu treten, wo ich eine

Krawatte erstand, die in etwa zu meinem Schal passte. Die Verkäuferin erinnerte mich an Bero. Ein hochmodisches Wesen. Sie war so freundlich, mir die Krawatte umzubinden. Dabei bewegte sie sich, als wandle sie durch einen Videoclip. Dass sie ziemlich intensiv nach Schweiß roch, hielt ich für einen traurigen Zufall.

Das bleiche Winterlicht ging bereits zur Neige, als ich ins Foyer des Hotels Graf Z. trat. Ich stellte mich an die Rezeption. Der Portier schenkte mir ein gequältes Lächeln. Ich lächelte zurück und bat ihn, Herrn Jooß zu benachrichtigen, ich würde in der Hotelbar auf ihn warten. Mein Name sei Dr. Renninger von der Katholischen Hochschulgemeinde.

Ein kleiner Temperatursturz im Gesicht des Hotelangestellten verriet mir, dass ich soeben in seiner Achtung gesunken war. Trotz akademischen Grades. Denn leider hat alles Katholische in der heutigen, vom Protestantismus unterwanderten und von einer liberalen Kapitaldominanz beherrschten Gesellschaft seine Bedeutung verloren. Ein katholischer Priester etwa war früher ein Kaiser, zumindest ein regionaler Diktator. Jetzt mussten die meisten froh sein, wenn man sie duldete. Der Sturmlauf des Islam ist nicht das Problem. Das Problem ist der fehlende Sturmlauf des Katholizismus. Schade.

»Haben Sie einen Termin?«, fragte der Portier.

»Sagen Sie Herrn Jooß, es geht um einen größeren Auftrag. Ich wäre ihm sehr verbunden, wenn er ein paar Minuten Zeit für mich hätte.«

Der Gesichtsausdruck des Portiers näherte sich der Verfinsterung. Dennoch griff er zum Hörer, trat einen Schritt zurück und informierte seinen Gast. Jooß ließ sich erweichen. Schließlich waren Bibeln sein Geschäft. Eine geradezu klassisch-abgeschmackte Tarnung, fand ich.

Ich beeilte mich, in die Bar zu kommen, die glücklicherweise gut besucht war; irgendwelche Computermenschen auf Tagung, die sich schamlos betranken und es originell fanden, Behindertenwitze, Pissoirwitze, Sputumwitze, Lesbenwitze, Kolik- und Cholerawitze zum Besten zu geben. Ich stellte mich an den Rand dieser dröhnenden Gruppe und verbarg mich hinter einer Säule. Ich wollte den Südafrikaner ja nur einmal gesehen haben. Man kann auch sagen, ich tat nichts anderes, als Zeit zu schinden. Schließlich hätte ich auch einfach hinaufgehen und versuchen können, ihn umzulegen. Oder so ähnlich.

Ich wusste gleich, dass er es war, der Bibelmann, der Killer, als er nun eintrat. Nicht nur, weil er sich fragend umschaute. Genauso hatte ich mir einen Berufsmörder vorgestellt, einen wahrhaft professionellen: eher unscheinbar, dicklich, ältlich. Nur dass er gebräunt war, störte das Bild. Gut, der Mann kam aus Südafrika, wo man der Sonne nicht so richtig entkam.

Er sah sich um, ging dann an die Theke, um sich zu erkundigen. Der Barkeeper zuckte mit den Schultern. Jooß ließ sich einen Schnaps geben. Mir gefiel die Art, wie er trank. Bedächtig, aber auch nicht so, dass sein Trinken in ein Theater des Genießens ausartete. Nach einem zweiten Glas verließ er den Raum.

Gut, das also war Jooß. Aber ein Konzept besaß ich noch immer nicht. Ich trat aus der Bar und setzte mich im Foyer in einen von diesen bequemen Ledersesseln, in denen man einschlafen könnte, und schlief auch ein. Natürlich gegen meinen Willen oder auch nur gegen meinen offiziellen Willen. Es war ein guter Schlaf, den ich bitter nötig hatte.

Aus selbigem weckte mich der Portier. Er blickte mich vorwurfsvoll an und meinte, Herr Jooß habe soeben das

Hotel verlassen. Ich sprang auf, dankte. Der Dank verflüchtigte sich unquittiert im Raum.

Als ich auf die Straße trat, erkannte ich sofort Jooß' Gestalt. Er hatte einen ruhigen, gemächlichen Gang. Er ging so, wie er trank. Ich folgte ihm.

Und der fünfte Engel posaunte: und ich sah einen Stern,
der vom Himmel auf die Erde gefallen war; und es wurde
ihm der Schlüssel zum Schlund des Abgrundes gegeben.

Offenbarung 9,1 (Deutsch: Elberfelder)

2 | Der Killer

Mein Name ist Jooß. Ein komischer Name, mag sein. Aber in siebenundfünfzig Jahren habe ich mich an ihn gewöhnt. Mehr fällt mir zu meinem Namen nicht ein.

Wozu mir einiges einfällt, das ist die Sache, die in Stuttgart abgelaufen ist. Allerdings möchte ich betonen, dass ich diese Geschichte nicht ohne guten Grund erzähle. Der gute Grund ist finanzieller Natur. Dass jemand meinen Bericht benutzen wird, um daraus eine Story zu machen, ist wiederum ein anderes Kapitel. Ich halte alles Schriftliche für überflüssig. Die Dinge werden nicht wirklicher, indem man sie beschreibt, im Gegenteil, sie verlieren an Würde, werden platt, durch Sprache eingeebnet. Literatur ist eine Krankheit. Schwerkranke schreiben für die Leichtverletzten, die Bücher für eine Medizin halten. Schlucken sie sie lang genug, werden sie ebenfalls schwer krank. Manche beginnen dann leider Gottes selbst zu schreiben, zumeist Autobiografisches. Dramatisierung von Banalitäten, woraus sich schwere Infektionen ergeben. Ein Teufelskreis.

Ich rede über die Vorgänge, weil ich dafür bezahlt werde. Das ist immerhin ein vernünftiger Anlass. Einmal und nie wieder. Ich eröffne Konten, keine Tagebücher.

Ich war nie zuvor in Stuttgart gewesen, denn ich arbeite immer nur einmal in derselben Stadt. Das ist mein Prinzip, an dem ich festhalte, seit ich vor zwanzig Jahren in diesem Gewerbe anfing. Ich will nichts beschönigen: Ich töte Menschen, die es vielleicht verdient haben, vielleicht auch nicht. Ich bin kein Schlächter, fasse nie jemanden an. Meine Opfer sehen mich nicht. Das ist eine Frage des Anstands. Zwischen uns liegt in der Regel die beträchtliche Distanz, die das Projektil benötigt, um eine bestimmte Strecke zu überwinden. Warum sollten die Leute mein Gesicht sehen wollen? Sie interessieren sich ja auch nicht für den Kellner, der ihnen das Essen serviert. Vielleicht bringt sie dieses Essen um, oder eines Tages bringen die vielen Essen ihres Lebens sie um. Der Kellner hat damit wenig zu tun. Ich bin nichts anderes als ein Kellner, der ein Essen serviert, an dem einer stirbt. Ich wähle das Opfer nicht aus, so wie der Kellner nicht bestimmt, wer ein Lokal betritt. Dabei interessiert es mich durchaus, warum ich jemanden liquidieren soll. Neugierde ist substanziell. Aber es geht mich nichts an. Dafür werde ich nicht bezahlt. Meine Auftraggeber sind mir gleichgültig. Die wenigsten lerne ich persönlich kennen. Aber allein die Wahl der Person, die ihnen als Vermittler dient, spricht zumeist gegen sie, gegen ihren Geschmack. Doch ihre Zufriedenheit ist nun einmal die Grundlage meines Geschäfts. Natürlich finde ich die kleine, nette, alte Dame, die Kekse anbietet und davon erzählt, wie aufregend Berlin früher war, sympathischer als den aalglatten Sekretär irgendeines Magnaten. Aber wenn die alte Dame mich dann mit süßem Lächeln beauftragt, ihre Schwester zu liquidieren, relativiert sich alles. Die Menschen können nicht miteinander umgehen, woran nicht immer nur einer schuld ist. Ich löse das Problem. Ich glaube nicht, dass ich das wirklich tue. Die anderen glauben das. Ihr Glaube ist mein Profit.

Sie finden das bedenklich? Ich auch. Ich könnte stattdessen im Gesundheitsamt oder in einem Ingenieurbüro arbeiten. Das aber finde ich noch bedenklicher. Warum sollte auch ausgerechnet der Tod das Schlimmste sein, das einem Menschen zustößt?

Übrigens habe ich mich noch nie an einem Zeugen vergangen. Wenn es einen Zeugen gibt, dann ist es mein Fehler. Jemanden dafür zu bestrafen, halte ich für unangebracht. Zudem sind solche Personen selten eine Bedrohung. Wer will sich schon erinnern? Natürlich, Ausnahmen gibt es immer.

Ich nahm die Schnellbahn vom Flughafen. Taxis sind eine unnötige Erfindung. Kein Mensch hat es wirklich eilig, wenn er mit Bedacht seine Planungen anstellt. Auch Eile ist eine unnötige Erfindung, die uns das Gefühl von Bedeutung vermitteln soll. Kaum etwas in dieser Gesellschaft ist derart hoch angesehen wie der Umstand, keine Zeit zu haben. Und je weniger zu tun ist, desto gehetzter der Mensch. Die Eile stellt genau genommen die vielen Pausen zwischen den wenigen Dingen dar, die wir ernsthaft zu erledigen haben. Die allgemeine Hetze ist die dicke, schwere Fülle, die unsere wenigen Handlungen verbindet.

Mein Quartier, das Hotel Graf Z., lag gegenüber dem Hauptbahnhof. Von meinem Zimmer aus hatte ich einen guten Blick auf den Turm, der aus dem Bahngebäude wuchs. Von dessen Aussichtsplattform ragte ein überdimensionaler Mercedesstern in den trüben Himmel. Natürlich gestand ich den Menschen hier gern zu, dass sie stolz waren, ein solch großartiges Auto hervorgebracht zu haben. Aber musste man diese eitle Wonne der Welt derart aufdringlich präsentieren?

Nach einem Mittagsschlaf, den ich für das Beste halte, was ein Mensch sich antun kann, ging ich unter die Dusche. Als ich aus dem Badezimmer kam, klopfte es, und ein Hotelboy trug ein Tablett herein, auf dem sich eine Flasche und ein Glas befanden. Ich sagte, ich hätte nichts bestellt. Ich sagte es auf Deutsch, immerhin die Sprache, mit der ich aufgewachsen war. Der Hotelangestellte erklärte mir, dass es sich hierbei um eine Aufmerksamkeit der Hotelleitung handle.

»Nette Hotelleitung«, sagte ich.

»Ein Schlehengeist«, sagte der Hotelboy.

»Bitte?«

Der Junge zeigte auf die Flasche. Ich trat näher und las das Etikett. Und da stand: Schlehengeist, ein Destillat vollreifer Schlehen.

»Interessant«, sagte ich und verabschiedete den Hotelboy mit einem Trinkgeld. Dann zog ich mit zwei Fingern die Flasche am Flaschenhals in die Höhe und betrachtete skeptisch die biedere Gestaltung. Doch nach einer ersten Kostprobe wandelte sich die Skepsis in Freundschaft. Ja, ich will das allen Ernstes so ausdrücken: Der Schlehengeist war sofort mein Freund und würde in diesem Stuttgart auch mein treuester Freund bleiben.

Übrigens halte ich die angebliche Abstinenz von Killern für ein dummes Klischee. Die Behauptung, sie würden Orangensaft oder Milch bevorzugen, stellt ein sehr bemühtes Konterkarieren der als schmutzig verschrienen mordenden Tätigkeit dar.

Gegen zwei Uhr ging ich hinunter ins Foyer, wo ich mit einem Mitarbeiter meines Auftraggebers verabredet war. Ein Mensch mit Glatze, die er zu tragen verstand. Stämmig, aber nicht fett. Der Typ, der den Tag mit Liegestützen, kalter Dusche und einer konzentrierten Rasur beginnt. Einer von den Männern, die sich nie in die eigene Haut schneiden. Mit dem eigenen Fleisch ist das etwas anderes. In das schneidet sich jeder einmal. Da gibt es keine Ausnahmen.

Sein Hochdeutsch war mittels eines bayerischen Akzents versüßt, und er besaß die unangenehme Eigenart, mich ständig anzufassen, als wäre ich sein lieber Bruder. Aber seine gerade, offene Art lag mir. Das mag ich an den Deutschen. Sie reden nicht herum, als ginge es bei einem Auftragsmord um ein Verpackungsproblem.

Herr Geislhöringer führte mich in den benachbarten Schlossgarten, beklagte sich über die kalte Jahreszeit, der fehlenden Biergärten wegen. Wie Stuttgart mir gefalle, fragte er mich in einem Tonfall, als würde er, der Bayer, wenig von dieser Stadt halten. Ich sagte ihm, dass ich kaum noch etwas gesehen hätte. Dann nutzte ich die Möglichkeit, fasste ihn meinerseits am Arm, zeigte hinüber zum Bahnhofsturm, auf den Stern hinauf, und fragte ihn, ob so etwas nötig sei.

»Schaut natürlich b'schissen aus«, sagte er und eröffnete mir nun, dass genau dort oben die Plattform sich befinde, von der aus ich das Attentat vorzunehmen hätte. Der Stern würde dabei hoffentlich nicht stören.

Es war nicht an mir, den Platz auszusuchen.

Geislhöringer reichte mir einen genauen Lageplan des gesamten Geländes, eine gekennzeichnete Darstellung der Fassade der Landesbank und einen Zettel mit der Adresse der Stadtbücherei, wo ich am folgenden Montag den Lieferanten für mein Arbeitsgerät treffen sollte. Zudem erhielt ich ein paar Fotografien, auf denen jene Person abgebildet war, die zu töten man mich gerufen hatte.

Ich mache natürlich keinen Unterschied zwischen Frauen

und Männern – warum sollte ich? Und ich liquidiere nie mehr als eine Person.

Die Frau auf den Abbildungen war um die fünfundvierzig, eher hager als schlank, sah aber nicht aus, als würde es ihr an Esslust fehlen. Der Läuferinnentyp. Eine Läuferin mit Hang zu eleganter Kleidung, was man auch nicht alle Tage sieht. Die Haare waren irgendwie zu Fülle gebracht, was mich weniger überzeugte. Sie war eine Frau, die zu sich stand, aber eben nicht zu ihren Haaren.

Worauf ich stets achte, sind Details. Womit nicht irgendein Leberfleck gemeint war oder dass die Dame auf jedem Foto die immer gleiche silberne Brosche trug. Ich hatte das, was mir ins Auge stach, erst ein einziges Mal gesehen. Und das lag zehn Jahre zurück. Ich war in Padua einem hohen Staatsbeamten vorgestellt worden. Sofort war mir aufgefallen, was an dem Mann nicht stimmte. Optisch gesehen. Seine Ohrläppchen besaßen völlig unterschiedliche Formen. Der Gegensatz war so eklatant, dass dies eigentlich jedem hätte auffallen müssen. Was aber nicht der Fall war. Der Staatsbeamte hatte meinen Blick sofort richtig gedeutet und mir erklärt, wie selten die Leute seine »kleine, bescheidene Anomalie« bemerken würden, und beglückwünschte mich zu meinem guten Auge.

Dieses gute Auge besaß ich noch immer. Weshalb mir bei der Betrachtung der Fotografien, die mir Geislhöringer übergeben hatte, erneut eine derartige Ungleichheit auffiel. Das linke Ohrläppchen der Frau, die ich in der Nacht vom 16. auf den 17. Januar töten sollte, war klein, jedoch – wenn man so will – fett und lag dicht an der Ohrmuschel, während der gegenüberliegende Zipfel viel eher der Gestalt seiner Trägerin entsprach, indem er eine längliche, flache Form besaß, die mehr aufgesteckt als angewachsen wirkte. Das klingt recht monströs, doch war der Unterschied bei der frontalen Betrachtung des Gesichts kaum auszumachen, und nur ein genauer Blick auf die Profile offenbarte den Widerspruch.

Diese Frau war mir unbekannt. Wohl eine Bildungslücke, denn sie schien eine gewisse Prominenz zu besitzen. Auf den Fotos war sie von Personen umgeben, die ich aus der Presse kannte, schließlich war ich oft genug in Deutschland gewesen. In erster Linie waren es Politiker. Dazu kamen Fernsehleute, die sich Schauspieler nannten, auch einige Schriftsteller und Theatermenschen, die sich in die Gesellschaft mischten und dabei glaubten, sie würden sich in die Politik mischen.

Ich fragte Geislhöringer nicht, warum diese Frau sterben sollte, ließ mich aber zu der Bemerkung hinreißen, sie sei eine attraktive Person.

»Absolut«, bestätigte Geislhöringer. Mehr jedoch wollte er zu dieser Dame nicht sagen. Stattdessen erkundigte er sich, wie es denn zur Zeit um Südafrika stehe.

Das wollen sie natürlich alle von mir hören: dass ich als Weißer, erst recht als Nachkomme deutscher Einwanderer mich beschwere. Aber ich habe keinen Grund dazu. Zumindest in Südafrika war die Schlechtigkeit, solange die Apartheid bestand, die logische Domäne der Weißen. Nun teilt man sich die Schlechtigkeit, was ich durchaus begrüße. Man kann einander verabscheuen und sich dennoch die Macht teilen. Man muss nicht in dieselben Restaurants gehen, auf denselben Bänken sitzen und kann dennoch gemeinsam die Wirtschaft vorantreiben. Bänke für Schwarze, Bänke für Weiße, aber eine vereinte Bankproduktion. Koexistenz ist keine Frage der Liebe. Es geht darum, den eigenen Ekel zu akzeptieren. Aber Ekel als Ideologie, das ist der Irrtum. Es gibt nur eine Objektivität, und die besteht in der Subjektivität des Auges. Ein Schwarzer ist hässlich und stinkt, wird er von einem Weißen betrachtet. Ein Weißer ist hässlich und stinkt, wird er von einem Schwarzen betrachtet. Wir sind alle hässlich und stinken. Das ist eine Wahrheit, die mir gefällt.

Geislhöringer schaute auf die Uhr, seufzte und erklärte, er hätte einen Termin. Er bot mir an, dass sein Chauffeur mich durch die Stadt fahren könnte. Ich lehnte dankend ab und verabschiedete mich. Ich wollte ein wenig spazieren. Und zwar mit Überblick. Weshalb ich erst meinen Stadtplan studierte. Dann schlenderte ich vom Mittleren hinüber in den Oberen Schlossgarten, passierte das Staatstheater sowie einen Glas-Stahl-Kubus, den ich zunächst für ein Museum hielt. Aber es handelte sich um den Landtag. Das Museum lag auf der anderen Seite der Konrad-Adenauer-Straße und hieß Staatsgalerie. Ja, das war Deutschland. Hier lag die Kunst im Schoße des Staates, wo sie ja auch hingehört. Das Bauwerk selbst erschien mir wie aus dem Versandhandel der Postmoderne. Allerdings muss gesagt werden: Der Architekt hatte gut eingekauft. Und auch das ist eine Kunst, in dieser Stadt ohnehin eine seltene. Das Stuttgarter Zentrum, zumindest soweit ich es in der nun folgenden Woche kennenlernte, erweckte den Eindruck, als hätte jemand *Wir bauen eine Stadt* gespielt. Und jeden Baustein verwendet, der ihm in die Finger gekommen war.

Zurück in meinem Hotelzimmer, fand ich ein Kuvert auf dem Tisch, in dem sich eine Einladung befand, hausbacken modern, mit zartblauen Balken, die kreuz und quer über die Schrift zogen und das Lesen zum Ärgernis machten. Der Förderkreis der wiedervereinigten Denkmalpflege gab sich die Ehre, mich für Sonntagabend zu einer Zusammenkunft einzuladen. Ich war mir nicht sicher, ob diese Einladung mein Freund Geislhöringer veranlasst hatte oder ob sie meiner Tätigkeit galt, deretwegen ich offiziell nach

Deutschland gekommen war, nämlich um für eine Bibelausgabe zu werben, die von afrikanischen Künstlern gestaltet worden war.

Obwohl eigentlich gläubig in katholischem Sinne, halte ich das Studium der Bibel für überflüssig. Diese Märchen- und Geschichtensammlung für das Wort Gottes zu halten ist eigentlich lästerlich. Vom kaufmännischen Standpunkt aus jedoch ist das Buch der Bücher ein erfreuliches Produkt. Und ich war mir nicht zu schade – oder, wenn man so will, zu dumm –, mit viel Engagement, jedoch schlecht bezahlt, die Promotion für unsere *Afrikanische Bibel* zu betreiben. Die Illustrationen zeigten, wie sich Bantus, Berber oder Niloten, zumindest deren Künstler, Gott vorstellen, nämlich dunkelhaarig, was nicht weiter verwundert.

Am folgenden Tag, einem Samstag, hatte ich mehrere Termine mit Damen und Herren diverser christlicher Kirchen, um sie zu einem Ankauf meiner nicht gerade billigen Heiligen Schrift zu motivieren. Die Leute waren durchweg freundlich, aber der Rechenstift schien ihnen schwer im Magen zu liegen. Zudem wurde ich von allen gefragt, wie viele Kinder ich denn hätte. Gar keine Kinder zu haben, schien hier offensichtlich nicht infrage zu kommen. Aus Lust an der Übertreibung – aber auch um mein Geschäft nicht zu gefährden – gab ich acht Stück an, vier Jungen, vier Mädchen. Dieser Umstand veranlasste die Leute zu allergrößter Herzlichkeit und auch dazu, sich eine Bestellung meiner Ware wenigstens zu überlegen. Im Übrigen war ich gezwungen, beträchtliche Mengen Alkohol zu mir zu nehmen. Die christlichen Herrschaften zeigten sich diesbezüglich überraschend generös. Man trank mit Zurückhaltung, aber man trank.

Die erste Hälfte des Sonntags verbrachte ich im Bett. Dann ging ich hinunter ins Café, bestellte schwarzen Tee und traf einen Herrn aus Kassel, der einen christlichen Bücherversand betrieb, seinerseits vorgab, acht Kinder zu ernähren, und mir mit seiner Begeisterung für Afrika auf die Nerven ging. Ein ehemaliger Entwicklungshelfer, unerträglich tolerant, wobei kaum auszumachen war, worin seine Toleranz eigentlich bestand, ein Missionstyp eben. Von der *Afrikanischen Bibel* war er begeistert. Versprach Unterstützung. Nachdem er gegangen war, versuchte ich es doch wieder mit meinem Freund Schlehengeist.

Danach legte ich mich noch einmal hin, döste. Um halb sieben stand ich auf, zog mich für die Party der Denkmalschützer um, fuhr mit der Stadtbahn zum Marienplatz und stieg in die Zahnradbahn um, die steil bergauf zu einem Stadtteil namens Degerloch fuhr. Es hatte stark zu schneien begonnen. Die Konturen der erleuchteten Stadt verschwammen wie hinter dem Sichtfenster einer rotierenden Waschtrommel. Als ich ausstieg, lag bereits eine dicke Schneeschicht. Ich stellte mich unter ein Vordach, schaute hinauf in den Nachthimmel und genoss den Anblick von weißem Regen. Schneefall ist das Schönste, was der Norden zu bieten hat. Ich meine nicht die alpinen Regionen, die Skiabfahrten, auf denen Menschen den Autoverkehr nachstellen, sondern die Augenblicke, da der Niederschlag feiner Kristalle einer ganzen Gegend alles Grobe nimmt. Auch die Grobheit der Geräusche. Die Menschen wirken dann stets ein wenig schief, als würden sie sich ihrem Schatten zuneigen. Bei Schneefall muss ich an den Tod denken, den ich mir als etwas Göttliches vorstelle. Was mich wiederum an den Unterschied zwischen Tod und Tötung denken lässt, also zwischen Gott und mir. Ich töte. Aber Gott ist der Tod, dem wir uns übergeben.

Im Laternenlicht schaute ich nochmals auf meine Karte. Orientierung ist nicht meine Stärke, was meine Kunden aber nicht zu wissen brauchen. Vorbei an einer Kirche, die sich ebenfalls zu neigen schien und deren Geläute wie ein Wesen war, das sich selbst verschluckt, gelangte ich zur »Neuen Weinsteige«, die sich entgegen ihrem lieblichen Namen als stark frequentierte Straße erwies.

Mein Blick fiel auf ein Gebäude, welches auf der Höhe des gegenüberliegenden Hanges aus seiner Umgebung herausleuchtete. Es erinnerte an ein modernes Gewächshaus. Ich überquerte die Straße, marschierte aufwärts und verlor mich zwischen kleinen Straßen, die im Schnee sehr gleichartig aussahen. Ein Passant, den ich ansprach, nahm sich meiner an und führte mich an mein Ziel, das sich als die Rückseite ebenjenes Gewächshauses herausstellte, das sich als Villa erwies. Der gefällige Mensch klopfte mir auf den Oberarm, sodass Schnee von mir abfiel. Dann wandte er sich wortlos um und verschwand im Gestöber. Nett, dachte ich, unheimlich nett.

»Beeindruckend«, sagte ich zu der jungen Dame, die mir öffnete. Und meinte damit die Villa. Die junge Dame aber wollte meine Einladung sehen und schien darüber hinaus nicht autorisiert, mit Fremden zu reden. An ihrer Seite lehnte irgend so ein Kampfhund und äugte treuherzig zu ihr hinauf. Ein Zeichen, und er würde seinem Frauchen die Einladung samt meiner Hand servieren.

Dame und Hund ließen mich passieren. Ein bisschen viel Sicherheit für eine Denkmalschützerparty, fand ich, legte Mantel und Hut in der bereits recht vollen Garderobe ab und strich mit meinen Schuhen über einen der fünf ausgebreiteten Lappen, welche nicht nur klein kariert gemustert waren, sondern auch so wirkten angesichts moderner Gemälde, die bereits dem Vorraum Glanz, Farbe und Ausdruck verliehen. Nun musste ich durch einen Gang, welcher derart eng, heiß und hell war, dass ich ein Konzept dahinter vermutete, das möglicherweise seinen Sinn in der Erleichterung besaß, welche ich empfand, als ich nun jenen hohen Raum betrat, den ich von der Weinsteige aus gesehen hatte. Eine Menge Leute standen in Anzügen und Kostümen herum, noch feucht in den Haaren, in den Händen Gläser, welche mit Sekt oder einer sehr hellen, rötlichen Flüssigkeit gefüllt waren. Wie sich herausstellte, handelte es sich dabei um einen hiesigen Rotwein, der meine sehr durchschnittliche Geschmacksbildung irritierte. Ein Wein, der so fruchtig war, dass man darüber den Alkohol vergaß.

Ich ging herum, sah mir die Menschen und die Einrichtung an. Aus einer Gruppe ging ein Kopf in die Höhe: Geislhöringers breiter Flusspferdschädel. Er winkte mir zu. Dann verschwand er wieder in der Gruppe. Auf dem Weg zu ihm stellte mich ein Herr Borowski von der Katholischen Bildungshilfe, der zwei *Afrikanische Bibeln* bestellt hatte. Ein Mensch mit der Manie, sich ständig zu bedanken, auch dafür, mir hier zu begegnen, und der mir nun, zum zweiten Mal, die Bedeutung seiner Berufung erklärte.

Meine wirkliche Domäne ist die Geduld. Ich wiege an die hundert Kilo und meide deshalb unnötige Anstrengungen. Da bietet es sich an, geduldig zu sein. Während ich so tat, als interessierte mich Borowskis Kampf für die ökumenische Bewegung, fiel mein Blick auf einen Mann, dessen Hand soeben mit einer glatten, unauffälligen Bewegung aus einer fremden Jacketttasche glitt. Offensichtlich ein Taschendieb. Was mich nicht störte. Jeder muss sein Auskommen finden. Und selbstverständlich beeindruckt mich das handwerkliche Vermögen einiger dieser Leute. Es ist, als bewegten sie sich leichtfüßig und mit schwimmenden Fingern durch jene zähe Masse, in der ihre Opfer hilflos stecken. Der hier war ein Künstler. Ein dünner, ältlicher

Typ, hart an der Grenze zur Karikatur eines Jahrhundert-wendegrafen. Wozu das leichte Auswärtsschielen eines seiner Augen passte, eine angeborene Extravaganz. Der Mann wirkte auf eine sportive Weise kränklich. Auf eine gesunde Weise tuberkulös.

Ich bewegte mich mit ihm, wahrte Distanz, während der Berufskatholik Borowski wie ein Pilotfisch an mir klebte. Wieder sah ich, wie die Hand in eine fremde Tasche tauchte und dort eine ganze Weile verblieb. Währenddessen plauderte der Dieb mit seinem Opfer. Die Herren lachten, und indem der Dieb sich vor Lachen nach hinten bog, fuhr seine Hand mit einer völlig natürlichen Bewegung aus dem eigentlichen Tatort heraus. Perfekt, dachte ich. Was mich jedoch irritierte, war der Eindruck von etwas Verkehrtem, das ich noch nicht benennen konnte.

»Kennen Sie den Mann?«, fragte ich Borowski, der mich verwundert anschaute. Er hatte eben über den heiligen Augustinus referiert. Und verstand erst, als ich hinüber auf die dürre Gestalt wies und vorgab, mir käme dieser Mann bekannt vor.

»Ach, das ist der Bötsch«, sagte Borowski, der auch gleich erklärte, er halte Bötsch für überschätzt. Und könne nicht verstehen, dass der jetzt sogar einen hohen wissenschaftlichen Orden erhalten solle, bloß weil er irgendetwas über einen Wurm herausgefunden habe.

»Was für einen Wurm?«, wollte ich wissen.

»Der Bötsch hat es mit Schmarotzern. Forscht über Bandwürmer und so.«

»Interessant.«

»Wenn Sie meinen«, sagte Borowski ein wenig beleidigt, besaß aber die Freundlichkeit, mich Herrn Bötsch vorzustellen und auch gleich zu erklären, woher ich kam und was ich in Stuttgart trieb.

»Gegen eine afrikanische Bibel ist nichts zu sagen«, erklärte Bötsch von oben herab. Er war mindestens einen halben Kopf größer als wir alle.

Dann umfasste er meine Schulter, als wären wir alte Freunde, spielte den leicht Betrunkenen und warnte mich vor dem Büfett. Zubereitet vom besten Restaurant der Stadt. Aber was bedeute das schon. »Alles verseucht«, meinte Bötsch und erwähnte eine inoffizielle Statistik seines Instituts über die Zahl der jährlichen Lebensmittelvergiftungen nach Restaurantbesuchen. »Wenn wir das veröffentlichen dürften, wäre es das Ende der deutschen Gastronomie.«

Er löste sich wieder von mir, um eine Dame zu begrüßen, die soeben erschienen war und die ich sofort erkannte. Es handelte sich um jene Person, die ich am Ende der kommenden Woche ins Visier nehmen und töten würde. Sie trug die silberne Brosche, die ich auf den Fotos gesehen hatte. Und silbernen Ohrschmuck – ovale Schilde –, sodass es mir unmöglich war, die Divergenz ihrer Ohrläppchen zu überprüfen. Obwohl sie eine von den Frauen war, denen etwas Säuerliches anhaftet, war sie schnell von Herren umringt, die sie durch den Raum leiteten, als wäre sie irgendwie behindert. Die Männer griffen nach ihr, so wie man rasch über die Oberfläche eines Gemäldes streicht. Sie nutzte die Möglichkeit eines Sofas. Die Herren fielen gleich Bomben neben ihr auf das Leder.

»Kennen Sie die Frau Holdenried?«, fragte Borowski, der meinem Blick gefolgt war.

»Ja«, sagte ich, denn ich wollte nicht, dass er mir erklärte, wer sie war. Ich brauchte nichts über einen Menschen zu wissen, den ich umbringen würde. Mit der Ausrede, telefonieren zu müssen, ließ ich Borowski stehen, trat in einen Nebenraum, in dem nur wenige Gäste standen, und griff in die Brusttasche meiner Jacke. Denn ich hatte dort, wo meine Geldbörse sich befand, Bötschs Hand gespürt. Aber er hatte nichts gestohlen. Im Gegenteil. Zwischen den Teilen meines Portemonnaies fand ich eine Fotografie, die mit Sicherheit nicht mir gehörte. Ich betrachtete sie ungläubig. Darauf waren zwei nackte Frauen zu sehen, dickleibig und faltig, die sich mit einem Hund von ähnlichem Äußeren vergnügten, soweit man etwas derart Ekelhaftes als Vergnügen bezeichnen kann. Ich meine einen richtigen Hund. Was ist das für eine Welt? Und was ist das für ein Mensch, der einem solche Bilder zusteckt? Wahrscheinlich hatte er auch in die anderen Anzugtaschen solch perverse Bildchen gestopft.

Mit einem Mal wurde mir klar, in welcher Situation ich mich befand. Keine zwei Meter von mir entfernt standen zwei Damen der Stuttgarter Gesellschaft, die sich über die Zukunft der Arbeitsgemeinschaft der regionalen ländlichen Freilichtmuseen unterhielten, während ich eine Abbildung in Händen hielt, die auf jedes halbwegs gesunde Gemüt die emetische Wirkung eines Brechmittels besaß. Schnell zerdrückte ich die Schweinerei und steckte sie ein. Dann sah ich ängstlich hinüber. Ich war noch einmal davongekommen. Die Damen kauten ungebrochen an ihren Brötchen.

Ich machte mich auf die Suche nach diesem Bötsch. Ich wollte ihm unter vier Augen die Finger brechen – bildlich gesprochen. Denn dieses Individuum war das Letzte, das ich anfassen würde. Dort, wo Frau Holdenried die Salondame spielte, war er nicht mehr zu sehen, auch befand er sich in keiner der anderen Plauderrunden. Ich stieg eine Treppe hinauf zur Galerie, welche in eine verglaste Brückenkonstruktion mündete, über die ich in einen Seitentrakt des Gebäudes gelangte: Jetzt sah ich Bötsch. Bloß seinen Rücken. Aber die Gestalt war unverkennbar. Und auch seine leichtfüßige Bewegung, mit der er nun an zwei Personen vorbeischlich, deren Aufgabe es allerdings gewesen wäre, hier niemanden vorbeischleichen zu lassen. Ich erkannte sie, die junge Frau von vorhin. Dazu ein Typ in schwarzem Overall. Die beiden starrten in ein kleines Fernsehgerät, unterhielten sich, ohne ihren Blick von dem Gerät abzuwenden. Nicht aber der Hund, den ich jetzt hinter den Beinen der Frau erkannte, der Kampfhund, der am Eingang postiert gewesen war. Sein Schädel folgte der Bewegung Bötschs, wie dieser durch eine T-förmige Öffnung in den nächsten Raum verschwand. Aber er gab keinen Laut von sich. Komischer Hund. Dabei musste ich wieder an das Foto denken. Das sind genau die Bilder, die man nie wieder aus dem Kopf bekommt.

Was war hier eigentlich los? Tagte der bewachte Vorstand der Denkmalschützer? Der schlecht bewachte. Was nicht neu ist – die mangelhafte Arbeit von Security-Leuten. Davon profitierte ich in der Regel. Davon, dass diese Leute zwar wie Panzer durch die Gegend rennen, aber nichts und niemanden schützen. Die geben sehr darauf acht, nicht in einer möglichen Schusslinie zu stehen. Wenn Bodyguards ums Leben kommen, hat das mit irgendeiner Schwäche der Attentäter zu tun.

Allerdings würde es mir nicht wie Bötsch gelingen, unbemerkt zu bleiben. Ich war schwer und bewegte mich auch so. Und ich verstand es nicht, Hunde zu hypnotisieren. Er knurrte bereits in meine Richtung und hob den Hintern. Das taten auch Herr und Frau Leibwächter, die sich nun doch vom Fernseher losrissen und auf mich zukamen. Der Mann sagte etwas. Er versuchte, freundlich zu sein. Es gelang ihm aber nicht. Er erklärte, dass an dieser Stelle der Privatbereich beginne und er mich nicht durchlassen könne. Ich solle wieder hinuntergehen.

Gut, hier kam ich nicht durch. Dann brauchten die beiden auch nicht zu erfahren, dass sich bereits jemand anders an ihnen vorbeigeschwindelt hatte. Ich nickte und trat den Rückzug an. Unten angekommen, begann mich die Neugierde zu quälen. Das mag verwundern. Einerseits mein Desinteresse an der Person, die ich demnächst töten würde, andererseits mein Bedürfnis, herauszubekommen, was dieser Bötsch im Schilde führte. Das war eben der Unterschied zwischen Arbeit und Freizeit. Bötsch fiel unter die Freizeit, in der ich mir einiges erlaubte. Auch dass ich nun in meinen Mantel schlüpfte und aus dem Haus trat. Gegenüber dem Gebäude lag ein Waldstück, in das ich mich begab, durch den Schnee stapfend einige Höhenmeter bewältigte, mich auf einen Baumstumpf stellte und nun das Fernglas hervorholte. Ich habe immer ein solches Instrument bei mir. Es gibt kaum etwas Nützlicheres. Auch für Nichtjäger.

Der Platz erwies sich als ideal. Trotz des Schneefalls und der Bäume hatte ich einen guten Ausblick. Der hohe Hauptraum war natürlich nicht zu sehen, da er hinunter in den Kessel der Stadt wies. Was ich erkannte, waren die erleuchteten Fenster des seitlichen Komplexes, in welchem ich Bötsch vermutete. Hinter der äußersten, über viele Meter verlaufenden Fensterfront befanden sich drei Männer. Von der vierten Person, die offenbar saß, war nur der Schopf zu sehen. Einer der Männer war äußerst erregt, ging auf und ab und schlug mit dem Finger Löcher in die Luft. Aber ich nahm nicht an, dass er wirklich etwas zu sagen hatte, denn er wirkte nicht streng, sondern verzweifelt.

Diesem Raum waren zwei andere vorgelagert. In dem entfernteren saßen Frau und Herr Leibwächter samt ihrem Köter. Das Zimmer dazwischen schien menschenleer. Was ich nicht glauben konnte. Und auch nicht glauben musste.

Denn wie in einem Kasperltheater tauchte nun Bötschs Kopf auf. Vielleicht war er gesessen. Oder gar über den Boden gekrochen. Wozu auch immer. Auf jeden Fall zog er einen Gegenstand aus der Tasche. Ich konnte nicht erkennen, was es war. Aber in meiner berufsbedingten Beschränktheit vermutete ich eine Waffe.

Ich war voreilig gewesen. Bötsch mochte nicht ganz bei Trost sein, aber Tötungen waren weder sein Hobby noch sein Beruf, noch fühlte er sich zu Derartigem verpflichtet. Jetzt, da er mit Vorsicht einen Nagel in die Wand – nein, eben nicht schlug, sondern mit dem Daumen hineindrückte, und den mitgebrachten Gegenstand daran hängte, erkannte ich, dass es keine Pistole war, sondern ein Objekt, welches diese Wand bereits in dreifacher Ausfertigung schmückte: ein etwa fünfzehn Zentimeter hoher Putto, ein hölzernes Knäblein mit roten Wangen, Babyspeck, einem gelben Tuch, das sein Geschlecht halb verdeckte, und den obligaten Flügeln. Der von Bötsch angebrachte Engel passte ausgezeichnet. Erst jetzt schien die Figurengruppe vollständig zu sein. Man konnte meinen, Zeuge einer Rückführung von Diebesgut zu sein. Vielleicht war es auch so. Doch mein Instinkt und meine kürzliche Erfahrung mit Bötsch sagten mir, dass es hier um etwas weit Absurderes ging.

Der Parasitologe trat von der Wand zurück und neigte den Kopf überlegend nach beiden Seiten, bevor er mit einer bejahenden Geste seine Arbeit freigab und sich entfernen wollte. Er machte einen Schritt auf den Vorraum zu, in welchem das Security-Pärchen saß, an dem er schließlich wieder vorbeimusste. Doch mit einem Mal hielt er inne, wandte sich um. Er musste etwas vernommen haben, das ihn veranlasste, auf die andere Seite zuzusteuern, dorthin, wo sich der Konferenzraum befand, in dem die vier Männer sich besprachen. Bötsch stellte sich an die Tür und presste ein Ohr gegen die Fläche. Ich konnte sein Gesicht sehen. Was er zu hören bekam, veränderte seine Züge. Er schien tatsächlich überrascht. Mehr als das. Bestürzt.

Also schob ich meinen Feldstecher wieder in die Richtung des Besprechungszimmers. Der Sitzende war aufgestanden. Er war etwas älter als die anderen, mochte knapp über sechzig sein. Aber sein Haar war voll und schwarz; was sein Äußeres betraf, war sein Haar das Beste an ihm. So gesehen war er ein Gegenstück zu Frau Holdenried. Ich wusste, wer dieser Mann war: Max Köpple, eine der symbolträchtigsten Erscheinungen der deutschen Gegenwart, sowohl Unternehmer als auch Gewerkschafter, der in beiden Bereichen als beinhart galt, wobei die Ansichten auseinandergingen, ob Köpple ein Kapitalist war, der sich in die Führungsebene der Arbeitnehmervertretung gemogelt hatte, oder umgekehrt. Tatsächlich erschien seine Karriere als eine Art undurchschaubare »Parallelaktion«. Er sah keinen Widerspruch in seinen Tätigkeiten, da er vorgab, abseits des Ideologischen zu stehen und Interessen zu vertreten, nicht weil er sie für richtig hielt, sondern weil das richtige Vertreten von Interessen seinen Begabungen entsprach. Solche Offenheit wurde neuerdings geschätzt. Was *ich* an ihm schätzte, ohne ihm persönlich begegnet zu sein, war die Höhe des Honorars, das er mir bezahlte, um Frau Holdenried zu beseitigen. Manche Kunden boten lächerliche Beträge an, andere übertrieben es so sehr, dass man sich genierte oder irgendetwas Dubioses vermutete. Die Summe, die Köpple offeriert hatte, zeigte jedenfalls, dass er wusste, wen er wofür bezahlte. Natürlich hatte ich ausschließlich mit Geislhöringer verhandelt, dem gemütlichen Sekretär, der es nicht gewagt hatte, den Namen seines Chefs auch nur in den Mund zu nehmen. Woher ich dann wusste, wer hinter dem Bayern stand? Nun, ich hatte überprüfen lassen, für wen Geislhöringer arbeitete. Das war kein großes Geheimnis. Wie gesagt, bin ich nicht neugierig. Nicht, was mein Opfer betrifft. Aber es interessiert mich, wer mich bezahlt. Das ist wie Telefonieren. Man will ja wissen, wer am anderen Ende der Leitung sitzt.

Durch meinen Feldstecher sah ich, wie Köpple auf jenen Mann zuging, der gerade heftig gestikulierte und offensichtlich mit irgendetwas nicht einverstanden war. Er schien völlig perplex, schüttelte unentwegt seinen hochroten Schädel. Köpple fasste ihn am Arm; er schien es mit viel Gefühl zu tun, doch der solcherart Gepackte verzog das Gesicht wie unter Schmerzen. Köpple sprach nur wenige Worte. Dafür war er berühmt, für seine kurzen Erklärungen, die gerade deshalb keine Fragen offenließen. Er erläuterte so gut wie nie seine Entscheidungen, nicht aus Faulheit oder Angst, sondern weil er keinen Sinn darin sah, das Notwendige zu begründen. Und er empfand einen großen Anspruch auf alles Notwendige.

Der Alte, der Chef, der Bonze, wie sie ihn auch immer nannten, setzte sich wieder. Es gab nichts mehr zu sagen. Die anderen drei verabschiedeten sich. Was Bötsch zu realisieren schien, denn er entfernte sich von der Tür. Keineswegs in Panik. Sosehr ihn das Gehörte erschreckt haben mochte, bewegte er sich doch mit der gewohnten Ruhe aus dem Zimmer. Dann glitt er ungesehen an dem Security-Pärchen und ihrem dösenden Hündchen vorbei und verschwand aus meinem Blickfeld. Sekunden später folgten die drei Herren. Plötzlich erinnerte der Köter sich seiner Pflicht. Das Gekläffe war selbst noch hier draußen zu hören. Das Mädchen schlug ihm mit der Leine über die Schnauze. Nettes Frauchen. Dummes Frauchen.

Es war eine andere Dame, die mir öffnete, als ich erneut die Klingel betätigte. Ihr brauchte ich meine Einladung nicht zu zeigen.

»Sie sind sicher Herr Jooß«, sagte sie begeistert, »das sieht man. So schön braun gebrannt. Südafrika muss herrlich sein. Herr Borowski hat mir von Ihrem reizenden Bibelprojekt erzählt. Ich glaube fest daran, dass Afrika die Zukunft gehört. Sie Armer, Sie müssen schrecklich unter unserem Klima leiden. Bei der Kälte würde ich keinen Hund hinausjagen.«

Ich lächelte verbissen. Von Hunden hatte ich heute endgültig genug. Immerhin kam die Frau nicht auf die Idee, mich zu fragen, was ich armer Mensch eigentlich draußen verloren hatte. Kaum war mein Mantel abgelegt, nahm sie meinen Arm und führte mich zurück in die Gesellschaft, geradewegs auf Borowski zu, der mich die nächste halbe Stunde nicht mehr losließ, als sei ich eine Trophäe. Er stellte mich einer Menge von Leuten vor, die er für wichtig hielt, und erzählte von der *Afrikanischen Bibel* wie von einem Wunder, während ich stumm daneben stand, sodass einer der Herren annahm, ich verstünde kein Deutsch, und mich auf Englisch ansprach. Bevor ich etwas sagen konnte, klärte Borowski den Irrtum auf. Es wurde gelacht, als wäre es der Witz des Jahres. Kein Wort über Apartheid, über Mandela, über Goldförderung. Es war schon eine sehr noble Gesellschaft.

Geislhöringer befreite mich aus der Flut allgemeinen Interesses an meiner Person, drückte mir ein Glas jenes dünnblütigen Weines in die Hand und führte mich auf eine kleine verglaste Plattform. Wir waren allein und schauten hinunter auf Stuttgart. Ein versinkendes Kraftwerk.

»Sie haben sie gesehen?«, fragte Geislhöringer.

»Frau Holdenried?«

»Ich dachte, Namen sind Ihnen gleichgültig.«

»Herr Borowski hat mich aufgeklärt. Der Mann redet gern und viel.«

»Eine Plage, fürwahr. Aber ich hoffe, dass Sie auch weiterhin Ihrer vernünftigen Einstellung treu bleiben und sich nur um das unbedingt Nötige kümmern. Ich habe Sie zu unserer kleinen Geselligkeit eingeladen, damit Sie sich die Holdenried im Original anschauen können. Schließlich ist es ja auch das Original, das Sie ... nun, das brauche ich Ihnen ja nicht zu sagen.«

Ich erklärte Geislhöringer, dass ich mich lieber aus Geschichten heraushielt, soweit sie mich nicht betrafen. Aber es habe sich nun ein Problem ergeben, über das man reden müsse.

»Haben Sie etwa Skrupel?«, fragte Geislhöringer und schmunzelte.

»Nein. So einfach ist es leider nicht. Oben sitzt Ihr Boss, der Köpple, nicht wahr?«

Mit einem Mal besaß der stämmige Bayer etwas Flinkes, Geducktes, Flatteriges, sah sich um, flüsterte mir zu, dass mich das in Teufels Namen nichts angehe, wer sein Boss sei und wo der sitze.

»Im Prinzip haben Sie recht«, sagte ich, »und ich wäre auch sofort still, wenn ich sicher sein könnte, dass Herr Köpple und seine Freunde über nichts anderes gesprochen haben als über die notwendige Koexistenz von Gehaltsforderungen und Gehaltskürzungen.«

»Und wenn's um etwas anderes ging, warum sollte ausgerechnet Sie das etwas angehen«, zischte Geislhöringer, »wir haben Sie nicht als Schnüffler beauftragt.«

»Der Wein schmeckt merkwürdig.«

»Bitte?«

»Wollen Sie hören, was ich zu sagen habe?«

Geislhöringer nahm sich zurück, als sei er persönlich für die Blässe dieses Weines zuständig, und sagte: »Ich bitte darum.«

»Ich will nicht erklären, wie ich dazu kam. Aber ich habe einen gewissen Herrn Bötsch beobachtet, der sich genau als das versuchte, was Sie mir eben vorhielten: als Schnüffler. Leider an jener Tür, hinter der Ihr Chef mit einigen Herren geplaudert hat. Ich kenne Bötsch nicht, habe keine Ahnung, was diesen Menschen dazu treibt, so etwas zu tun. Ein Staatsschützer? Der Agent einer fremden Macht? Möglicherweise ist das nur ein Tick von ihm, überall seine Nase hineinzuhängen. Soziologischer Ehrgeiz? Ein Wurm in seinem Schädel? Sie wissen doch, dass der Mann mit Würmern sein Geld verdient. Stört mich nicht. Was mich stört, ist die Vorstellung, Herr Köpple könnte in diesem Moment über das Attentat gesprochen haben. Das würde unser Projekt gefährden. Das würde mich gefährden. Nur weil Ihr sogenannter Sicherheitsdienst einen eins neunzig großen Mann übersieht, der ungehindert in die Chefetage eindringt. Und wozu haben die einen Mörderhund, wenn er im entscheidenden Moment nicht mal mit den Ohren wackelt?«

Ich machte eine kurze Pause, ließ das Gesagte wirken und fuhr in ruhigerem Tonfall fort: »Fragen Sie mich nicht, warum ich das alles beobachten konnte. Ich schnüffle nicht herum, aber ich überprüfe das Terrain, auf dem ich mich bewege. Ich bin ein schwerer, ungelenker, langsamer Südafrikaner und vertrage keine Überraschungen. Leider habe ich den Eindruck, dass unser verehrter Herr Bötsch äußerst erstaunt war über das, was er da zu hören bekam.«

»Mist«, murmelte Geislhöringer.

»Genau danach sieht es aus. Und wenn ich Ihnen einen Rat geben darf, kontrollieren Sie den Raum, in dem Bötsch gestanden hat. Er hat da etwas aufgehängt. Eine kleine Engelsfigur.«

»Dort hängen Engel.«

»Genau. Und jetzt hängt da einer mehr. Eben der vom Bötsch. Links außen.«

Geislhöringer schwieg. Er zündete sich eine Zigarette an, wie einer, der Tage zuvor damit aufgehört hatte und nun derart heftig inhalierte, als betreibe er eine Reinigung seines Blutes. Die Asche fiel auf den kahlen Betonboden. Geislhöringer rauchte zu Ende und bat mich, hier auf ihn zu warten. Er müsse sich einen Überblick verschaffen.

Als er fünfzehn Minuten später zurückkam, war sein Überblick so weit gediehen, dass er sagte: »Wir haben tatsächlich ein Problem.«

»Ein lösbares?«

»Durchaus, Herr Jooß. Ich verspreche Ihnen, dass wir genau jenen Zustand herstellen werden, der für den reibungslosen Ablauf Ihrer Operation vonnöten ist. Aber es soll gesagt sein: Mir ist der Vorfall peinlich.«

»Was ist mit dem Engel?«

»Sie hatten recht. Eine Figur zu viel. Aber wir haben nichts gefunden. Kein Abhörgerät oder Ähnliches. Ziemlich mysteriös. Sie sind sicher, dass es sich um Bötsch handelt?«

»Der Mann ist unverwechselbar.«

»Sicher. Ich verlasse mich da ganz auf Ihre Augen. Ihre Augen sind ja wohl die allerbesten. Leider hatten Sie auch mit Ihrer Befürchtung recht. Genau zu der Zeit, da Bötsch im Nebenzimmer stand, um sein Figürchen anzubringen, wurde über die Sache Holdenried diskutiert.«

»Max Köpple *diskutiert*?«

»Einige Herren mussten von der Notwendigkeit der Aktion überzeugt werden.«

»Ist es nötig, so viele Leute reinzuziehen?«

»Das hat Herr Köpple zu entscheiden. Aber ich verspreche Ihnen, es wird keine Pannen mehr geben.«

Es verunsicherte mich, dass Geislhöringer mich in keiner Weise zu erklären drängte, wie ich zu meinen Beobachtungen gekommen war. Sollte er schlichtweg mein Gequassel bezüglich des Terrains akzeptieren? Wenn er das wirklich tat, dann bestimmt nicht Köpple. Natürlich hatte ich – aus Gründen der eigenen Sicherheit – erzählen müssen, was ich gesehen hatte. Aber ich war voreilig gewesen. Die ganze Sache wies unversehens einige Haarrisse auf. Und man kennt ja die Bedeutung von Haarrissen für die Historie der Katastrophen. Ich dachte über meinen Ausstieg nach. Aber das war Unsinn. Immerhin hatte ich eine Art Vertrag unterschrieben. Die Deutschen würden mich bei meiner Unterschrift nehmen. Das Schriftliche ist ihnen heilig, an und für sich. Ich beschloss also, vorsichtig zu sein. Das ist natürlich die alte Ausrede, wenn man nicht weiterweiß. Das ist wie in den Krieg ziehen und sagen: Wenn der Gegner mit Granaten schmeißt, werd ich mich halt ducken.

»Es bleibt dabei«, sagte Geislhöringer, »nächsten Sonntag, vier Uhr früh. Und wir werden dafür sorgen, dass Bötsch Ruhe gibt.«

»Wie soll ich das verstehen? Wollen Sie mit ihm reden?«

»Ich bitte Sie. Bötsch ist Professor am Zoologischen Institut. Mit so jemandem kann man nicht reden. Aber lassen Sie das unsere Sache sein.«

Er reichte mir die Hand. »Also, wir werden uns nicht mehr sehen. Viel Erfolg. Auch für Ihre Bibel. Mir scheint, die Leute reißen sich darum. Die alte Geschichte – auf den Verkäufer kommt es an.«

Als er gegangen war, stellte ich mein Glas ab und öffnete ein Fenster. Die kalte Luft tat gut, doch der klare Kopf half mir auch nicht weiter. Also beschloss ich, zurück in die Stadt zu fahren und eine Kneipe aufzusuchen, wo ich meinem Freund Schlehengeist begegnen würde.

Am Tag darauf hatte ich weniger zu tun als erwartet. Die meisten Termine wurden abgesagt. Des Schneefalls wegen. Das Geschäftsleben war wie eines von diesen Abfahrtsrennen, die ständig von einer Stunde auf die nächste verlegt werden. Gewissermaßen schneite es auch in meinem Kopf: Eissternchen tapezierten die Innenseite meiner Schädeldecke. Ich empfand weniger einen Schmerz als eine Benommenheit.

Erst im Laufe des Dienstags sollte sich das Wetter bessern, sozusagen, denn es ist kaum als Besserung zu bezeichnen, wenn die Piste freigegeben wird und alle auf einmal losfahren. In meinem Fall hieß das, dass ich mich mit einigen Leuten der Marke Borowski treffen musste. Wobei ich Borowski gegenüber nicht undankbar sein durfte. Er rührte kräftig die Werbetrommel. Und am Ende dieser Woche hatte ich weit mehr Bibelbestellungen, als ich für diese Stadt erwartet hatte, deren Bewohner in dem Ruf stehen, nur deshalb kleine Plastikstücke in die Vorrichtungen der Einkaufswägen zu schieben, da ihnen das – wenn auch kurzfristige – Verschwinden eines Einmarkstückes zu sehr zu Herzen gehen würde. Das ist natürlich eine dumme Übertreibung. Warum sollten Schwaben sparsamer und kleinlicher und zwanghafter sein als andere Menschen? Nichts gegen Vorurteile, aber das des geizigen Schwaben hielt ich für einen Propagandatrick, und zwar einen schwäbischen. Wenngleich es mich irritierte, dass ich unentwegt um Schnäuztücher gebeten wurde, welche dann unbenutzt in den Taschen der Bittsteller verschwanden. War es möglich, dass die Stuttgarter Taschentücher horteten?

Doch noch am Montagnachmittag war ich gezwungen, aus dem Hotel zu treten. Denn *ein* Termin war unumgänglich. Ich bewegte mich durch den Schnee, der hier, am Boden des Kessels, nichts Romantisches, nichts Liedhaftes mehr besaß. Weißer Abfall. Weiß mit ersten Flecken.

Trotz der Kühle kam ich ins Schwitzen. Ich gelangte in den Osten der Stadt, wo ich einen Hang hinaufstieg. An sich ist mir der Schritt bergauf verhasst. Aber ich wollte mir einen Überblick verschaffen, den Turm und seinen Stern aus der Ferne betrachten. Doch im Schneetreiben, das nun wieder einsetzte, war nicht viel zu erkennen. Eingedenk der verschwommenen Sicht sowie meiner Atemlosigkeit und der Nässe in meinen Schuhen empfand ich für einen Moment ein umfassendes Gefühl der Sinnlosigkeit.

Ich machte einen großen Bogen und erreichte über die Uhlandstraße jenes ehemals königliche Palais, in dem nun mittels einer städtischen Bücherei der Kampf um den Geist der Masse geführt wurde. In dem weiten, hohen Untergeschoss herrschte reger Betrieb. Hier lagerten diverse Zeitungen des In- und Auslandes. Hier lagerte Heizungswärme. Wie in anderen Städten auch war das Foyer dieser Bücherei Ziel der Einsamen und Obdachlosen, der Gierigen, die niemals kauften, was sie umsonst bekamen, sowie der Eiferer, die ihre Wut über den Journalismus in die Öffentlichkeit tragen wollten.

Ich stellte mich an eine Art Theke, die den Leuten dazu diente, ihre Zeitungen auszubreiten. Und entfaltete meinerseits ein Exemplar, und zwar, wie vereinbart, die *Neue Zürcher Zeitung*. Ich schlug die Todesanzeigen auf, die ja weniger den Tod als eine gewisse Pracht des Lebens und die Pracht der Hinterbliebenen anzeigen und in ihrer Gesamtheit das Flair einer Galerie aus dem 18. Jahrhundert besitzen.

»Der Tod ist die Sauerstoffflasche hinter dem Zieleinlauf«, sagte ein Mann mit langen, grauen, zu einem Zopf zusammengebundenen Haaren. Seine Nasenspitze besaß die Form einer Mirabelle. Sein Gesicht verwies auf ein Leben auf der Straße, doch steckte sein breiter Körper in einem Maßanzug. Er stellte einen länglichen Aluminiumkoffer neben die *Neue Zürcher* und erklärte, er würde in zehn Minuten wiederkommen. »Sehen Sie sich an, ob das Ding konveniert.«

Ich nahm den Koffer, begab mich auf die Toilette und betrat die einzige Kabine des Toilettenraumes, um den Inhalt zu überprüfen. Der Anblick der in rotem Samt eingebetteten Teile dieser Präzisionswaffe hätte wohl das Herz eines jeden Waffenfreundes höher schlagen lassen. Was ich nicht verstehen kann. Warum sammeln Menschen Waffen? Ich habe nie im Leben auch nur einen Revolver besessen. Ich bestelle die erforderlichen Waffen – stets unbehandelte Markenware aus dem jeweiligen Inland, da Spezialanfertigungen die speziellen Macken der Hersteller einschließen – und lasse sie dorthin liefern, wo sie zum Einsatz kommen. Mache nur eine Ausnahme in Bezug auf das Projektil, da bin ich heikel. Aber ich bin nicht wie ein Fotograf, der eine Lieblingskamera benötigt. Unglaublich, wenn es stimmt, dass einige meiner Kollegen ihre Ausrüstung um die ganze Welt schleppen wie früher Taucher ihre Flaschen.

Ich überprüfte die Bestandteile dieser Birlewanger & Ruth, die Kenner gern als das ehrlichste unter den Gewehren bezeichnen. Überprüfte vor allem die Zieleinrichtung mit Jagd- und Nachtsicht, bei der oft geschlampt wird, da es den meisten Leuten gleichgültig ist, wo genau die Kugel das Opfer trifft und wie oft geschossen werden muss. Fernrohre dienen mehr der voyeuristischen Ader als der Zielgenauigkeit.

Ich setzte das Gewehr zusammen. Stoppte nicht die Zeit. Zeit würde es zur Genüge geben. Die Waffe lag nicht besser oder schlechter in der Hand als eine Bohrmaschine, ein Spazierstock oder ein Feuerhaken. Damit würde es keine Schwierigkeiten geben. Auf das Material kam es ja nicht wirklich an. In den meisten Fällen hätte man die Leute mit Steinschleudern erledigen können. Der Gestank im Toilettenraum machte mir schwer zu schaffen. Ich nahm die Waffe auseinander und legte die Teile zurück in ihre samtenen Schalen. Draußen reichte ich dem Grauhaarigen den Koffer, sagte ihm, dass ich zufrieden sei und er das »Instrument« am kommenden Samstag, kurz vor Schließung der Bücherei, wieder hierher bringen solle.

»Waffen sind *wohl Täter*«, sagte der Mann vergnügt und verließ das Gebäude durch den Haupteingang.

Sprachkomiker, dachte ich, schlenderte noch ein wenig durch die Bibliothek, durch die Bücheralleen, genoss die Ruhe und Wärme, stieg hinauf zur Belletristik, setzte mich und beobachtete die Lesenden, diese Glücklichen, die gefahrlos durch fremde Leben schritten.

Als ich einem Einarmigen half, einen kleinen Band aus dem obersten Regal zu ziehen – es war Lino da Casias *Böse Erinnerungen eines Detektivs und das daraus folgende Handbuch* –, kamen wir ins Gespräch. Der Mann war Chinese. Eigentlich war er geborener Österreicher, aber das sah man ihm nun wirklich nicht an. Was man ihm jedoch ansah, war ein gewisser Verschleiß des Körpers. Abgesehen von seinem amputierten Arm wies sein Gesicht mehrere Schrammen auf, und als wir uns zu einem Tisch bewegten, bemerkte ich, dass der Mann hinkte. Außerdem schien er schlecht zu hören. Ich wollte mir nicht vorstellen, womit er sonst noch geschlagen war. Dennoch wirkte er fröhlich, wenngleich ein wenig angetrunken.

Es versteht sich, dass wir nicht über seinen fehlenden Arm sprachen, sondern über Unverfängliches wie die Zukunft des geschriebenen Wortes, zum Beispiel. Nur einmal sagte der Mann etwas Merkwürdiges, indem er behauptete, die Literatur habe sein Leben zerstört. Er erklärte es nicht näher. Ich fragte mich, warum er sich dann ausgerechnet in einer Bücherei aufhielt, nickte aber bloß. Wir hatten einfach nicht die Zeit, uns näher kennenzulernen. Als wir uns verabschiedeten, wünschte ich ihm viel Glück.

Er sagte: »Zu spät.« Sein breites Grinsen war nicht ohne Bitterkeit.

Abends saß ich vor meinem Fernseher und erwartete die Meldung vom Ableben jenes Mannes, der demnächst für die sensationelle Entdeckung einer Parasitenmutation ausgezeichnet werden sollte; so weit war ich bereits informiert. Aber entweder war Bötschs Leiche noch nicht aufgefunden worden, oder Köpples Leute hatten den verdienten Parasitologen ins Ausland geschafft, auf welche Weise und in welchem Zustand auch immer. Oder sie ließen sich Zeit, aber das konnte und wollte ich mir nicht vorstellen.

Als ich am Dienstagmorgen die Schlagzeile von einem Pistolenattentat las, welches gleich gegenüber, im Hauptbahnhof verübt worden war, dachte ich natürlich sofort an Bötsch. Aber es schien sich um eine belanglose Schießerei gehandelt zu haben, Großstadttheater, pubertäre Pistoleros. Traurig, dass nicht einmal die Deutschen ihre überspannte Jugend in den Griff bekamen. Der Bezug dieser Kinder zu Schusswaffen ist folgerichtig verspielt und von geringem Können gezeichnet. Selten treffen sie den, den sie treffen wollen. Selten wissen sie überhaupt, wen sie treffen wollen. Auch der Artikelschreiber vermutete, dass es sich bei der zu Tode gekommenen Person, einem unbescholte-

nen Instrumentenbauer aus Heilbronn, um ein Zufallsopfer handelte. Das galt wohl erst recht für jenen Idioten,
der versucht hatte, den Täter von seiner Tat abzuhalten,
und dabei einen Durchschuss an der Hand erlitten hatte.
Ein Mensch, der zwar als mutig, jedoch auch als Österreicher bezeichnet wurde – nicht ohne Schadenfreude, wie
mir schien. Und der nun im Spital lag. Ich kenne die Österreicher nicht. Sieht man davon ab, dass mir am Tag zuvor
dieser Chinese begegnet war. Doch die Hand, die er noch
besaß, war unbeschadet gewesen.

Was hatte der Täter vorgehabt? Die Zeitung diagnos-
tizierte schlussendlich einen versuchten Raubüberfall und
die panikartige Verwendung einer Waffe durch den sieb-
zehnjährigen Griechen. Befragen konnte man ihn nicht
mehr. Ein geistesgegenwärtiger Polizist hatte ihn mit einem
Schuss in den Rücken erledigt. Immerhin, die meisten Polizisten wissen wenigstens, *wen* sie treffen wollen. Ob sie
auch immer wissen, *wo* sie jemanden treffen wollen, ist
eine andere Frage. Einen kurzen Moment kam ich auf
die Idee, dieser Anschlag hatte eigentlich Bötsch gegolten, Bötsch, der ja nicht hatte wissen können, dass er beim
Lauschen beobachtet worden war und nun selbst auf der
schwarzen Liste stand. Nun, jetzt würde er es wissen. Aber
ich verwarf diese Vorstellung. Entweder war Bötsch noch
Montag in der Nacht liquidiert worden, oder er hatte es
geschafft, sich der Polizei anzuvertrauen. – Ich stockte.
Allmächtiger, war ich jetzt völlig närrisch? Sich der Polizei anvertrauen? Kein Mensch in Südafrika würde das tun.
Kein Mensch in China. Keiner in Frankreich. Was stellte
ich mir unter Deutschland vor? Exekutive und Paradies?
Ich legte die Zeitung weg. Ich betete dafür, dass Geislhöringer sein Versprechen halten und das Problem noch
vor dem Samstag bereinigen würde. Natürlich betete ich

nicht sinnlos zum Himmel hinauf, wo kein Gott sich die Zeit genommen hätte, mir beim Beten zuzusehen. Ich betete nicht vertikal, sondern horizontal, denn das Gebet an sich besitzt eine gewisse Kraft. Das Dumme ist, dass beinahe sämtliche Menschen beten, auch die Ungläubigen. Auf diese Weise beten nicht wenige gegeneinander. Was dann zu einer Auflösung oder Abschwächung der jeweiligen Gebetskraft führt. Dass Gebete also zumeist nicht helfen, ist kein Wunder.

Wogegen auch kein Gebet geholfen hatte: Der Zeitpunkt der geplanten Erschießung kollidierte mit einer meiner Leidenschaften, dem Boxen. Kann man begründen, warum man das Boxen liebt? Versucht haben es eine Menge gescheiter Leute, denn naturgemäß drängt es gerade die Gescheiten, eine Liebe zu erklären beziehungsweise sich dafür zu entschuldigen. Beim Boxen klingt es oft so, als würde einer seine Zuneigung zu einer Prostituierten beschreiben, die er aufrichtig verehrt und mit der er es nicht wirklich treibt, also eigentlich schon, aber eben nicht auf Prostitutionsniveau, sondern auf Gescheite-Leute-Niveau. Grob gesprochen, gibt es – das Boxen betreffend – zwei Freier: den, der das Ursprüngliche erkennt, die Reinheit im Martialischen, den Atavismus als den eigentlichen Zielpunkt der Avantgarde und so weiter. Der andere Typus sieht überall Metaphern: Jeder Schlag, erst recht jeder Niederschlag, steht für etwas ungleich Bedeutenderes, findet aber in diesem Bild, das der Schlag liefert, seinen präzisesten Ausdruck.

Das Aufregende am Boxen ist natürlich sein theatralischer Charakter. Das Drama gleichzeitig als Inszenierung und Wirklichkeit. Blut und Schweiß sind echt. Die zugeschwollenen Augen. Der herausgeschlagene Zahnschutz, der durch den Ring fliegt. Betreuer und Trainer, die wie

Kinder in der Ecke stehen, die Hände vors Gesicht halten und auf ein Ende warten, irgendein Ende. Oder auf bessere Zeiten. Oder darauf, dass der andere sich an der Deckung ihres Mannes müde schlägt. Ist ein Kampf erst mehrere Runden alt, kommt es einem nicht selten so vor, als wollten die Kontrahenten nichts anderes als schlafen oder tot sein. Dann, wenn ihre Körper aneinanderkleben, sie sich gegenseitig stützen und recht kraftlose Schläge in die Seite anbringen. Das sind Augenblicke großer Intimität und Ruhe. Wo sonst ist die Erschöpfung derart Teil der Aktion? Andererseits hat man das Gefühl, einer Aufführung beizuwohnen, einem Tanz halb nackter, muskulöser oder auch nur ziemlich fetter Herren, die grimmig dreinblicken und vorgeben, einander zu hassen, und die versuchen, ihrem Kosenamen gerecht zu werden, dem Klischee von Mörder, Bewegungstalent oder Lachnummer, während sie eigentlich nur versuchen, in relativ kurzer Zeit mehr oder weniger viel Geld zu verdienen, ohne dabei allzu schlimme Blessuren davonzutragen.

Boxen ist sozusagen meine Schwäche für Neger. Der brillante weiße Schwergewichtler ist nicht in den Zwanziger- oder Fünfzigerjahren ausgestorben, zwei Dekaden berühmter weißer Weltmeister. Nein, den brillanten weißen Schwergewichtler hat es nie gegeben. Ich sage das sehr ungern. Ich hätte nichts gegen eine »weiße Hoffnung«, die sich nicht wieder als Flop erweist. Ich kann nicht sagen, woran es liegt. Sicher nicht an den Genen. Die Schwarzen sind keine geborenen Puncher. So wenig wie Schwule fürs Ballett geboren sind. Sollte es wirklich eine Frage der sozialen Verhältnisse sein? Ich kann es nicht glauben. Schließlich verfügt auch das weiße Europa über ein Heer von Jugendlichen, die in der Kriminalität heranwachsen. Was ist bloß mit diesen Kindern? Träumen die alle von einer Karriere als

Fußballer oder DJ? Warum sehen weiße Schwergewichtler, selbst wenn sie punkten, immer so verkrampft aus? Was ich an ihnen bemerke, ist nicht unbedingt Angst, es ist ein Unwohlsein, vergleichbar der Scham bigotter Menschen, wenn sie einmal mit nichts anderem als einer Badehose bekleidet sind. Der Augenblick war wohl der, als »The Greatest of 'em all« in die Welt hinausschrie, dass er nicht nur der Größte, sondern auch der Schönste sei. Damit hat die entscheidende Umkehrung der Werte stattgefunden, zumindest in jener fünfundzwanzig bis sechsunddreißig Quadratmeter großen, gut ausgeleuchteten, seilumspannten Welt. Jeder schwarze Champ hält sich seither für schön, jeder weiße Champ für hässlich.

Das alles ist Unsinn, an den ich nicht glaube. Aber ich kann ihn sehen, den Unsinn. Und sehe ihn mir aus irgendwelchen merkwürdigen Gründen immer wieder gern an.

Doch darauf würde ich nun verzichten müssen, wenn mein Landsmann, der »weiße Büffel«, auf den »eisernen Mike« traf. Der Büffel (für viele die weiße, hüftspeckige Unschuld, hundertfünfeinhalb Kilo Unschuld) gegen den schwarzen Bad Boy oder wie man ihn sonst noch nannte; der »härteste Mann des Planeten«, titulierte er sich selbst. Eine nette Übertreibung.

Ungünstigerweise fand der Kampf am Sonntag gegen vier Uhr früh statt, genau dann, wenn ich Frau Holdenried töten würde. Selbst eines von diesen mit Batterien betriebenen liliputanischen Fernsehgeräten hätte nichts genutzt, da man die Übertragung nur mit einem Decoder empfangen konnte. Ich empfand diesen Umstand als überaus bitter. Ich halte wenig davon, mir Aufzeichnungen anzuschauen. Das ist wie zu spät kommen. Das ist wie eine Geschichte, die man hätte miterleben können und nun nacherzählt bekommt.

Geislhöringer hatte mir nicht verraten, warum das Attentat ausgerechnet zu dieser Unzeit erfolgen sollte und aus welchem Anlass sich Annegrete Holdenried im Gebäude der Landesbank gegenüber dem Hauptbahnhof aufhalten würde.

Donnerstags, bevor ich mich mit Borowski und einer Dame vom Katholischen Medienzentrum im Hotel Graf Z. zum Abendessen traf, wollte ich mir meinen Arbeitsplatz, meine Jagdkanzel, einmal aus der Nähe ansehen. Ich ging hinüber zum Bahnhof und stieg in den Lift, der den Turm hinauf zur Aussichtsplattform fuhr. Dort herrschte touristischer Großbetrieb. Vornehmlich Belgier. Nur wenige genossen den Blick auf das städtische Lichtermeer, die meisten starrten hinauf zu dem erleuchteten Mercedesstern, der über ihren Köpfen langsam und gleichmäßig rotierte wie ein zur Raumsonde mutiertes Kruzifix. So absurd diese Installation wirkte, wenn man sie von der ebenen Erde aus besah, hier oben, beinahe in Griffweite, verfügte sie über jenen fremdartigen Reiz, den eigentlich nur lebendige Wesen ausstrahlen, etwa Orcas hinter riesigen Aquariumscheiben oder Schwärme von Quallen, Leuchtkrebse auf Leinwandgröße, Abessinische Gladiolen. Betörend. Ich hörte einen der Belgier sagen: wie der Stern von Bethlehem. Seine Freunde pflichteten ihm bei. Man sprach leise, wie in einer Kirche.

Ich schaute über das Bahnhofsgelände hinweg auf ein Bankgebäude, die übliche Geschäftskiste, modern und spießig. Beinahe sämtliche Räume waren erleuchtet, auch der penthouseartige Aufsatz, jener Ort, den mir Geislhöringer als Zielbereich angegeben hatte. Ich setzte meinen Feldstecher an die Augen, in keiner Weise auffallend, ein Belgier unter Belgiern. Die zum Turm weisende Front war vollständig verglast, der Raum sparsam möbliert. Idealerweise fehlten Topfpflanzen und andere den Blick einschränkende Ziergegenstände. Zwei Männer saßen wie Schüler nebeneinander und spiegelten sich auf der polierten Oberfläche des Konferenztisches. Hinter ihnen sah ich eine Uhr, welche falsch ging. Und zwar bedeutend. Und das sind dann die Leute, die mit dem Geld ihrer Kunden spekulieren. Und immer behaupten, in Eile zu sein. Hätte ich mein Gewehr dabeigehabt, ich hätte ihnen je eine Kugel genau durch ihre Krawattenknöpfe schicken können. Die Zielortbedingungen waren ganz passabel. Blieb als unbekannte Größe nur die Stärke und Beschaffenheit des Fensterglases. Nichts Besonderes, hatte Geislhöringer versichert. Doch was waren die Versicherungen des Bayern eigentlich wert? Nun, ich würde ein starkwandiges, für die prämortale Materialdurchdringung geeignetes Geschoss verwenden, welches ein Kapstädter Büchsenmachermeister entwickelt hatte, Erik Sorel, Großwildjäger und Benchrest-Sportschütze. Er wusste von meinem Beruf. Aus irgendeinem Grund nahm er an, dass ich früher vorzugsweise Schwarze erledigt hatte. Das gefiel ihm. Ich ließ ihn in dem Glauben. Denn dadurch war ich privilegiert, gehörte zu den wenigen, die Sorel mit seinen exzellenten Projektilen belieferte. Natürlich transportierte ich die Geschosse nicht im Reisegepäck, sondern bezog sie jeweils über eines der hiesigen Waffen-Angel-Armbrust-Geschäfte, an die Sorel seine Ware zeitgerecht verschickte. Obwohl selbst Profiteur dieser Gepflogenheiten, wird mir angst und bange, wenn ich sehe, wozu Anglergeschäfte sich hergeben. Die bewaffnen jeden, der die Hand heben kann, um zu schwören, was er auch immer schwört.

Ich schickte einen letzten Blick hinauf zu dem Stern, der ja nicht nur über dieser Stadt stand, sondern gewissermaßen über dem ganzen Erdkreis. (Mercedes ist ja viel mehr als ein Name, der ein Auto bezeichnet. Mercedes, das ist die Metallschraube in unseren Köpfen. Und sicher nicht der Stern in unserem Herzen, wie die Stuttgarter meinen.)

Es war schon immer so: Ich merke mir keine Gesichter, sondern Einzelheiten, in deren Sogkraft ich mich auch an den Rest zu erinnern beginne. Fünf Leute waren mit mir in den engen Lift gestiegen, der hinunter in die Bahnhofshalle führte. Vier davon unterhielten sich, Belgier, die nicht aufhörten, vom Mercedesstern zu schwärmen. Der Fünfte stand mit dem Rücken zu mir. Nur kurz hatte ich sein Gesicht gesehen. Seine linke Hand war in einen Schal gewickelt. Was ich weniger bemerkenswert fand als den Widerspruch in seiner Visage. Eine kleine Nase, aber große Nasenlöcher, was jedoch nicht negroid wirkte, da das Organ bei aller Kleinheit recht spitz zulief. Ich war überzeugt, diese Nase schon einmal gesehen zu haben, und ich dachte: ein Riecher wie der von Anton Bruckner, ohne dass ich mich so recht an das nasale Antlitz des Komponisten erinnern konnte, aber eben daran, dass Bruckner aus Österreich stammte. Und über diesen gedanklichen Umweg gelangte ich zur Überzeugung, dass der Mann, in dessen Nacken ich atmete, kein Belgier war, sondern Österreicher, und dass ich sein Foto zwei Tage zuvor in einer Stuttgarter Zeitung gesehen hatte. Es war jener merkwürdige Held, der angeschossen worden war. Und zwar an der Hand. Was hatte der Mann hier verloren? Ich mochte nicht glauben, dass jemand, der zu Beginn dieser Woche durch einen Pistolenschuss verletzt worden war, denselben Ort zu touristischen Erkundungen nutzte.

Er stieg vor mir aus dem Aufzug, fiel dann aber durch seinen langsamen Schritt hinter mich zurück. Eigentlich wäre es klug gewesen, diesem ominösen Menschen zu folgen. Dann aber hätte ich Borowski versetzen müssen. Was sich als nicht nötig erwies. Denn es war vielmehr der Österreicher, der nun in meinem Kielwasser trieb. Keineswegs professionell. Ich konnte ihn geradezu im Rücken riechen. Als ich mich im Restaurant des Hotels Graf Z. am bestellten Tisch niederließ, sah ich ihn im Eingangsbereich stehen. Ich beschloss, mich fürs Nächste nicht weiter um ihn zu kümmern. Er würde mir nicht abhandenkommen.

Tat er auch nicht. Als ich mich zwei Stunden später von Borowski und seiner Begleiterin verabschiedete und hinauf zu meinem Zimmer fuhr, stand er im Aufzug. Zwischen uns ein weißhaariger Mann mit feuchten Augen, der an seiner viel zu jungen Begleiterin lehnte. Es war deutlich, dass es der Alkohol war, der die beiden zusammenhielt. Im dritten Stockwerk stieg ich aus dem Fahrstuhl. Hinter mir spürte ich die Bewegung einer Person. Nach einigen Schritten entschloss ich mich zu handeln, bevor der Österreicher es tun würde. Ich fuhr herum. Beinahe wäre meine Faust im Gesicht der Frau gelandet, die jedoch so betrunken war, dass sie an meinem zu einem Winkel ausgefahrenen Arm vorbeitaumelte, ohne die Bedrohung wahrgenommen zu haben – meinte ich. Ihr Vater oder Gatte oder was er darstellte, stand neben dem Aufzug an die Wand gelehnt, gab jetzt Geräusche des Unwohlseins von sich und rief nach seinem Schatzi. Das Schatzi aber war überraschend schnell mit dem Schlüssel zurechtgekommen und in ihrem Zimmer verschwunden. Die Tür jedoch hatte sie offen gelassen. Das alles brauchte mich nicht zu kümmern. Dennoch ging ich auf den Alten zu. Mein Mitleid galt der Tatsache, dass ich selbst bald ein alter Depp sein würde. Der Auslöser dieses Mitleids schaute mich an, als würde es ihm schwerfallen, einen Zweifel gedanklich zu festigen. Ich fasste seinen

Arm, der sich wie eine aufgeweichte Papprolle anfühlte. Der Mann ließ sich bis zu seiner Tür zerren, machte sich aber mit einem Mal frei, jetzt mit einem Blick, als wäre ihm endlich klar geworden, dass ich nicht Schatzi sein konnte. Er beschimpfte mich, verstieg sich zu einigen unschönen Bemerkungen über meine Figur. Ich stieß ihn leicht an, woraufhin er im Vorraum seines Hotelzimmers landete. Von Schatzi sah ich bloß die nackten Füße, die über den Bettrand standen. Ich schloss die Tür und stampfte den Gang hinunter zu meinem eigenen Zimmer.

Merkwürdigerweise hatte ich den Kerl vergessen, der mich verfolgte oder von dem ich es zumindest vermutete. Zu Recht, denn als ich eben mein Zimmer betreten wollte, erhielt ich meinerseits einen Stoß, der mich zwar nicht umwarf, aber zu einem Sprung in den Raum hinein nötigte. Er war es: der Österreicher mit den großen Nasenlöchern und der zerschossenen Hand. In der anderen hielt er eine Pistole. Es sah nicht aus, als könne er gut damit umgehen. Aber um den Abzug zu betätigen, würde es wohl reichen. Er konnte alles Mögliche treffen. Mich eingeschlossen. Breit genug war ich ja. Weshalb ich ihm mit einer Geste zu verstehen gab, wie beeindruckt ich sei. Ich ließ mich langsam auf einem der beiden roten Stühle nieder und bat den Mann, sich ebenfalls zu setzen, um die Sache in Ruhe abzuklären. Er zögerte, wirkte jetzt verlegen, als wäre ihm durchaus bewusst, dass es sich nicht gehörte, mit gezogenen Pistolen in fremde Hotelzimmer einzudringen. Er rückte den zweiten Stuhl ein wenig von mir weg und nahm umständlich Platz.

Ich schenkte mir einen Schlehengeist ein (ein Geschenk Borowskis, der meine kleine Leidenschaft erkannt hatte, sie guthieß und förderte). Allerdings ging ich nicht so weit, auch meinem Gegenüber ein Gläschen anzubieten. In gewisser Weise schien er ja im Dienst zu sein. Wenngleich unbeamtet und in eigener Sache.

»Bitte«, sagte ich und öffnete die Hände zu einer Geste, als säßen wir zu einem Vorstellungsgespräch beisammen.

»Ich bin gekommen, um zu verhindern, dass Sie tun, was Sie vorhaben.«

»Was habe ich vor?«

»Einen Menschen zu töten.«

»Guter Mann«, erregte ich mich, und zwar mit ehrlichem Bedauern ob einer solchen Dummheit, »warum gehen Sie nicht zur Polizei? Lassen Sie doch die Profis arbeiten. Lassen Sie Leute mit zwei gesunden Händen ans Werk. Leute, die für diesen ganzen Unfug wenigstens bezahlt werden.«

»Kommen Sie mir nicht damit«, fuhr der Österreicher mich an. Ganz offensichtlich hatte sein Vertrauen in die Polizei gelitten. Er bestand darauf, auf eigene Faust handeln zu müssen. Wofür ihm allerdings wenig Zeit bleibe. Man sei ihm auf der Spur.

Plötzlich schüttelte er den Kopf, als hätte er endlich bemerkt, wie absurd dieses Gespräch war, in dem er sich mir anvertraute, während ich, der Killer, ihm den Gang zur Polizei nahelegte.

Ich verlagerte unsere Plauderei, fragte ihn, wie er überhaupt auf die Idee komme, dass ein Mord geplant sei.

»Bötsch lebt. Noch«, sagte er, zum ersten Mal triumphierend. »Von ihm weiß ich, dass Frau Holdenried umgebracht werden soll. Das wird nicht zu verhindern sein, indem ich zur Polizei gehe, zur Zeitung, zum Fernsehen. Meine Frau ist beim Fernsehen, erzählen Sie mir also nichts. Der Mann, der hinter alldem steht, ist sicher nicht zu schaffen. Aber Sie sind es, sein Werkzeug.«

»Er hat wohl mehr als *ein* Werkzeug.«

»Nicht eines wie Sie, Jooß. Wir sind hier in Stuttgart,

vergessen Sie das nicht. Warum, meinen Sie, müssen wir Leute aus Südafrika holen? In Europa ist der Dilettantismus zu Hause.«

»Sie reden wie ein Amerikaner.«

»Die haben nicht *immer* unrecht.«

Jetzt wollte ich es doch wissen. Ich fragte ihn, wer diese Frau Holdenried eigentlich sei und aus welchem Grund sie sterben müsse.

»Ich hör wohl nicht recht«, beschwerte sich der Österreicher. »Ich denke, Sie sind der Killer. Da wissen Sie doch wohl Bescheid über die Leute, denen Sie das Lebenslicht auspusten.«

»Was arbeiten Sie, Herr …?«

»Szirba. Ich bin Architekt.«

»Kennen Sie die Leute, für die Sie Häuser bauen?«

Er schüttelte den Kopf. Aber irgendwie hatte ich das Gefühl, dass Szirba damit sagen wollte, dass er eigentlich nicht wirklich Häuser baute. Wahrscheinlich war er so eine Art Pianist ohne Klavier oder ohne Hände.

Ich bestand darauf, dass er mir von Frau Holdenried erzählen solle. Szirba kannte sie natürlich nicht persönlich, wusste aber ganz gut Bescheid. Dank der Medien, dank des öffentlichen Tratsches. Ich reimte mir also ein Bild zusammen, das folgendermaßen aussah: Annegrete Holdenried war wohl das, was man eine erfolgreiche Achtundsechzigerin nannte, also ein Mensch, den die Umstände des Lebens ohne gröbere Blessuren von der außerparlamentarischen Opposition zur Finanzberatung geführt hatten. Als solche – als Finanzberaterin – war Holdenried höchst erfolgreich und wurde Mitte der Neunzigerjahre in die Führungsetage von Köpple geholt. Der gerade erst verwitwete Max Köpple war entzückt von dieser geistig wendigen Dame, machte sie zur Sprecherin der Konzerngeschäftsleitung und dann auch zu seiner Lebensgefährtin. Ob sie Letzteres ganz freiwillig wurde, ist die Frage. Man darf sich nicht in die höchste Region der Gesellschaft wagen – quasi in die Todeszone – und sich dann über ein paar Unfreiheiten wundern. Aber wahrscheinlich wunderte sich die kluge Frau Holdenried auch gar nicht. Und es dürfte ihr zunächst keineswegs schwergefallen sein, sich in dieser sauerstoffarmen Region zu behaupten. Sie trug ihre tatsächlich beeindruckend langen Beine nicht anders als die Herren ihre Schlipse – scheinbar. Und sie war extrem erfolgreich. Derart, dass es sich von selbst verbat, diesen Erfolg in irgendeinen Zusammenhang mit ihren Beinen zu bringen (was ein Irrtum war, einer, den die Männer begingen, nicht Frau Holdenried, die sich in der Soziologie und anderen nützlichen Disziplinen auskannte).

Es war allgemein bekannt, dass sie beste Kontakte zur Politik unterhielt. Einige ihrer Jugendfreunde waren in wichtige Ämter aufgestiegen. Darunter ehemalige Staatsfeinde. Wenn man die Kerle jetzt sah, konnte man meinen, ein paar von den grausigen Tiefseefischen seien nach oben gezogen, um nun als elegante, ewig lächelnde Delfine über das Wasser zu segeln.

Man sagte der Holdenried nach, ihre Fühler würden bis in die Regierung reichen. Ihr wurde einiges nachgesagt, auch dass sie die eigentliche Kraft in Köpples Imperium sei.

»Was denken Sie? Warum soll ich diese Frau liquidieren?«, fragte ich nochmals.

Der arme Österreicher. Er war gekommen – ein Architekt mit einem befremdlichen Hang zur Courage –, um mich von etwas abzuhalten, das *er* für ein Verbrechen hielt. Er war nicht gekommen, um mir solche Fragen zu beantworten, sondern um das Gesetz in die Hand zu nehmen, um mich zu töten oder zu verletzen oder zu überzeugen, mich auf jeden Fall davon abzuhalten, meinen Auftrag zu erfüllen.

»Sie bluffen«, sagte er. Und vergaß dabei, sein Ziel im Auge zu behalten. Die Waffe war jetzt auf den Schlehengeist gerichtet.

»Ich weiß es wirklich nicht«, schwor ich ihm. »Ich frage Sie ja bloß, weil es mich interessiert, nicht weil es mich kümmert. Man hat mich bezahlt, also werde ich das Problem aus der Welt schaffen.«

»Genau das werde ich verhindern.«

»Was bedeutet Ihnen diese Holdenried?«

»Darum geht es nicht.«

»Ich hoffe, Sie halten sich nicht für einen Moralisten. Was wäre das für eine Moral, das Leben eines Menschen, eines einzigen Menschen zu retten, nur weil man ihn aus der Zeitung kennt. Dabei ist das, was passieren wird, ein ganz normaler und keineswegs unmenschlicher Prozess. Niemand wird gefoltert, keine tausend Arbeitsplätze verschwinden, keine Rentner werden betrogen. Ich versichere Ihnen, wüsste Frau Holdenried von der Sache, sie würde es genauso sehen. Guter Herr Szirba, Sie sollten das Ganze vergessen und nach Hause gehen.«

Aber selbst wenn er wirklich gegangen wäre, hätte ich es nicht zulassen können. Dieser Mensch war labil, hin- und hergerissen von seinen Überlegungen, wahrscheinlich durch seine Ehe schwer belastet, seine Erfolglosigkeit, die ich bloß ahnte. Aber Leute, die für nichts ihr Leben riskieren, das sind immer die Erfolglosen, die eben auch nichts zu verlieren haben. Courage ist die Domäne der Zukurzgekommenen. Man braucht sich ja nur die Leute anzusehen, die nach Afrika gehen, um zwischen Gewehrsalven Hungernde zu füttern, lauter Versager, zumeist Versager im

Privaten, Beziehungsnieten, aber auch berufliche Versager, darunter viele Ärzte, die den sozial-menschenfreundlichen Typus bloß vorschieben, weil es ihnen nicht gelungen ist, in München oder auf Mallorca eine Praxis aufzubauen. Dasselbe gilt für Umweltschutzorganisationen. Ein Hort für gescheiterte Existenzen, welche in ihrer Verzweiflung begonnen haben, sich für den Regenwald oder das Leben der Wale zu engagieren. Worüber ich mich nicht lustig machen möchte. Ich halte die Rettung der Wale für prinzipiell richtig. Die Frage ist nur, warum tut das jemand? – Warum zielt ein Kerl auf mich, während er doch Häuser bauen könnte? Eben, weil er nicht *kann*, weil er noch keine einzige mickrige Garage gebaut hat und auch nie bauen wird.

Dieser Mann war ein Risiko. Ich konnte ihn nicht gehen lassen. Ohnedies machte er keine Anstalten. Zielte jetzt auf den Aschenbecher. Ein in Fußtechniken versierter, gelenkiger Mensch hätte keine Mühe gehabt, ihm die Waffe aus der Hand zu treten, ohne dass ein Schuss losgegangen wäre. Meine Domäne ist das nicht. Ich sagte: »Was soll ich bloß mit Ihnen machen?«

»Das ist meine Frage«, beschwerte sich Szirba, beinahe weinerlich. Es lief nicht so, wie er es sich erwartet hatte. Er richtete die Waffe wieder auf meine Brust, wollte eine Entscheidung. Da hatte er recht, weshalb ich mich erhob.

»Ich vertrage dieses fette Essen nicht«, erklärte ich und bewegte mich auf die Toilette zu, die im Vorraum gelegen war.

»Bleiben Sie stehen«, befahl der Österreicher, was seine Wirkung jedoch verfehlte, denn auch wenn er mir ins Gesicht sah, so zielte er noch immer auf die Brust, wo sie sich jetzt aber nicht mehr befand, sondern nur noch die Rückenlehne meines Stuhls. Mit einer schwerfälligen, aber beiläufigen Bewegung, in der so etwas wie die Kraft einer Rückenflosse steckte, schlug ich ihm die Pistole aus der Hand. Die Waffe landete auf dem kleinen Glastisch. Er sprang auf, wollte danach greifen, aber ich war bereits bei ihm und quetschte ihn mit meiner Körpermasse gegen die Wand. Er schwitzte, wie schon die ganze Zeit. Und er roch nach Krankenhaus, roch wie ein Mensch, der es nicht mehr lange macht. Ich würde es auch nicht mehr lange machen. Mir war nämlich tatsächlich übel. Die Krautspätzle drohten im Verdauungskanal die Richtung zu wechseln. Weshalb ich mich beeilte, Szirbas Kopf mit der rechten Hand an der Tapete zu fixieren und einen rechten Aufwärtshaken an seinem Kinn anzubringen, nicht aber mit der Faust, sondern mit dem Ellbogen, da sich an dieser Stelle des Jacketts ein lederner Schutz befand. Ich tat das nicht, um ihn zu schonen, den Österreicher. Aber von seinem Kinn tropfte eine speichelige Masse. Ich schonte meine Hand.

Szirba sackte zusammen, fiel auf die Knie. Der Kopf sank nach vorn. Ich konnte mit dem Fuß gerade noch verhindern, dass er gegen ein Tischbein schlug. Ich wollte den Mann schließlich nicht umbringen. Niemand hätte mich dafür bezahlt. Auch wollte ich meine Maxime beibehalten, pro Stadt nur einen Mord zu begehen.

Sein Schädel glitt nun in moderater Weise von meinem Schuh auf den Teppichboden. Einen Moment sah es aus, als bete er gen Mekka. Dann kippte der ganze Szirba zur Seite. Er würde für eine Weile Ruhe geben. Auch ich benötigte Ruhe, ließ mich aufs Bett fallen und schloss die Augen, ganz eins mit meiner Übelkeit. Dennoch schlief ich ein. Nach einer Viertelstunde erwachte ich und fühlte mich wie nach einer gelungenen Kur. Sie hatte erneut gewirkt, die Magie des kurzen Schlafs.

Szirba war gerade dabei, wieder zu sich zu kommen. Der

ideale Zustand, ihn unauffällig aus dem Haus zu befördern. Ich nahm die Pistole, die noch immer auf dem Glastisch lag, und steckte sie in die übergroße Innentasche meines Jacketts. Übergroß nur deshalb, um dort Bücher deponieren zu können. Es war das erste Mal, dass ich ein solches Gerät am Körper trug. Ein unangenehmes Gefühl. Gerade so, als richtete man eine Waffe gegen sich selbst.

Ich griff dem Österreicher von hinten unter die Achseln, zog ihn nach oben und legte seinen gesunden Arm über meine Schulter. In der Manier zweier schwer betrunkener Männer traten wir auf den Gang hinaus. Szirba war noch immer derart benommen, dass er gar nicht richtig mitbekam, was geschah. In demselben Maße war er unbeweglich und schwer wie das berühmte tote Gewicht.

Als ich ihn zum Aufzug schleppte, öffnete sich eine Tür. Ich begann eben den Alkoholiker zu mimen, als ich erkannte, dass es sich bei der Person um jenes besoffene Mädchen handelte, von der ich zuletzt nur noch die Füße gesehen hatte. Das Geschnarche ihres ältlichen Begleiters drang für einen Moment aus dem Zimmer. Doch von ihr konnte man jetzt meinen, sie hätte ebenfalls eine Kur hinter sich. Keine Spur betrunken, schön geschminkt, das Haar frisiert, die Kleidung gerichtet. Ziemlich ausgeschlafen das Mädel, das mir und Szirba nun einen verächtlichen Blick schenkte. Sie konnte ja nicht wissen, wie ausgeschlafen ich selbst war. Sie versuchte an uns vorbeizustolzieren. Ich ließ ihr einen Meter, dann sagte ich: »Fräulein.«

Natürlich wusste ich, dass es in Deutschland längst keine Fräuleins mehr gab. Aber etwas in meiner Stimme schien sie zu beeindrucken. Sie wandte sich um. Aus ihrem Gesicht war eine Maske gefallen. Das ganze Antlitz verzogen, als stecke ihr ein Bumerang in der Mundhöhle. Keine Frage, sie war eine von den teuren Prostituierten, die für Geld alles darstellen konnten: Industriellengattinnen, Töchter, Journalistinnen, auch Trunkenheit. Jetzt erkannte ich es. Sie war eine im Grunde hässliche Frau, sicher kein Mädchen. Wahrscheinlich hatte sie die dreißig bereits passiert und im Leben wohl so ziemlich alles gesehen, was einem den Magen umdrehen konnte. Aber sie wusste sich herzurichten, verstand es, das Hübschsein perfekt zu verkörpern. Sehr wahrscheinlich, dass sie nie auch nur einen Schluck Alkohol trank.

Ich konnte mir nicht vorstellen, dass sie es nötig hatte, in die Geldbörsen ihrer Freier zu greifen, aber die Art, wie sich ihre dezent lackierten Fingernägel nun im Leder der Handtasche verkrallten, signalisierte die Wahrscheinlichkeit, dass sich darin etwas befand, das nicht ihr gehörte, sondern dem Saufkopf hinter der Tür. Aber das ging mich nichts an, und das sagte ich ihr auch. Sagte ihr, dass ich in Not sei, wegen des armen Kerls an meiner Seite, der leicht in Gefahr geraten könnte. Nämlich dann, wenn er wieder zu sich kam, um sich sogleich in Dinge zu mischen, die nicht seiner Kragenweite entsprachen.

»Mein Freund ist ein blöder Hund«, sagte ich. »Er muss bis Sonntag ruhiggestellt werden. Der gehört in ein Bett. Und dort soll er bleiben. Zu seiner eigenen Sicherheit. Sonntag darf er wieder zu sich kommen. Dann ist alles vorbei. Ich bin überzeugt, dass Sie über die Medikamente verfügen, um einen Mann ein paar Tage unter Narkose zu setzen. Also, Mademoiselle, sind Sie so freundlich und tun das für mich? Dafür will ich auch nicht wissen, was sich in Ihrer Tasche befindet.«

Sie machte sich nicht die Mühe, die Naive zu spielen. Aber sie beschwerte sich, als würde ich sie nötigen, in ihr Heimatdorf zurückzukehren.

»Ich verlange nicht viel«, stellte ich fest. »Das ist ein

ordentliches Geschäft. Sie sollen es schließlich nicht umsonst machen.«

»Ich bin teuer.«

»Schon gut. Dreitausend Mark.«

»Soll ich Ihnen sagen, wie viel ich in der Woche verdiene?«

»Wir können auch die Polizei rufen.«

»Ich glaube nicht, dass Sie das tun.«

»Richtig. Das wollen wir beide nicht. Also fünftausend. Muss ich Sie wirklich darum bitten, mein Geld anzunehmen?«

»Ich will keinen Ärger.«

»Niemand will das. Betreuen Sie meinen Freund, singen Sie ihn in den Schlaf. Sonntagmorgen hole ich ihn wieder ab.«

»Dreitausend sofort. Ohne Gesang.«

»Selbstverständlich. Und ich bin sicher, dass Sie Ihren Teil des Vertrags erfüllen. Sie sind ja nicht dumm, oder?«

»Dann würde ich nicht mehr leben.«

»So sehe ich das auch.«

Wir traten in den Aufzug. Sie betrachtete sich im Spiegel. Was sie sah, schien ihr zu gefallen. Dann blickte sie auf Szirba. Der gefiel ihr weniger.

»Was ist mit seiner Hand?«

»Ein Unfall. Er spielt gern den Helden. Manche Leute muss man vor sich selbst beschützen.«

»Ich hoffe, Sie legen mir kein faules Ei. Ich habe einflussreiche Bekannte.«

»Das glaube ich gern. Machen Sie sich keine Sorgen.«

Sie wurde ein wenig freundlicher. Fragte mich, wie ich zu meiner gesunden Gesichtsfarbe gekommen sei. Urlaub?

»Ich lebe in Südafrika.«

»Oh«, sagte sie. Das schien sie zu beeindrucken. Als wir

durchs Foyer gingen, hielt sie Abstand. Der Mann an der Rezeption nickte ihr zu. Sicher hatte er bereits sein »Trinkgeld« erhalten. Zustände wie in Russland. Jeder machte Geschäfte abseits des Üblichen, sodass das Abseitige zum Üblichen geriet.

An der frischen Luft fand Szirba seine Sprache wieder und protestierte. Ich versetzte ihm einen leichten Schlag auf den Hinterkopf. Das wirkte. Auch im Taxi blieb er friedlich. Wir fuhren hinauf auf den Killesberg, bekanntermaßen ein nobles Viertel, das mir jedoch im Dunkel wie eine mächtig aufgeblasene Anlage von Schrebergärten erschien.

Der Wagen hielt vor einer zweistöckigen Villa. Die Mademoiselle wies uns an, im Wagen zu bleiben. Nach einigen Minuten kam sie mit einer Reisetasche zurück. Wir fuhren weiter. Nach einer halben Stunde verließen wir den Wagen in einer nicht ganz so noblen Gegend, wenngleich die Ansammlung von Wohnhaustürmen nicht weniger sauber und adrett wirkte.

Ihre Wohnung lag im elften Stock eines der Gebäude. Aufgeräumt, aber unbewohnt, kalt. Die Einrichtung sah aus, als wäre jemand zu oft und mit zu groben Lappen oder Bürsten über den Kunststoff, die Furniere, das getönte Glas, die Stofftapeten gegangen. An den Wänden abstrakte Bilder vom Niveau »Röhrender Hirsch«. Ich legte Szirba auf einem Sofa ab, das an ein geschlachtetes Zebra erinnerte.

Die Frau riss die Fenster auf, machte die Heizung an und ging in die Küche. Kam mit einer Flasche Wein und Mineralwasser zurück, nahm Gläser aus dem Schrank. Hässlicher konnte ein Schrank nicht sein. Holz, das keines war. Die Frau schloss die Fenster, verschwand wieder. Ich schenkte mir vom Wein ein, der eine überraschende Qualität besaß. Er stammte aus ihrem neuen Leben, die Wohnung aus ihrem alten, vermutete ich. Als sie zurückkam, streckte sie mir den Arm entgegen. Auf der Handfläche lag eine weiße Tablette.

»Geben Sie die Ihrem Freund.«

Eine unerfreuliche Arbeit. Mit Daumen und Zeigefinger presste ich Szirbas Wangen zusammen, sodass sein Mund ein Oval bildete, warf das Medikament wie eine Münze ein, schob Szirbas Kopf zurück und setzte ein Glas Wasser an. Er schluckte, geriet jedoch in Panik und hustete. Aus seiner Nase spritzte es. Er trat gegen den Tisch. Ich verschüttete das Wasser über seiner Hose. Einen Moment schien er hellwach, starrte entgeistert auf den Fleck; dann sank er wieder zurück und verlor das Bewusstsein, bevor noch das Mittel ebendies bewirken konnte.

»Das kann ja heiter werden«, sagte die Frau. »Und was ist, wenn er sich vollscheißt?«

»Sie werden schon damit fertig.«

»Besser als Sie auf jeden Fall.«

»Hoffentlich«, sagte ich, zog mein Portemonnaie hervor und gab ihr die dreitausend Mark. Ich habe immer solche Summen dabei. Die Leute haben nichts davon, wenn man ihnen Kreditkarten, Visitenkarten, Empfehlungsschreiben und Derartiges unter die Nase hält. Es gibt zu viele Menschen, die sofort ihr Geld wollen.

Sie nahm es und sagte »Okay«, wie man sagt: Besser als mit Würmern kochen. Das mit den Würmern ist ein alter Spruch. Und der brachte mich auf eine Idee.

»Kennen Sie einen Professor Bötsch?«

»Den Bandwurmbötsch?«

»Genau den. Mir scheint, Sie haben es mit der Biologie?«

»Ich habe es mit den Männern, wie Sie sich denken können. Widerlichen, alten, vermögenden Männern. In mei-

nem Beruf ist es wirklich kein Wunder, einen Universitäts-
professor zu kennen. Das sind die Schlimmsten: Fetischis-
ten, Phobiker, Rollenspieler, Regressive. Früher war ich in
Heidelberg. Da läuft genau dasselbe.«

»Und Bötsch?«

»Was geht Sie das an?«

»Neugierde.«

»Großartig. Wie stellen Sie sich das vor? Ich lebe von
meiner Diskretion.«

»Sie leben vom Geld«, sagte ich und hielt ihr fünfhundert Mark hin.

»Das ist keine fünfhundert wert. Der Bötsch ist harmlos.«

»Keine Hunde?«

»Wie kommen Sie auf Hunde? Wegen der Zoologie?
Nein, ich sag Ihnen doch, der ist harmlos. Ein- oder zwei-
mal im Jahr fährt er nach Amerika zu Freunden, nach
Connecticut, ein Ehepaar. Die sind etwa in seinem Alter,
nette Leute. Die suchen auch nach Würmern. Ich muss
dort seine Ehefrau spielen, sein hübsches Dummerle. Und
mit ihm in einem Bett schlafen. Aber er hat mich noch
kein einziges Mal angefasst. Er liest die ganze Nacht. Keine
Ahnung, wann dieser Mensch schläft. Das ist das einzig
Nervige, seine Leserei.«

»Wozu soll das gut sein, das Theater mit der Ehe?«

»Er sagt, es ginge ihm nur darum, seine Freunde herein-
zulegen, ihnen etwas unterzuschieben.«

»Was denn genau?«

»Na, mit einer jungen Frau verheiratet zu sein, wie es
sich für einen europäischen Professor gehört.«

»Ist er tatsächlich verheiratet?«

»Ja. Mit so einer Sechzigjährigen. Dies ist aber kein
Dummerle, denke ich. Sie weiß sicher, was ihr verrückter
Alter aufführt. Das sind die Frauen, die mächtig genug sind,

dass sie ihren Männern die kleinen Spielereien durchgehen lassen.«

»Wo wohnen die Bötschs?«

»Das ist jetzt mehr als fünfhundert wert. Die Bötschs stehen nicht im Telefonbuch«, sagte sie.

Nun, ich hätte natürlich auch Borowski oder jemand anders fragen können. Aber die Frau hatte bereits den Geldschein aus meiner Hand gezogen, und einen zweiten aus meiner Geldbörse, den letzten.

»Unterhalb von der Wernhalde.«

Sie nahm einen Zettel und notierte darauf eine Adresse in der Bopserwaldstraße. Und die Adresse von der Wohnung, in der wir gerade saßen, damit ich auch sicher wieder hierherfand, um meinen betäubten Freund abzuholen.

»Eine Bitte noch«, sagte ich, als sie mir das Papier gab.

»Was denn?«

Es war spät geworden. Ich benötigte ein Taxi. Und nach dieser unverschämten Schröpfung brauchte ich ein wenig Geld, um die Fahrt bezahlen zu können. Unglaublicherweise ignorierte sie meine Bitte. Ich hätte ihr drohen können. Noch besser: Ich hätte sie bereits disziplinieren müssen, als sie mein letztes Geld aus der Tasche zog. Aber irgendwie hatte alles seine Ordnung. Sie trieb mich zur Tür hinaus. Rief mir nach, wenn ich bis Sonntagmittag meinen Freund nicht abgeholt hätte, würde sie ihn aus seinen Träumen holen und rausschmeißen.

Das war nicht die Frau, mit der man diskutieren konnte. Immerhin war sie so gütig, mir ein Taxi zu bestellen. Die Rechnung beglich dann der Nachtportier des Hotels Graf Z. Dieser Kerl mit dem Aussehen eines Heiratsschwindlers zwinkerte mir mit wissender Miene zu. Wahrscheinlich würde ich ihm das Doppelte zurückzahlen müssen.

In meinem Zimmer trank ich noch einen Schlehengeist, diesen scharf-milden Trost. Dann zog ich mich bis auf die Unterwäsche aus, kroch unter die Decke und dachte über meinen Auftrag nach, der sich nun so unangenehm, so auffällig, so geschichtenträchtig gestaltete wie nie zuvor in meinem Geschäftsleben, das bisher ruhig und von Korrektheit auf allen Seiten bestimmt gewesen war. Stets hatten sich Auftraggeber, ebenso Opfer und andere Involvierte völlig unspektakulär verhalten. Hier aber schienen alle durchzudrehen oder zu versagen. Bis auf Frau Holdenried. Mit der Befürchtung, dass auch sie im entscheidenden Moment irgendeinen Unsinn verzapfen würde, eine eines vernünftigen Opfers unwürdige Handlung, nickte ich ein.

Ich schlief praktisch in meinen Mittagsschlaf hinein, was leider dessen sonst so exzellente Wirkung aufhob. Um zwei Uhr kroch ich mit Gliederschmerzen aus dem Bett, gerädert und schwach im Kopf, brauchte anderthalb Stunden, kaltes Wasser und viel Kaffee, um mich zu fangen. Wenigstens hatte ich an diesem Tag keinen Termin.

Ich trat hinaus auf die Straße, schaute hinüber zum Bahnhof, zum Turm, zum Stern und fragte mich, wo Bötsch war. Ganz offensichtlich hatte Geislhöringer sein Versprechen, den Parasitologen aus dem Verkehr zu ziehen, nicht gehalten, nicht halten können. Ich stieg hinab in die Unterführung und rief von einer Telefonzelle aus den Bayern an. Ich ließ Szirba unerwähnt, behauptete jedoch, ich hätte Bötsch gesehen, wie er in einem Wagen an mir vorbeifuhr.

»Wo«, stieß Geislhöringer wie ein Süchtiger hervor. Das Fragezeichen verschluckte er. Zu spät. Er hatte zuzugeben, dass er und seine Leute nicht einmal eine Ahnung hatten, wo sich Bötsch befand. Ich sagte ihm das.

»Sie brauchen sich nicht zu sorgen, Herr Jooß, Bötsch hat keine Möglichkeiten. Er weiß, dass wir ihn kriegen, wenn er zur Polizei geht oder gar versucht, mit Frau Holdenried Kontakt aufzunehmen. Er kann allenfalls versuchen, die eigene Haut zu retten. Damit ist er vollauf beschäftigt.«

»Wer beschäftigt ihn? Amateure?«

»Ich muss gestehen, dass es einige Komplikationen gegeben hat. Mitarbeiter haben versagt. Woraus wir sicher unsere Lehren ziehen.«

»Habe ich richtig verstanden? Ihre Leute lernen gerade?«

»Ich verstehe Ihren Ärger, Jooß. Aber glauben Sie mir, wir haben die Situation dennoch unter Kontrolle. Es gibt keinen Grund, die Operation abzublasen.«

»Davon habe ich auch nicht gesprochen.«

»Natürlich nicht. Also, wo haben Sie Bötsch gesehen?«

»Charlottenplatz«, log ich. Eigentlich verrückt, was ich da tat. Anstatt Geislhöringer auf eine falsche Fährte zu schicken, hätte ich von Szirba erzählen müssen. Aber ich war nun mal nicht nur Pragmatiker, sondern hin und wieder auch ein sentimentaler Trottel. Ich wollte nicht, dass Geislhöringers Leute diesen Szirba in die Hand bekamen und ihm sämtliche Knochen brachen. Was hätte das genützt? Es war kaum anzunehmen, dass Bötsch sich noch immer dort aufhielt, wo der Österreicher ihm begegnet war. Wo immer das gewesen sein mochte.

Zum Abschluss gab Geislhöringer seine üblichen Versprechungen, erklärte, dass ich mich auf ihn verlassen könne. »Wir halten das Spielfeld sauber«, sagte er. »Und Sie verwandeln den Strafstoß.«

Ich legte auf, dachte nach. Dann stieg ich zum Bahnhof hinauf und setzte mich in ein Taxi. Bedrängt von Hitze und kaltem Rauch ließ ich mich hinauf zur Bopserwaldstraße chauffieren – also schon wieder ein Taxi. Dabei hasse ich diese Art der Fortbewegung. So wie ich es hasse, in Eile zu sein. Hast vorzutäuschen. Denn von wirklicher Eile konnte keine Rede sein. Trotz aller Komplikationen war meine Zeit ein voller Becher. So voll, dass ich auf die Idee verfallen war, mir Bötschs Haus anzuschauen. Eine Idee ohne Idee.

Doch als wir die Villa erreichten, wies ich den Fahrer an, vorbeizufahren. Mein Gott, jeder konnte sehen, dass das Haus beschattet wurde. Zwei Männer mit dunklen BMW-Gesichtern saßen in einer dunklen BMW-Limousine. Was hatten sie vor? Kinder erschrecken?

Keine Frage, es wäre besser gewesen, ins Hotel zurückzukehren. Schlafen, Bibeln verkaufen, trinken. Etwas in der Art. Stattdessen stieg ich einige Häuser weiter aus dem Wagen, spazierte hinauf zu der weißwandigen, großglasigen, aus den Siebzigerjahren stammenden Parasitologenvilla, ging vorbei an dem Wagen, der aus nichts anderem als bayerischer Schwärze zu bestehen schien, und läutete an der Gegensprechanlage. Eine Frauenstimme meldete sich. Ich stellte mich vor und erklärte, dass ich mit Herrn Bötsch einen Termin hätte. Es gehe um eine afrikanische Bibel.

»Mein Mann ist nicht da.«

»Darf ich trotzdem hereinkommen?«

Zu meiner Überraschung sprang das Tor auf. War das die gute alte Wirkung des Wortes »Bibel« gewesen?

Im Rahmen der Eingangstür empfing mich eine Frau, die nicht wie sechzig aussah, auch wenn sie es wahrscheinlich war. Sie war der Typ, der den Großteil des Jahres in Stiefeln herumrannte. Wobei sie wahrscheinlich nie rannte, sondern bloß schnell ging, aber niemals hetzte. Einer von diesen rustikalen Menschen, die man kaum keuchen, schreien oder weinen hörte und die sich durchsetzten, so wie sich das Wetter durchsetzt.

Sie bat mich nicht herein, sondern verwies erneut darauf, dass ihr Mann nicht zugegen sei.

»Ich weiß«, sagte ich und fabrizierte einen Blick, der bedeuten sollte, dass ich nicht wegen der Bibel gekommen war.

»Gehören Sie zu diesen Affen da draußen?«

»Sehe ich wie ein Affe aus?«

»Die meisten Männer.«

Das war eine unklare Antwort. Aber so genau wollte ich es ja gar nicht wissen. Ich wollte ins Haus. Unternahm dem entsprechende Anstalten. Dabei geriet ich sehr nahe an die Frau heran, konnte sie riechen. Was mich ausnahmsweise nicht störte. Aber *sie* schien es zu stören. Sie zeigte mir ihren Rücken. Aber sie ließ mich ein.

Ich weiß: In Geschichten, geschriebenen Geschichten, ob sie nun die Realität meinen oder nicht, zieht nie jemand seine Schuhe aus, während im wirklichen Leben der Mensch beim Betreten einer jeden Wohnung, ganz gleich in welcher Funktion er sie betritt, zum Ausziehen seiner Schuhe gezwungen wird. So bedeutend kann die eintreffende Person gar nicht sein, dass man ihr nicht unförmige, stinkende Filzpantoffeln anbietet. Im Roman oder im Film jedoch marschieren die Menschen mit ihrem verdreckten Schuhwerk durch eigene und fremde Wohnungen, als gebe es keine lebendige Alltagskultur. Die Wirklichkeit hingegen bedeutet: Schuhe ausziehen.

Genau das wollte ich eben tun, weshalb ich auf einem Vorzimmerstuhl Platz nahm und mich schwer atmend dem Boden entgegenbeugte. Doch Frau Bötsch rief mir zu, ich könne das bleiben lassen. Männer ohne Schuhe, vor allem dicke Männer ohne Schuhe, besäßen eine Hilflosigkeit, die nichts Anrührendes besitze, sondern würdelos wirke. Mein Gott, wie recht diese Frau hatte.

Ich folgte ihr in ein großes, helles Zimmer, einen Raum für Pflanzen. Aber es gab keine Pflanzen. Es gab nur schwere, dunkle Möbel, die gut in eine Kirche gepasst hätten und nur zu ertragen waren, weil jedes Objekt genügend Platz besaß. Irgendein Hund, ein kalbsgroßer Hund, trabte grizzlyartig herein, beäugte mich kurz, als wäre ich weder Freund noch Feind, sondern einfach uninteressant, und verschwand wieder.

Ich schaute mich um. In einem breiten Glasschrank standen fünf, sechs Gewehre.

»Sie jagen?«, fragte ich.

»Ein dummer Sport. Aber die Waffe im Haus erspart mir gewisse Albträume.«

Für ängstlich hatte ich die Dame eigentlich nicht gehalten. Immerhin, die eigenen Träume im Griff zu haben, war auch etwas wert.

Wir nahmen Platz. Frau Bötsch schenkte Cognac in Gläser, in denen man eine Familienpackung Eis hätte unterbringen können. Wir unterließen es, uns zuzuprosten. Dazu war der Anlass zu ernst.

»Also, Herr Joop, Sie ... sind mit diesem komischen Schneider verwandt?«

»Jooß. Ludwig Jooß aus Johannesburg. Ich suche Ihren Mann.«

»Da sind Sie nicht der Einzige. Sie haben ja den Wagen gesehen. Und eine ganze Menge Leute haben hier angerufen. Mein Mann ist Dienstagabend nicht nach Hause gekommen. Seither ist er verschwunden. Und seither scheint er überaus beliebt zu sein. Oder sagen wir besser: gefragt.«

»Hat er sich bei Ihnen gemeldet?«

»Das geht Sie zwar nichts an, aber damit Sie Frieden geben: Hat er nicht. Was wollen Sie eigentlich von ihm? Was wollt ihr alle?«

»Ihr Mann ist in Gefahr.«

»Und *Sie* wollen ihn retten?«

»Das nun nicht gerade. Aber ich wäre zufrieden, wenn ich sicher sein könnte, dass er sich versteckt hält und dies die nächsten Tage bleibt. Und nicht denkt, er müsse sich in gewisse Dinge mischen.«

»Was für Dinge?«

»Geschäfte. Politik. Dinge, von denen er nichts versteht.«

»Wem sagen Sie das! Berthold ist Wissenschaftler, ein möglicherweise hervorragender Wissenschaftler. Aber naiver kann ein Mensch nicht sein. Er sieht aus wie ein Herrenreiter. Aber er ist ein kleiner Junge. Brillant, aber eben ein Junge, der zwischen erwachsenen Hyänen herumtollt und meint, sie würden ihn nicht beißen. Jetzt beißen sie. Hat es mit seiner Forschung zu tun?«

»Haben Sie Zeit, Frau Bötsch?«

»Wofür?«

»Erzählen Sie mir von seiner Forschung. Was das betrifft, bin ich ahnungslos. Es würde mich interessieren.«

»Ich weiß gar nicht, warum ich Sie nicht hinauswerfe.«

»Das kann ich Ihnen auch nicht sagen.«

Frau Bötsch war eine Dame, die sich unwohl fühlte, wenn sie jemanden sympathisch fand. Letztendlich führt die meiste Sympathie zu irgendeiner Form von Einbindung, von Nähe, die man später einmal bitter bereut, da eine Nähe leicht entsteht, aber nur schwer aufzulösen ist. In jedem Fall: Ich war mir sicher, dass ich ihr sympathisch war, zumindest solange ich Schuhe trug.

»Kaffee?«, fragte sie.

Ich nickte. Lächelte dümmlich. Plötzlich kam mir die Situation geschmacklos vor, als hätte ich auf die Annonce einer Witwe geantwortet. Ein Prachtweib in ihrer Prachtvilla, die ich nun mit meinem hundert Kilo schweren

Charme zu betören versuchte. Aber was soll's. Ich hatte Zeit. Auch für Blödheiten.

Während sie in der Küche war, ging ich ans Fenster, schaute hinunter. Die beiden Männer waren ausgestiegen. Ein bescheidenes Bündel Sonnenstrahlen zielte genau dorthin, wo sie standen. Wie auf einem christlichen Gemälde. Was nichts daran änderte, dass die beiden auch außerhalb ihres Wagens nach teils verkohltem, teils metallisiertem Fleisch aussahen. Ich trat in den Raum zurück, betrachtete die alten Stiche an der Wand, Stadtbilder von Reutlingen, Allegorien, eine kleine Zeichnung Wilhelm Buschs. Ich mimte – als Frau Bötsch mit dem Service eintrat – den Kunstinteressierten, der sich gar nicht trennen konnte von den grafischen Kostbarkeiten. In Wirklichkeit war ich froh, als ich wieder saß, das Aroma des Kaffees inhalierte und nun also erfuhr, worin die Forschung des Professor Bötsch bestand.

Sein vorrangiger Eifer galt seit einigen Jahren einem Wesen, das als Kleiner Leberegel bezeichnet wird, ein Parasit, der dadurch fasziniert, dass er gleich bei drei Wirten einkehrt: Schaf, Schnecke und Ameise.

Der Kleine Leberegel geht nun folgendermaßen vor: Als ausgewachsener und dennoch bloß einen Zentimeter großer Schmarotzer treibt er sich in den Gallengängen von Schafslebern herum, warum auch nicht. Man kann sich eine Schafsleber als einen durchaus gemütlichen Ort vorstellen. An diesem Ort verhält der Egel sich noch konventionell, indem er Eier ablegt, die dank der Gallenflüssigkeit in den Schafsdarm und in der Folge ins Freie flutschen, gewissermaßen direkt ins Maul irgendeiner verfressenen Landschnecke. In dieser schlüpfen Larven, die durch das Darmepithel dringen und sich dreimal umkleiden, um schließlich als sogenannte Cercarien in die Atemhöhle der

Schnecke zu rudern und sich dort so lange ungehobelt aufzuführen (schlichtweg durch Aufspaltung von Eiweiß-körpern in Aminosäuren), bis sich das gereizte Lungen-epithel der Schnecke zur Produktion von Schleimballen entschließt, so eine Art Überlebenskapseln, in denen die Cercarien ausgeschieden werden.

Das alles ist nicht weiter aufregend, ein Allerwelts-schicksal. Aber jetzt wird die Sache spannend, exklusiv. Gewisse Ameisen legen nämlich das Verhalten mensch-licher Gourmets an den Tag, von Leuten also, die sich in erster Linie an der bizarren Gestaltung der Speisen und einer abwegigen Delikatessierung von allem und jedem ori-entieren und die bereit sind, auch Scheiße zu essen, wenn sie nur hübsch verpackt ist, eben nicht die offensichtliche, fladenartige, endgültig zu Tode gebratene Scheiße zwischen zwei Brötchenteilen, sondern etwa jene in Reisblattmäntel gehüllte und mit Schnittlauch verschnürte. Derart kondi-tionierte Ameisen fressen die lecker anzusehenden Schleim-ballen und müssen bald erkennen, dass nicht alles adrett ist, was in einer adretten Hülle steckt – das alte Kunden-problem. Wieder einmal durchdringen Cercarien ein Darm-epithel. Und indem primäre und sekundäre Leibeshöhle verschmelzen, dürfen sie sich Metacercarien nennen. Eine einzige Cercarie jedoch, die nicht ganz zu Unrecht als »Hirnwurm« bezeichnet wird, marschiert nach vorn, wo sie sich nun aber keineswegs – wie es immer wieder von Laien dargestellt wird – wie ein Berserker durch den Amei-senschädel frisst. Vielmehr siedelt sich dieser Hirnwurm in einem unterhalb des Schlunds befindlichen und aus Nerven-knoten gezimmerten Komplex an. Von dort besitzt er einen idealen Zugriff auf das Zerebralganglion der Ameise, was bei Weitem besser klingt, als wenn man dazu Ameisenhirn sagt. Ein Zugriff, der auch prompt genutzt wird, indem der

Hirnwurm sich in die konzentrierte Ganglienmasse einschaltet und diese auf eine geglückt hinterhältige Weise manipuliert. Die Ameise verhält sich mit einem Mal wie ferngesteuert und durchbricht ihre Routine, was ja für diesen disziplinierten Gliederfüßer Ungeheuerliches darstellt. Geradeso, als hätte sie alles Soldatisch-Werktätige satt, kehrt sie nicht wieder in ihren Bau zurück, sondern zieht durch die Nacht, die ja eher kalt denn warm ist. Könnte die Ameise bereuen, würde sie es. Vielleicht tut sie es sogar. Wie auch immer, in dieser ganzen unseligen Situation klettert die Ameise hinauf zur Spitze eines Grashalms, wo sie … wir würden sagen: sich vor lauter Wut in die Pflanze verbeißt und nicht mehr damit aufhört. Man ahnt es: Dort, wo die Pflanze steht, ist der Ort, an dem Schafe weiden, für deren Darm es keine Schwierigkeit darstellt, eine Ameise zu verdauen. Dumm nur, dass jetzt genau das geschieht, was Pessimisten nicht überraschen wird. Hat das Schaf einmal die Ameise verschluckt, gehen die Metacercarien frei und immigrieren über den Galleneingang in die Schafsleber. Und kehren gewissermaßen wieder zurück – nicht an den gleichen Ort, aber in dasselbe Land. Die Schafsleber ist die heimatliche Scholle. Und natürlich der geeignete Platz, um nun in ein paar Wochen doch noch erwachsen zu werden, was ja nicht unbedingt bedeutet: lustiger oder gescheiter oder beweglicher. Was die Kerlchen jedoch sicher werden, das ist geschlechtsreif. Und darauf kommt es schließlich an.

Die Eigenarten des Parasiten, seine Verwandlungen, sein Hang zu notwendigen Penetrationen, sein abenteuerliches Verhältnis zu den jeweiligen Wirten, vor allem aber sein suggestives Geschick hatten Bötsch beeindruckt und nicht wieder losgelassen. Er widmete sich dem Kleinen Leberegel mit ameisenhafter Verbissenheit, ließ andere Arbeiten liegen, vernachlässigte Studenten, riskierte seinen guten Ruf und stand wegen Abwesenheit, geistiger wie körperlicher, vor dem Hinauswurf aus der Universität, als ihm der große Wurf gelang, nach dem er sich Abwesenheit und andere Extravaganzen erlauben konnte. Er war im Sommer zuvor auf Urlaub gewesen und hatte Pilze gesucht, genauer: die Würmer in den Pilzen. Und war dabei in einer für den Leberegel untypischen Waldgegend auf Ameisen gestoßen, die sich in der bekannten Art festgebissen hatten, aber nicht an den Spitzen von Blättern oder Halmen, sondern am Fleischkörper von Beeren – Brombeeren, eine Delikatesse, aber eben nicht für Schafe, eher für Menschen. Bötsch unterbrach seinen Urlaub, um die Ameisen am Institut zu untersuchen. Tatsächlich stieß er auf Metacercarien und im Unterschlundganglion auf jeweils einen Hirnwurm, bloß dass selbiger nicht aussah, wie er hätte aussehen müssen. Selbst einem Laien wäre es aufgefallen. Dieser Hirnwurm war breiter, besaß merkwürdige, narbenartige Flecken und einen betörend schönen, irisierenden, antennenartigen Aufsatz. Und zudem war er in der »falschen« Gegend aufgetreten. Man könnte nun sagen: Mein Gott, ein Hirnwurm mehr, na und? Doch ergab sich die Frage: Warum zwingt dieser Wurm seine Wirtsameise, in eine Brombeere zu beißen? Zu welcher Leber drängt es ihn eigentlich? Was hat er in Bayern verloren, wo Bötsch auf ihn gestoßen war? Oder in der Steiermark, wo ebenfalls Ameisen sich in der bekannten Weise in Brombeeren verbissen hatten? Und wozu sollte dieses Ding dienen, das sich mal in der Körpermitte, dann wieder an einem der Wurmenden befand und das die Forscher dann tatsächlich »Antenne« nannten und von der es hieß, dass sie sowohl als Sender wie auch als Empfänger fungiere. Was wurde empfangen? Viel unheimlicher war die Frage, was wurde gesendet?

Einige deutsche Zeitungen hatten von der merkwürdigen Entdeckung berichtet, spektakulär genug, sodass der Verkauf von Brombeermarmelade empfindlich zurückgegangen war. Aber das war es auch schon. Zumindest, was die Öffentlichkeit betraf. Bötsch forschte weiter, unternahm Testserien, die den Geruch des Geheimen besaßen, von etwas, das nach »deutschen Interessen« roch. Aber das war wohl übertrieben. Bötsch ließ sich bloß nicht in die Karten schauen. Und wollte wohl auch die Art seiner Versuche nicht diskutiert wissen. Dass man ihn jetzt schon für eine hohe Auszeichnung erwählt hatte, war wohl mehr auf irgendeine freundschaftliche Verbundenheit zurückzuführen. Oder als Aufmunterung gedacht, aus diesem Wurm gewissermaßen das Bestmögliche herauszuholen, bevor es irgendwelche Ausländer taten.

»Erstaunlich«, sagte ich ein wenig hilflos. Viel hatte ich nicht verstanden.

Frau Bötsch konnte sich kaum vorstellen, dass der Kleine Leberegel schuld daran sein sollte, dass ihr Mann untergetaucht war. Wer schuld war, wollte sie von mir wissen.

»Ein Zufall, ein Unglück und eine Unart«, sagte ich. »Ihr Mann hat gelauscht. An einer Tür. Der falschen Tür. Man sagt ja schon den Kindern, sie sollen so was nicht tun. Aber keiner hält sich daran, auch die Erwachsenen nicht. Leider. Der Professor hat von etwas erfahren, das eine gewisse Brisanz besitzt. Mit ihm selbst hat es nichts zu tun. Aber er darf es nun einmal nicht wissen.«

»Das klingt ja schauerlich.«

»Sie scheinen sich nicht gerade um ihn zu sorgen.«

»Sind Sie verheiratet?«

»Nein.«

»Dann reden Sie nicht dumm. Eine gute Ehe ist nicht wie ein ewiger Brautstand, sondern wie ein ewiger Abstand.

Erklären Sie mir lieber, worum es genau geht und was *Sie* damit zu tun haben.«

»Es handelt sich um eine Bereinigung. Ich kann nicht ins Detail gehen, auch zu Ihrer eigenen Sicherheit. Nur so viel: Ich bin selbst daran interessiert, dass Ihr Gatte den Mund hält. Aber ich will ihm nichts tun. Was von den Herren dort draußen nicht behauptet werden kann.«

»Sie sagten ›Bereinigung‹. Das klingt nach Säuberungsaktion. Nach Ausschaltung.«

»Lassen wir das. Wenn Ihr Mann sich bei Ihnen meldet, sagen Sie ihm nur, er soll hingehen, wo niemand ihn kennt. Oder wo er nur wirkliche Freunde hat. Vielleicht nach Connecticut. Es tut mir leid, aber einen anderen Rat kann ich nicht geben.«

»Connecticut ist eine gute Idee. Sollte ich meinen lieben guten Berthold noch einmal zu Gesicht bekommen, werde ich ihm das ausrichten.«

Ich erhob mich, gegen die Schwere ankämpfend, die der Cognac verursacht hatte.

»Bleiben Sie doch zum Abendessen«, schlug Frau Bötsch vor, als wäre ich ihr Steuerberater, und räumte ab.

»Gern«, sagte ich, und das war untertrieben. Ich sank zurück in den bequemen Stuhl, schaute ihr zu, wie sie das Geschirr auf ein Tablett stellte, mir Cognac nachschenkte und aus dem Zimmer verschwand. Auch ihre Bewegungen waren praktisch, schnörkellos, erhaben, aber nicht maskulin, was ja das Gegenteil von erhaben gewesen wäre, zumindest das Gegenteil von praktisch.

Obwohl erst ein paar Stunden auf den Beinen – oder besser, auf dem Stuhl –, packte mich die Müdigkeit. Ich war nicht einmal mehr in der Lage, nach meinem Glas zu greifen. Es war diese angenehme Müdigkeit, die kam, wenn man wirklich einmal in einem Nest lag und nicht in einem

Hotelbett oder sonst wo, wo überall Unsicherheit war. Na ja, Nest ist vielleicht übertrieben. Aber es war eine wohlige Erschöpfung, die nur ganz kurz unterbrochen wurde durch den Gedanken an einen Wurm, der irgendwo unterhalb meines Schlundes saß und sich durch den Umstand angeregt fühlte, dass er einen nachrichtentechnischen Zugang zu meinem Hirn besaß. Es konnte ein guter, ein freundlicher Wurm sein. Konnte.

Als ich erwachte, war es dunkel im Zimmer. Ich saß noch dort, wo ich eingeschlafen war. Durch die offene Flügeltür sah ich den rötlichen, feierlichen Schein von Kerzen, die im übernächsten Zimmer aufgestellt waren. Ich ließ mir ein paar Minuten Zeit, erhob mich dann aus dem Stuhl, fühlte mich … ich will nicht sagen: jugendlich, das wäre denn doch übertrieben. Ich fühlte mich besser. Trat ans Fenster und hatte wieder einmal einen herrlichen Ausblick. Beste Hanglage, klare Winternacht, das Lichtermeer wie ein buntes Gegenstück zum Sternenhimmel. Vom Mercedesstern abgesehen, der neonweiß strahlte, eigentlich unbefleckt, frei vom Farbengeschrei der Warenwelt, nicht der Stern von Bethlehem, aber vielleicht doch ein Stern der Weisen. – Was war los mit mir? Sentiment? Bloß weil zwei Zimmer weiter ein Abendessen und eine Frau warteten?

Noch immer stand der BMW vor der Tür. Im Licht der Straßenlampe wirkte er kleiner, erträglicher, nicht wie ein Auto, sondern wie ein zur Hecke gewandelter Parkplatz. Ich sah die Glut zweier Zigaretten. Die Kerle konnten nicht wissen, wer ich war. Sicher hatten sie eine Beschreibung durchgegeben, aber das waren nicht die Leute, die einen präzisen Blick besaßen. Wahrscheinlich hielt man mich für einen Freund der Familie, der die Abwesenheit des Hausherrn ausnützen wollte. Wollte ich das nicht tatsächlich?

Ich räusperte mich, als würde ich dadurch attraktiver,

und ging hinüber. Und war überrascht, was für ein Bild an unpraktischem, aber höchst dekorativem Überfluss die praktische Frau Bötsch zustande gebracht hatte. Gewehre sah ich keine. In dem hohen, atelierartigen Raum, der auf einen Garten wies, stand zwischen Flügel und Stehlampe ein Tisch, auf dem sich eine Menge Silber, Porzellan, Glas und ein pompöses Blumengesteck drängten, aber in einer schönen und vernünftigen Ordnung. Frau Bötsch trat ein. Der ganzen Inszenierung entsprechend hatte auch sie selbst alles Praktische abgelegt und trug ein Kleid, mit dem in den Wald zu gehen sich nicht empfahl. Eher ins Konzert, oder wo man eben hingehen konnte, wenn man etwas trug, das zur Gänze aus irgendwelchen reflektierenden Blättchen bestand. Sie wirkte jetzt nicht nur elegant, sondern auch schlank, und war dank ihres Schuhwerks einen halben Kopf größer als ich, was mich mehr störte, als es mich bei Herrn Bötsch gestört hatte. Außerdem missfiel es mir, dass ich selbst schäbig wirkte, zwar mit Anzug und Krawatte ausgestattet, aber mehr wie ein Vertreter, der ich ja auch war. Ein Vertreter meiner Interessen.

»Ich hätte mich umziehen sollen«, sagte ich.

»Werden Sie nicht kindisch«, gab sie zurück, setzte sich und führte eine Zigarette an die Lippen. Und wartete. Ich hatte sie nicht für die Frau gehalten, die sich von einem Mann Feuer geben ließ. Genau genommen hatte ich sie nicht für die Frau gehalten, die rauchte. Nun, sie tat es. Weshalb ich ein Feuerzeug aus der Tasche kramte. Es gefiel mir ganz und gar nicht, dass ich nervös war. Ich verbrannte ihr die halbe Zigarette. Was sie nicht bemerken wollte. Sie nahm den guten Willen für die Tat, als wäre ich ein Zwölfjähriger. Ein Bub wie ihr Mann. Was ich nicht sein wollte. Ich riss mich zusammen, setzte mich, lobte das Gedeck, die Atmosphäre, lobte die Präsenz einer Flasche Rotwein, dessen Namen ich nicht kannte, was wohl eine Schande war, aber kein Grund zur Ehrlichkeit, und zündete mir meinerseits eine Zigarette an, ohne dabei einen Fehler zu machen.

Wir rauchten schweigend. Es war nicht unbedingt peinlich. Angenehm war es aber auch nicht.

Als dann eine etwa fünfzigjährige Frau einen Serviertisch hereinschob, auf dem unser Abendessen unter silbernen Hauben dampfte, und uns mit polnischem Akzent begrüßte, einige Verrichtungen vornahm und von Frau Bötsch mit einem »Danke, das Übrige mache ich selbst« entlassen wurde, war ich wieder einmal erstaunt. Schlichtweg über die Tatsache von Bediensteten mitten in Europa, noch dazu in Deutschland. Als weißer Südafrikaner aus reichem Hause war ich natürlich Dienstboten gewohnt, wofür man uns Weiße ja auf der ganzen Welt verachtet. Wenn man Deutsche reden hört, könnte man meinen, dass sie nie und nimmer Dienstboten einstellen würden. Nun, sie stellen sie ja auch nicht ein. Als würde gerade die Einstellung den Verdacht begründen, hier handle es sich um Leibeigenschaft. All die dienstbaren Frauen aus dem Süden, dem Osten und Fernost scheinen mit der jeweiligen Dame des Hauses befreundet zu sein und die Hausarbeiten aus purer Lebenslust zu tätigen – eine Lust, für die ihnen dann auch noch eine Art Taschengeld aufgedrängt wird, dazu Kuchenreste, Wurstreste, Spielzeugreste. (In einem späteren Gespräch sollte mir Szirba bestätigen, wie recht ich mit meinem Vorurteil hatte.)

Aber was kümmerte mich Verlogenheit? Schließlich saß ich mit einer wunderbaren Frau am Tisch und hatte gute Karten. Warum gute Karten? Nun, sie schaute mich an, als hätte ich welche. Ich entkorkte den Wein mit ruhiger Hand. Nur ein klein wenig Schweiß stand auf meiner Stirn. Und es wäre in diesem Moment, da wir anstießen und auf den schönen Abend tranken, wohl ungehörig gewesen, nicht ein klein wenig zu schwitzen.

Ich biss an dem Wein herum, als hätte ich ein Stück trockenes Brot im Mund, dann meinte ich: »Ein großartiger Jahrgang.« Ich war mir sicher, dass sie keinen schlechten ausgesucht hatte.

Sie blickte mich an, als überlegte sie, ob sie mich für einen dummen oder einen raffinierten Menschen halten solle, lächelte dann, was alles Mögliche bedeuten konnte, und servierte mir die Suppe. Die gesamte Speisenfolge war polnisch: deftig, aber durchaus bekömmlich. Wir sprachen über alles Mögliche, aber nicht über ihren Mann, nicht über die Schwarzen, nicht über die Polen. Wir sprachen vor allem über Filme. Nur über Filme, die der eine gesehen hatte und der andere nicht. Was zu Nacherzählungen führte, an denen wir Spaß hatten. Vielleicht weil wir tranken. Vielleicht weil manchmal der Spaß kommt, gleichgültig, worüber man redet.

Der Abend verstrich, wie wenn man einen Pinsel leicht über eine Wand streicht, ohne etwas anzumalen: ein Streichen an sich. Als ich auf die Uhr schaute, war es halb zwei. Ich zeigte mich empört, als habe jemand meine Uhr verstellt. Meine eigentliche Empörung galt der Vorstellung, dass Olga mich nun hinausbitten würde. Worum sie mich dann bat, war ein Kuss. Dabei schien sie ernsthaft beleidigt, dass sie darum bitten musste. Also legte ich meine junggesellenhafte Schüchternheit ab, stand auf, zog sie an mich und erfüllte ihre Bitte. Olga schmeckte gut, trotz des Weins und des Knoblauchs und der vielen Zigaretten. Sie schmeckte nach Jazz, Cool Jazz, verhalten, aber nicht zu verhalten, gebunden, aber nicht zu gebunden. Ich kann nichts anderes sagen, so schmeckte sie eben. Vielleicht weil ich Jazz mag.

Sie nahm mich an der Hand und führte mich die Treppen hinauf in ihr Schlafzimmer, das ja auch das Schlafzimmer des Parasitologen war, was mir beim Anblick des Doppelbetts wieder bewusst wurde. Wobei es sich nicht um die von mir erwartete antiquarische Monstrosität handelte, sondern um einen eleganten Futon, darauf Bettwäsche, die ein frömmelnder Charakter als frivol hätte empfinden können. Mir gefiel die Atmosphäre, auch wenn auf einem der Nachttische ein aufgeschlagenes Buch lag, in dem eine ziemlich unappetitliche Abbildung zu sehen war. Wahrscheinlich handelte es sich um so etwas wie *Die wunderbare Welt der Fliegenmaden*. Ohne weiter hinzusehen, klappte ich es zu und legte es auf einen entfernten Stuhl.

»Nicht aufräumen«, sagte Olga. »Zieh mich lieber aus.«

Das war ein nettes Angebot. Aber ungewöhnlich. Für mich ungewöhnlich. Ich bin keine zwanzig, sondern siebenundfünfzig. Ich habe das Ausziehen vor dem Geschlechtsakt immer als etwas Irritierendes erlebt, wo jeder für sich bleibt, die Lust kurzzeitig einen Tiefpunkt erreicht, da man das eigene Hemd aufknöpft und sich überlegt, ob man mit oder ohne Unterwäsche ins Bett steigen soll. Und zudem beginnt, sich hygienische und ähnliche Gedanken zu machen.

Diesmal sollte es anders sein. Nicht, dass wir uns die Kleider von den Leibern rissen. Ich zog den Reißverschluss die wunderbar lange Strecke vom Nacken bis zu der kleinen Grube, die ihren Poansatz bildete, so wie man die eine Hälfte eines Grashalms abzieht. Dann drehte ich Olga zu mir, machte ihre Schultern frei. Das Kleid glitt an ihrem Körper hinunter, floss zu Boden. Ich erschrak, da sie darunter absolut nichts anhatte, erschrak im Nachhinein über die Vorstellung, dass sie mir Stunden zuvor ohne jegliche Unterwäsche entgegengetreten war.

Sie hatte eine schöne, kräftige Figur, einen vom Wandern, Pilzsuchen, Skifahren und Schwimmen in kalten Gewässern trainierten Körper. Natürlich sah man ihr auch, mehr als im Gesicht, die sechzig an. Ihre Haut war glatt, aber Brust und Bauch besaßen die Schlaffheit der späteren Jahre. Ich vermutete, sie hatte Kinder auf die Welt gebracht. Aber das war nicht der Moment, über Kinder zu reden. Sie musste eine Schönheit gewesen sein, war es noch immer.

Und ich bin ein Fettsack, dachte ich, als sie mir nun ein Kleidungsstück nach dem anderen vom Körper entfernte, als würde sie einen überaus aufwendig verpackten Gegenstand öffnen. Ich genierte mich: für mindestens fünfundzwanzig Kilo von den hundert – hundertzehn, um einmal ehrlich zu sein –, für meine Haare auf dem Rücken, für einen viel zu kleinen Hintern und meine Storchenbeine. Für meinen kleinen Schwanz brauchte ich mich nicht zu genieren. Er hatte eine bereits durchaus ordentliche Größe angenommen. Aber auch dafür genierte ich mich.

»Du bist so schön braun«, sagte sie. »Ich mag das Käsige nicht.«

Ein Glück, dass ich zu Hause gern in der Sonne lag.

Sie fasste mein Geschlecht und zog mich daran ins Bett, was ich humorig fand und über das Humorige meine Steifheit verlor. Meine innerliche. Was nichts daran änderte, dass sie es war, die das Tempo vorgab. Ein gutes Tempo für einen Mann, der nicht in das Keuchen des Kurzatmigen verfallen wollte und die Peinlichkeit des Frühzeitigen fürchtete. Sie nahm meine Hand und fuhr damit über ihren Körper. Aber es hatte nichts Pädagogisches, nichts in der Art »Lern mich kennen«. Wir würden nicht die Zeit haben, uns kennenzulernen. Sie benutzte meine Hand wie eine Wurzelbürste.

Als sie den Kopf auf meinen Bauch legte, sagte sie: »Ich spüre die Sonne.«

Ich musste lachen. Sie lachte mit. Dann lachte sie in mein Glied hinein. Ich lachte dann auch noch zwischen ihren Beinen. Später setzte sie sich auf mich, sodass unsere Bäuche zusammenstießen, Nabel an Nabel, meine Grube und ihr Knopf. Ich fasste ihre Brüste, wie um sie zu stützen, und Olga nahm mich in sich auf. Das war hier keine Sportveranstaltung, es war ein gemeinsamer Spaziergang.

Nicht, dass ich sie wirklich hätte befriedigen können, doch als wir nebeneinander lagen und meine Erschöpfung endgültig war, sagte sie, dass sie sich schon lange nicht mehr so wohlgefühlt habe. Ich sagte nicht, dass es mir ebenso ging. Ich wollte nicht aussprechen, was sie mir bedeutete. Ich nahm Olga in den Arm. Aber eigentlich wollte ich weg. Weg vom Glück. Kein Glück hält, sobald wir es ins Leben hinaustragen. Aber hinaustragen muss man es. Oder fallen lassen. Für uns kam nur Letzteres infrage.

Ich brauchte eine Weile, bis ich begriff, wo ich war. Ich brauche immer eine Weile, wenn ich in einer Dunkelheit erwache wie in einer Kiste. Ich griff zur Seite, spürte Olga, was ich als schmerzlich empfand, weil unsere ganze Zukunft in einem Frühstück bestehen würde. Aber deshalb war ich nicht aufgewacht. Die Leuchtanzeige zeigte fünf Uhr. Ich hatte keine zwei Stunden geschlafen. Dann hörte ich es. Ich besitze ein gutes Gehör, ein selektives. Ich kann unterscheiden zwischen den Nachtgeräuschen einer Heizung und Schritten auf der Treppe. Was da an mein Ohr drang, war sicher nicht die Heizung. Jemand befand sich im Haus. Die Schritte kamen näher, aber ich lag da wie auf einer Sezierbank. Als die Tür langsam aufging, erkannte ich im schwachen Licht, das durch die großen Fenster der

Gartenfront drang, eine hochgewachsene Gestalt. Dann war es wieder vollkommen dunkel. Die Person bewegte sich auf das Bett zu, auf Olgas Seite, ging in die Knie, rüttelte sie.

»Olga, wach auf«, sagte die Stimme, die ich nicht erkannte, wahrscheinlich des Flüsterns wegen. Aber ich ahnte ohnehin, wer da am Bettrand kauerte.

Ich vernahm Olgas Stimme: »Berthold?«

»Ich kann dir jetzt nicht viel erklären«, sagte der Mann, der Berthold war. »Ich muss verschwinden. Es ist verrückt. Olga, glaub mir, ich bin nicht paranoid. Da sind Leute, die bringen mich um, wenn sie mich erwischen. Ich muss raus aus Stuttgart, raus aus Deutschland.«

»Geh nach Connecticut. Ich komme irgendwann nach. Mit Geld und was wir eben brauchen.«

Er schwieg. Ich stellte mir vor, wie überrascht er war, dass sie von Connecticut wusste.

In sein Schweigen hinein waren erneut Schritte auf der Treppe zu hören. Eher das Getrampel von Radaubrüdern. Ich war überzeugt, dass es die beiden BMWler waren. Sie hatten mitbekommen, wie Bötsch ins eigene Haus eingedrungen war. Und empfanden dies wohl als wunderbare Gelegenheit. Sie wollten ins Zimmer stürmen, die beiden Eheleute und den Liebhaber umlegen, einen Eifersuchts- und einen Selbstmord vortäuschen und nach Hause fahren. Ich konnte also gar nicht anders, als endlich aufzustehen.

»Köpfe runter«, flüsterte ich drängend.

Der in der Dunkelheit und der mehrfachen Überraschung gefangene Parasitologe gab keinen Ton von sich. Auch Olga schwieg. Was sie mit ihren Köpfen taten, konnte ich nicht sagen.

Schneller, als es meiner Art entspricht, war ich zur Tür

gelangt und hatte mich seitlich an die Wand gestellt. Die Tür ging auf, und eine Hand fuhr an die Stelle, wo zu Recht ein Lichtschalter vermutet wurde. Bloß, dass ich vor selbigem stand, sodass die Hand meine Brust berührte. Genau dort fixierte ich sie mit meiner Linken, während ich gleichzeitig den rechten Arm nach oben schwang und die Rückseite meiner Faust ins Gesicht des Eindringlings schmetterte. Der Mann kam nicht mehr dazu, seine Waffe zu benutzen. Sein Kopf schnellte zurück, aber da ich ja seinen Arm hielt, riss es ihn nach vorn, und er landete im Zimmer. Leider geriet ich infolge dieser heftigen Bewegungen mit dem Rücken an den Lichtschalter. Die Deckenbeleuchtung flammte auf und offerierte dem zweiten Mann, der noch im Gang stand, einen perfekten Blick. Sein Kumpan lag regungslos am Boden. Im Bett, das sich genau gegenüber der Tür befand, hatte Olga sich aufgerichtet, während ihr Mann mit tatsächlich eingezogenem Kopf am Boden kniete. Irgendetwas lag neben Olga. Sie hatte die rechte Hand darauf gestützt. Ich konnte nicht erkennen, was es war. Über dem Bett hing ein gewaltiger barocker Spiegel, in dem ich nun mich selbst sah. Neben mir die Schwärze des Flurs, darin der zweite Mann. Er musste recht zufrieden damit sein, wie ihm hier alles auf dem Tablett serviert wurde. Sicher hatte auch er in den Spiegel gesehen. Umständlich fuhr ich mit der Hand hinter meinen Rücken und drückte den Lichtschalter. Aber der Kerl wusste ja nun, wohin er zielen musste, wollte er die Bötschs treffen.

Viel zu spät fiel mir ein, dass sich in meinem Sakko noch immer die Pistole befand, welche ich Szirba abgenommen hatte. Doch meine Kleidungsstücke lagen irgendwo neben dem Bett. Sinnlos. Nun trieb auch noch der Schein einer Taschenlampe einen Keil in die Dunkelheit. Für einen Moment schloss ich die Augen und atmete durch. Dann ein

Schuss. Als wäre damit bereits alles vorbei, ließ ich die Augen länger geschlossen, als vernünftig war. Ich dachte: Merkwürdiger Schuss, nichts stimmt. Und dann hörte ich, wie etwas die Treppe hinunterfiel gleich einer hüpfenden Glaskugel. Vermutlich die Waffe. Oder die Taschenlampe. Der Körper selbst klatschte bloß einmal auf. Ich öffnete die Augen, gleichzeitig knipste ich das Licht an. Herr Bötsch lag flach auf dem Boden und starrte mich an. Gut, ich war nackt. Und ich stand in seinem Schlafzimmer. Er riss den Blick von mir weg und sah hinauf zu seiner Frau, die noch immer aufrecht im Bett saß, auch sie nackt und wunderschön, wie ich noch einmal betonen muss. Sie hielt ein Gewehr in der Hand, aus dem sie soeben einen treffsicheren Schuss abgegeben hatte. Wenn man schon an den Sinn von Gewehren glaubte, war es durchaus vernünftig, sie nicht bloß in dekorativen Wandschränken aufzubewahren, sondern auch unter dem Bett.

Ich ging hinaus in den Flur und sah nach dem Mann, der am Treppenansatz lag. Er brauchte niemanden mehr, der nach ihm schaute. Ich kehrte ins Schlafzimmer zurück, zog den Gürtel eines Bademantels aus den Schlaufen und fesselte die beiden Hände des anderen BMWlers, der noch immer bewusstlos war. Und presste ihm eine Krawatte in den Mund. Dann machte ich mich endlich daran, mir die Unterhose anzuziehen.

»Was tun Sie hier?«, fragte Bötsch mit großen Augen.

»Haben Sie keine anderen Sorgen?«, fragte ich zurück und streifte meine Strümpfe über.

»Komm, Berthold«, sagte die praktische Olga, die bereits Kleidungsstücke in einen Koffer stopfte, »mach dich fertig. Geld, Pässe, warme Sachen.«

Zwanzig Minuten später saßen die beiden in ihrem Wagen und fuhren Richtung Schweiz. So sind die Deutschen, heißt es. Auf Urlaub nach Österreich. Aber wenn sie Schwierigkeiten haben, geht es ab in die Schweiz. Von dort würde das Ehepaar Bötsch wohl einen Flieger nach Connecticut nehmen. Wir sprachen kein Wort mehr miteinander.

Man würde sie nicht verfolgen. Zumindest nicht offiziell. Ich war überzeugt, dass Geislhöringers Leute bald auftauchen und ihren toten Kollegen aus dem Haus schaffen würden. Man hatte Bötsch liquidieren wollen. Aber man hatte kein Interesse, ihn zur öffentlichen Figur zu machen in dem Sinne, dass ein Toter in seiner Wohnung lag und er mit seiner Frau geflüchtet war. Vielleicht würde man den Bötschs zu aller Sicherheit jemanden nachschicken, einen Mann wie mich. Vielleicht würde man sie in Ruhe lassen.

Ich betete für Olga. Es war ein gutes Gebet. Und ich konnte nur hoffen, dass nicht irgendein schlechtes Gebet dazwischenfuhr und die Wirkung aufhob.

Zehn nach zwölf läutete das Telefon. Der Portier ließ mich wissen, dass ein Herr Borowski in der Halle auf mich warte.

»Richten Sie ihm aus, dass es mir nicht gut geht.«

Das war natürlich ein Fehler. Fünf Minuten später stand Borowski in meinem Zimmer, um zu konstatieren, dass ich tatsächlich schlecht aussähe, und mich dann mit einer Flut hausmedizinischer Ratschläge zu traktieren. Ich wehrte mich, indem ich mich anzog und, wie versprochen, mit ihm zum Mittagessen ging.

Das Lokal, das der Katholik Borowski auswählte, nannte sich Gewerkschaftskeller und besaß eine nüchterne, jedoch nicht kalte Rustikalität. Wirkte mehr ländlich als städtisch, trotz der Glasfenster im Stil des sozialistischen Realismus, durch die künstliches Licht drang. Tageslicht gab es hier nicht. Was in keiner Weise störte. Überhaupt vergaß man, wenn man dort unten saß, dass man sich mitten in Stuttgart befand. Aber das war es nicht, warum der Vielesser Borowski den Gewerkschaftskeller hoch schätzte. Was ihn anzog, war das erstaunliche Zusammentreffen ziviler Preise mit großen Portionen, anders gesagt: Hier wurden die Teller allen Ernstes bis zur Gänze gefüllt.

»Und das nicht mit Dreck«, so Borowski wörtlich, der wie üblich einen gesegneten Appetit an den Tag legte. Das schien mir seine Stärke, seine Gottesgabe: dass er dabei nicht fett wurde. Schlank und zufrieden saß er vor einer zweiten Portion »gewerkschaftlicher« Maultaschen, während ich in meiner Fleischbrühe herumrührte. Warum sollte das Leben auch gerecht sein?

»Können Sie sich an Bötsch erinnern?«, fragte Borowski.

So etwas wie ein Stromstoß jagte durch mich hindurch. Aber ich versuchte, gelassen zu bleiben, zerteilte eine Karotte. »Der Professor mit den Würmern?«

»Genau. Dem man einen Orden anhängen wollte. Daraus wird nichts.«

»Tot«, sagte ich. Wie eine Feststellung.

»Wie kommen Sie darauf?«

»Nun, ich dachte …«

»Nein, er soll übergeschnappt sein. Was mich nicht wundert. Wir wollen doch ehrlich sein. Die Zoologie ist etwas für Menschen, die überspannt und mit Gott nicht im Reinen sind. Jemand sucht die Wahrheit, indem er die Lebensweise von Schmarotzern studiert. Ich bitte Sie, so einer ist doch nicht gesund. Es heißt zwar, es handle sich bei Bötsch um Arbeitsüberlastung. Aber das kennt man ja. Ich versichere Ihnen, der kommt nicht mehr wieder. Seine Frau soll ihn in ein ausländisches Sanatorium gebracht haben. Schade um die Dame …«

Borowski betrachtete verlegen seinen Salat.

»Woher wissen Sie das?«, fragte ich.

»Lieber Freund, das geht Sie nun wirklich nichts an.«

»Ich meine nicht die Frau. Woher Sie wissen, dass Bötsch verrückt sein soll?«

»Ach so. Heute Vormittag hat mich der Otto angerufen, der Herr Geislhöringer. Ein Förderer unserer Katholischen Bildungshilfe. Wir haben ein wenig geplaudert, wie wir es hin und wieder tun. Der Otto sammelt Krippen.«

»Krippen?«

»Der Mann arbeitet hart. Sehr hart. Da braucht man einen Ausgleich. Hin und wieder vermittle ich ihm Kontakte. Seine Sammlung ist erste Sahne. Das kann ich beurteilen.«

»Was hat das mit Bötsch zu tun?«

»Nichts. Irgendwann sind wir auf den Professor zu sprechen gekommen. Ich habe mich beschwert, für welchen Unsinn die Leute heutzutage Preise bekommen. Für kranke Literatur und kranke Wissenschaft. Na ja, und da hat mir der Otto erzählt, was man so redet hinter vorgehaltenen Händen, dass der Bötsch eben übergeschnappt sei.«

Ich atmete innerlich auf. Einfach, weil ich das Beste annahm. Das Beste für Olga, und damit auch für ihren Berthold. Ich stellte mir vor, dass Köpple einen Schlussstrich unter den Fall Bötsch gezogen hatte. Sollten sie in Frieden ziehen, solange sie den Mund hielten. Geislhöringer bräuchte keinen seiner Leute hinterherzuschicken. Stattdessen hatte er seinen »Krippenfreund« Borowski angerufen und ihm das Gerücht von Bötschs psychischer Unpässlichkeit eingeflüstert. Keine Frage, Borowski beherrschte das Ausstreuen von Gerüchten. Das Gerede würde sich bald zur Gewissheit wandeln und solcherart niemand auf die Idee kommen, sich über Bötschs Verschwinden zu wundern. Auch die Universitäten nicht. Professoren kamen und gingen. Preisträger kamen und gingen. Und nicht alle meldeten sich ab.

Ich dachte an Connecticut. Die Adresse könnte ich herausbekommen. Schließlich kannte ich Bötschs »amerikanische« Frau. Die Leute in Connecticut würden staunen, wenn er mit seiner »Neuen« daherkam, die seine Alte war. Vielleicht auch nicht. Vielleicht waren sie nicht so töricht, wie Bötsch dachte. – Natürlich würde ich dort nicht hinfahren. Ich würde der Frau meines Lebens nie wieder begegnen.

»Ja, schade um die Frau«, sagte ich.

»Bitte?«, fragte Borowski, als hätte ihm jemand ins Essen gegriffen.

»Um Frauen ist es immer schade«, erklärte ich.

Er wiegte den Kopf zweifelnd hin und her. Ob er an mir oder bloß an meiner Aussage zweifelte, war nicht zu sagen. Dann stimmte er mir zu. Prinzipiell. Also in einem katholischen Sinne.

Ich löffelte meine Suppe aus und erhob mich. Erklärte Borowski, dass ich noch einen Termin in der Stadtbücherei hätte, was ja stimmte. Es war Viertel nach drei. Um vier wurde das Gebäude geschlossen. Und schließlich würde ich in dieser Nacht meine Birlewanger & Ruth benötigen.

Montags wollte ich Stuttgart verlassen. Zurück nach Südafrika, um den Geburtstag meiner Schwester zu feiern. Sie ist Witwe. Eine glückliche Witwe, eine lustige Witwe, wie die meisten, die sich einer stattlichen Rente erfreuen können. Ihr Mann ist beim Tauchen ums Leben gekommen. Banaler geht es kaum. Wer stirbt nicht alles beim Tauchen. Und die Polizei denkt sich nichts dabei.

Viertel vor vier erreichte ich die Bibliothek. Der Grauhaarige wartete bereits. Er reichte mir den Aluminiumbehälter und sagte: »Im Koffer steckt der Kern. Im Kern das Leben. Im Leben der Tod.«

Ich drückte ihm einen orangefarbenen Umschlag in die Hand und erwiderte: »Und die Kastanien stecken im Kuvert.«

Der Mann vertraute meinen Worten und steckte die Hülle in seine Manteltasche. Gemeinsam traten wir aus dem Gebäude, nickten uns zu und gingen auseinander.

Vorbei an der Rückseite des Neuen Schlosses, vorbei an einem Teich, an Schwänen und Enten, vorbei an Jugendlichen, die auf dem gefrorenen Boden der Parkanlage wie Figuren in einem Buchstabenspiel standen, spazierte ich zurück zum Hotel. In meinem Zimmer inspizierte ich die Waffe, an der nichts auszusetzen war, nahm ein paar Schluck schwäbische Medizin und legte mich schlafen.

Um zehn in der Nacht meldete sich der Wecker. Ich darf sagen, dass ich meine psychische Konstitution üblicherweise so anlege, dass ich mich zu dem Zeitpunkt, da ich meinen Auftrag erfülle, stets in bester Verfassung befinde. Auch körperlich, soweit das möglich ist. Nicht, dass ich abnehme, bevor ich jemanden umbringe. Aber zumindest bin ich immer gesund. Jetzt allerdings schnupfte ich, fühlte mich leicht fiebrig, ermattet. Nichts war wie sonst. Ich schimpfte mich einen verliebten Deppen. Und hatte in diesem Moment das große Bedürfnis, ungerecht zu sein und dieses Land zu hassen, in dem sich alle so normal gaben, wo keiner ein Sonderling sein wollte, während in Wirklichkeit nicht wenige überaus sonderbar wirkten. Man muss hier nur einmal mit der Stadtbahn fahren und sieht es sofort: Einer flog über das Kuckucksnest, bloß dass all diese Verrückten Normale spielen, aber schlecht spielen – eben Laiendarsteller, die zum Outrieren neigen und unwillentlich das Normale persiflieren. Die Schwaben hat man nach dem Zweiten Weltkrieg gezwungen, Normale zu spielen, so wie die Ungarn jetzt Demokraten spielen und die Russen Selbstmörder und die Kenianer Langstreckenläufer und die Polen Hilfsarbeiter. Die Chinesen werden gezwungen, Chinesen zu spielen. Ganz gleich, ob sie jetzt Kommunisten oder Kapitalisten sind oder beides, sie müssen Chinesen spielen, also vollkommen uniforme, fleißig-brutale, gelbe Wesen. Jawohl, die Chinesen müssen das Gelbe spielen. Denn sie sind ja nicht gelb. Ich war schon mehrmals in China. Entweder sind die Chinesen weiß oder dunkel wie Nordafrikaner. Aber in der aufgezwungenen Selbstdarstellung sind sie gelb. Wenn sie arbeiten, schmutzig gelb, bedrohlich gelb. Wenn sie auf Parteitagen in die Hände klatschen, immer nur in die Hände klatschen (selbst die Redner reden nicht, sondern klatschen in die Hände), ist es ein gelbes Klatschen.

Ich weiß, das sind Übertreibungen, aber die Wut trieb mich dazu – und in der Übertreibung sah ich die Wahrheit auf sehr gefällige Weise aufblitzen.

Ich duschte, zog mich warm an, steckte den Feldstecher in die Manteltasche, nahm meinen Waffenkoffer und verließ das Hotel. Um halb zwölf betrat ich eine kleine pavillonartige Kneipe, die unweit einer stark befahrenen Straße aufgepflanzt stand. Darin drängten sich junge Leute, erhitzt, lautstark, à la mode. Ich stellte mich an die Bar. Die Kellnerin schaute mich an wie den Exoten, der ich war. Eigentlich schaute sie mich an, als wäre ich zu alt, ein Bier bestellen zu dürfen, als hätte ein über Fünfzigjähriger um diese Zeit nichts auf der Straße verloren, so wie er nichts in einem Auto oder einem Büro verloren hat. Prinzipiell gebe ich der Jugend recht. Ein alter Mensch gehört nicht in die Großstadt. Er gehört aufs Land. Dort soll er Bauer werden. Das wäre besser für alle. Aber so läuft es eben nicht.

Immer dann, wenn ich daranging, einen Auftrag zu erledigen, war mir feierlich zumute. Derart, dass ich zuvor gern eine dicke Zigarre rauchte. So auch jetzt. Die jungen Leute betrachteten mich mitleidig.

»Haben Sie so was nötig?« Wer das gesagt hatte, war ein schmalgesichtiges Mädchen, keine achtzehn, mit Haaren wie schwarze Spaghetti. Von der im Licht rötlichen Haut abgesehen, war auch sonst alles an ihr schwarz. Sie hatte sich und ihr Bier neben mich gestellt.

Ich sagte »Ja« und wandte mich ab.

»Auf der Suche?«, fragte sie in meinen Rücken hinein.

»Ich habe alles, was ich brauche.« Wie zur Bestätigung betrachtete ich mein soeben serviertes Pils.

»Hu, Sie sind ja richtig selbstbewusst.«

»Bloß bescheiden.«

»So sehen Sie nicht aus.«

»Verzieh dich.«

Ich war selbst schuld. Mit manchen Leuten darf man einfach nicht reden. Spricht man mit ihnen, egal wie unfreundlich, wird man sie nicht mehr los.

»Geben Sie mir ein Bier aus?«, fragte das Mädchen.

Ich nickte in der unsinnigen Hoffnung, sie würde mich dann in Frieden lassen. Tat sie aber nicht. Sie gab eine Bestellung auf, obwohl sie noch ein halb volles Glas vor sich stehen hatte. Dann erzählte sie mir irgendeine traurige Geschichte, dass sie kein Geld habe. – Ich mag zwar ein Opa sein, aber ein wenig von der neuen Zeit bekomme ich schon noch mit. Die Sportbrille, die wie eine Jagdtrophäe in ihrem Haar steckte, war von Oakley, und die Taucheruhr, die sie trug, wozu auch immer, war sicher kein Werbegeschenk. Ich konnte mir vorstellen, dass sie von ihren Eltern ganz gut bezahlt wurde.

»Sie sind nicht von hier«, stellte sie fest.

Ich sagte nichts, versuchte, meine Zigarre zu genießen.

»Deutscher in Amerika, schätze ich.«

Ich schwieg.

»Dort möchte ich nicht leben müssen.«

»Und ich möchte nicht in Deutschland leben. Zumindest nicht in Stuttgart«, parierte ich.

»Sie haben schon recht. Ich denke, London wäre fein.«

»Fein wäre ein Haus im Grünen.«

Sie erwähnte einen Freund, der sich ein Bauernhaus gemietet hatte, um dort allein zu leben und Schweine zu züchten.

»Schweine sind in Ordnung«, sagte ich.

»Nach einem Jahr hat er alles verkauft und sich aufgehängt.«

Es hörte sich an, als wäre sie stolz, einen Selbstmörder zu kennen. Sie erzählte noch einige andere Schauergeschichten von Leuten, die irgendwie zu Tode gekommen waren.

»Schlimm«, sagte ich hin und wieder, so wie man »Prost« sagt.

Endlich wechselte sie den Platz und stellte sich zu einem Jungen, der gut zu ihr passte. Er trug eine Wurstpelle von einem Hemd. Durch sein kurzes, dunkles Haar ging seitlich – wie ein böses Omen – der Streifen einer schmalen Glatze. Große Ohren, aber ein hübsches Gesicht, fand ich. Das Mädchen zog ihm die Zigarette aus dem Mund, rauchte sie zu Ende. Das volle und das halb volle Bierglas hatte sie stehen lassen.

Nach einer Viertelstunde stand sie wieder neben mir. Ich war mir nicht zu blöd, sie auf die beiden schal gewordenen Biere hinzuweisen.

»Ich mag Bier nicht«, erklärte sie. »Cocktails mag ich.«

»Interessant. Warum hast du mich dann nicht um einen Cocktail gebeten?«

»Ich kenne Sie doch kaum.«

»Für ein Bier scheint es aber zu reichen.«

»Für ein Bier schon. Ich muss es ja nicht trinken.«

»Ich hätte aber lieber für einen Cocktail bezahlt, den du trinkst, als für ein Bier, das du nicht trinkst.«

»Das verstehen Sie nicht. Das hat mit Würde zu tun.«

»Würde?«, höhnte ich. Aber es war schon richtig. Das Mädchen und ich hatten nur eins gemein: dass wir dieselbe schlechte Luft atmeten. Und auch das erst seit einer Stunde. Mit Menschen zu reden, die vierzig, dreißig oder auch nur zwanzig Jahre jünger sind, bedeutet nicht, mit Gegnern zu sprechen, sondern mit Fremden, welche Rituale praktizieren, die uns abschrecken. Die Generationen sehen sich an, und was sie sehen, ist die Barbarei der anderen. Und es ist wie mit den Schwarzen und den Weißen. Irgendwie haben sie alle recht.

Der Junge war zu uns getreten und hatte den Arm um die Schulter des Mädchens gelegt. Er spitzte die Lippen, als schicke er mir einen Kuss. Kaum anzunehmen, dass er das nett meinte.

»Komm, wir gehen«, sagte das Mädchen. Und zu mir: »Sie sollten Schweine züchten.«

Ich trank noch ein Pils. Niemand redete mich mehr an. Um zwei Uhr zahlte ich. Der Rechnung nach zu urteilen, hielt man mich für debil oder für einen Skandinavier, oder es existierten Zulagen, von denen ich noch nichts wusste. Egal. Ich hatte genug Bibeln verkauft. Ich konnte es mir leisten.

Für den Turm war es noch zu früh. Und viel zu kalt. Weshalb ich in eine Bar ging, wo Leute meines Alters saßen.

Vor jedem Gast stand ein großes dickes Glas, als würden diese Männer Aquarien spazieren führen. Jemand spielte Klavier und tat so, als mache ihm das Freude. Ich bestellte Kaffee.

Um Viertel vor vier betrat ich die Halle des Hauptbahnhofs. Ein paar Polizisten standen im Kreis, auf den Füßen wippend, die Arme verschränkt, mit den Händen die Oberarme abklopfend. Sie unterhielten sich. Dazu zwei, drei Passagiere auf ihren Kofferbergen und einige Tauben, die pickend über den Boden zogen. Tauben bei Nacht. Diese Vögel schlafen nicht. Sie nutzen jeder Stunde Gunst. Ich mag Tauben. Mich beeindruckt, wie sie es sich zwischen den Menschen eingerichtet haben. Sie fallen nicht auf. Ihr Kot fällt auf. Aber nicht die Tauben selbst. Ich kann Menschen verstehen, die glauben, Außerirdische würden unter uns leben und uns studieren. Wenn Douglas Adams meint, das wären die Mäuse, hat er meines Erachtens unrecht. Es sind die Tauben.

Ich durchquerte die Halle und erreichte den Aufzug, der den Turm hinaufführte. Natürlich war er um diese Zeit üblicherweise außer Betrieb. Doch Geislhöringer hatte versprochen, der Lift würde in Funktion sein. Ausnahmsweise hielt er sein Versprechen. Ein Druck auf den Schalter, und die Metalltür glitt zur Seite. Ich stieg ein und fuhr hinauf zum achten Stock, wo sich das Bistro befand, das im Dunkel lag. Im Gang jedoch brannte Licht. Auf einer schmalen Treppe stieg ich zwei weitere Stockwerke empor und trat schließlich hinaus auf die Aussichtsplattform, wo der Stern von Stuttgart sich gleichmäßig um die eigene Achse drehte und mir das Licht spendete, das nötig war, um meine Birlewanger & Ruth zusammenzusetzen. Dann postierte ich mich an jener Ecke der Plattform, von der ich auf das Gebäude sah, in welchem die Zielperson sich bereits befand oder bald befinden würde. Ich legte die Waffe auf den Boden und zog meinen Feldstecher aus der Tasche. Mir bot sich ein Bild idealer Bedingungen. In sämtlichen Büros lagerte Schwärze. Nur dort, wo mein Zielort sich befand, war es hell wie in einer Ausstellung. Zwei Räume waren beleuchtet, die Jalousien aufgezogen. Ein weiteres Versprechen also, das Geislhöringer gehalten hatte, denn Jalousien konnten eine wahre Plage sein. In dem rechts gelegenen, kleineren Büro befanden sich zwei Männer. Sie standen mit dem Rücken zu mir vor einem Fernsehgerät. Leibwächter, die im Moment aber weniger an den zu schützenden Leib dachten, der ein Zimmer weiter saß, sondern jener beider Körper harrten, deren Konfrontation in Kürze über den Bildschirm flimmern würde. Mein Herz tat einen Sprung. Denn offensichtlich waren die beiden Wachposten willens, sich den Schwergewichtskampf anzuschauen. Gott sollte diese Jungs schützen, zumindest solange sie mir den Blick auf den Fernseher nicht verstellten. Wenn der Fight bloß ein paar Runden ging, konnten wir alle uns ihn anschauen.

Im vorderen, lang gezogenen Konferenzraum saß eine einzige Person. Sie saß, wie Leute sitzen, die etwas zu bestimmen haben. Sehr, sehr weit zurückgelehnt, wie um einen Blick auf das Große und Ganze zu haben. Die einzigen Leute, die noch so sitzen, allerdings ohne dass sie auch nur irgendetwas zu bestimmen hätten (außer das Schicksal ihrer Figuren, glücklicherweise), sind Schriftsteller. Alle anderen Menschen sitzen wie in der Erwartung einer Guillotine oder zumindest eines Schraubstocks.

Die Person mit der diktierenden Haltung trug ein Kostüm von derselben Farbe wie meine Waffe, ein edles Holzkohlengrau. Sie würde bald eine tote Person sein: Annegrete Holdenried.

Ich schaute wieder hinüber zum Fernseher. Ich durfte meinen Auftrag ohnehin erst erfüllen, wenn Holdenrieds Verhandlungspartner – wer auch immer es war und worüber auch immer verhandelt werden sollte – ihr gegenübersaß. Der Boxkampf hatte noch nicht begonnen. Was man sah, waren Gesichter. Das Gesicht des Exweltmeisters, der sich redlich Mühe gab, wie ein netter, ernster, junger Mann auszusehen, während die Kamera sich bemühte, einen sehr bösen, unfeinen, gar nicht mehr so jungen Mann zu zeigen. Dann die Visage des weißen Südafrikaners. Er schien sich nicht sicher zu sein, was er darstellen wollte. Die Kamera auf jeden Fall wollte ein schwergewichtiges Opfer zeigen, wollte zeigen, wie der weiße Büffel zur Schlachtbank geführt wurde. Dann sah man die Köpfe berühmter Leute, Schauspielerköpfe, Sportlerköpfe, natürlich auch das Ikonengesicht des Größten, des Exchamps.

Es ging los. Wie so oft im Leben mit einer Überraschung. Der weiße Büffel führte den Kampf mit der Unverfrorenheit eines Mannes, den die eigene Angst in eine Darstellung von Furchtlosigkeit trieb, gerade dadurch, dass er gewisse Körperhaltungen des Größten nachahmte und die ganze Zeit den Mund offen hatte, wahrscheinlich irgendwelche unschönen Reden führte über die Mutter und den Vater seines Gegners und die ganze verdammte Negermischpoke. Gerade als die erste Runde zu Ende ging – oder eben nicht zu Ende ging, weil die beiden Herren trotz des Gongs weiter aufeinander einschlugen und deshalb eine Menge Offizieller, die etwas von einem Gefangenenchor besaßen, in den Ring stürmten –, in diesem dramatischen Moment also sprang einer der beiden Leibwächter zum Fernseher und schaltete ihn ab, während der andere Haltung annahm. Ich spürte ihre Verzweiflung. Das war der dümmste aller Momente. Weitere Männer kamen ins Zimmer, groß gewachsene, breite, junge Burschen, bis auf einen, auch nicht gerade klein, auch ein wenig breit, aber sicher nicht jung, der folgerichtig als Einziger in den nächsten Raum trat, Frau Holdenried die Hand gab und sich ihr gegenüber an den Tisch setzte, sodass ich jetzt nur noch seinen Rücken und seinen gepflegten Hinterkopf sah. Aber ich hatte ihn bereits erkannt. Es handelte sich um einen bedeutenden Vertreter der Sozialdemokratischen Partei, welchen ich Tage zuvor im Fernsehen gesehen hatte. Früher hätte man von einem Chefideologen der rechten Flanke gesprochen, jetzt sagte man Stratege, Manager, Realpolitiker, New Labourianer. Aber mehr als sein Gesicht und seine ungefähre politische Einstellung kannte ich nicht. In jedem Fall war mir seine Anwesenheit unangenehm. Einmal, da er sehr ungünstig saß und durch seine nervösen oder auch nur morgendlich-vitalen Kopfbewegungen mir immer wieder die Sicht auf Frau Holdenried versperrte, andererseits, da mir nun bewusst wurde, dass man die Erschießung der Holdenried natürlich als ein versuchtes Attentat auf diesen Politiker auslegen und die Fahndung darum eine ganz andere, vermutlich ehrgeizigere sein würde. Genau so hatte Köpple sich das gedacht. Der Tod seiner Lebensgefährtin sollte nach »verirrter Kugel« aussehen.

Es wäre nett von Geislhöringer gewesen, mich diesbezüglich aufzuklären. Es wäre korrekt gewesen. In Wirklichkeit hatte der durchtriebene Bayer so getan, als träfe Frau Holdenried bloß irgendeinen nicht allzu bedeutenden Bankmenschen. Nun, ich durfte mich nicht wundern. Was hatte ich erwartet?

Ich schob den Feldstecher nach rechts. Der Fernseher lief wieder. Nun waren es fünf Männer, die sich den Kampf anschauten, von denen glücklicherweise vier saßen und einer an der Ausgangstür lehnte, sodass mein Blick auf den

Schirm passabel war. Allerdings hatte ich, wie auch die anderen, zwei Runden versäumt. Der weiße Büffel stand noch immer, benahm sich rotzfrech, schlug zu, redete und erprobte, wie weit er die Arme baumeln lassen konnte, ohne sich ein Pfund einzufangen – ein Schauspieler, den mitten auf der Bühne der Größenwahnsinn befällt, der seinen Text ignoriert, der auf die ganze dramatische Literatur spuckt, auf Shakespeare, auf die Klassiker, auf die Souffleure, die Promotoren, und der aus dem Stegreif heraus etwas völlig Eigenes spricht. Das hätte einen Iron Mike natürlich beeindrucken müssen, dass sein Gegner übergeschnappt war. Aber der Exweltmeister tat zumindest so, als würde es ihn irritieren. Als wollte er der Welt zeigen, wie er, der Bad Boy, der in Wirklichkeit ein netter, ernster, junger Mann war, es mit der Angst bekam.

In der Rundenpause der vierten zur fünften Runde tauschte ich meinen Feldstecher mit dem Zielfernrohr der Birlewanger & Ruth und nahm Frau Holdenried ins Visier, die ihrem Gegenüber einiges zu erzählen hatte, wobei sie gelassen und selbstsicher wirkte, als hätte sie zu verkaufen, was jedermann wollte.

Dann schwenkte ich wieder hinüber zum Boxen. Schaute kurz auf die Uhr. Mir stand nur noch wenig Zeit zur Verfügung, um die Holdenried zu liquidieren. Diese eine Runde noch, schwor ich mir. Der weiße Büffel sah weiterhin gut aus, servierte eine schöne Rechte, so wie man eine Liebeserklärung anbringt. Die Frage war nur, ob ihm vor dem Ende aller Zeit ein bedeutender, ein bewegender, ein unmissverständlicher Schlusssatz einfiel. Oder ob er zumindest zu einem Vortrag fand, den man über die gesamte Distanz durchstehen konnte.

Ich lenkte die Waffe zu Frau Holdenried. Sie rauchte. Ließ den anderen reden. Wirkte zufrieden.

Erneut schaute ich nach dem Boxkampf. Keine zwanzig Sekunden mehr in der fünften Runde. Der Südafrikaner nahm den Arm zurück, um eine Gerade zu schlagen. Es sah aus, als wollte er den Schlag aus einem am Rücken angebrachten Köcher herausziehen. Iron Mike holte nicht aus. Er schlug einfach zu, aus dem Schultergelenk. Einfacher ging es gar nicht. Auch wenn Kraft dahintersteckte, es war wie Kochen mit Fertiggerichten. Rein in die Mikrowelle und fertig, aus.

Der Schlag traf den Gegner am Kinn. Dann lag der weiße Büffel am Boden, nur noch stotternd, in der Not auf den eingelernten Text zurückgreifend, jetzt wieder das Tier spielend, das von einer Kugel getroffen daliegt und sich aufzurichten versucht, ein narkotisierter Elefant, der halb hochkommt und erneut zurückfällt. Der Büffel fiel in die Seile, wurde ausgezählt, und Ende. – Ich bewegte die Waffe ein Stück nach links, legte mein Fadenkreuz über Holdenrieds Gesicht, sodass der Zielpunkt auf Höhe der Stirnhöhle lag. Der Schädel des Sozialdemokraten befand sich in einem vernünftigen Abstand dazu. Auch wenn die Kugel noch in meinem Gewehr steckte, so rollte sie nicht mehr. Virtuell gesehen, war sie bereits ins Loch gefallen. Zero.

Aber eben nur virtuell. Denn gleichzeitig mit der Bewegung meines den Abzug betätigenden Fingers drang die Erkenntnis in mein Bewusstsein, dass ich diese Frau nicht töten dürfe, da sie nicht die war, die zu töten man mich beauftragt hatte. Natürlich stand der Gedanke nicht so klar im Raum, wie sich das hier anhören mag. In dieser Spanne von nicht einmal einer Sekunde kollidierte mein Handeln mit einer plötzlichen Ahnung. Ich wollte schießen, und ich wollte nicht schießen. Der Kompromiss: Ich schoss, aber ich schoss daneben.

Ein Kompromiss, der für einen renommierten Auftragsmörder natürlich fatal ist. Ein Mann wie ich trifft entweder oder schießt gar nicht erst. Dazwischen darf es nichts geben. Gab es nun aber. Wenigstens hatte ich den Politiker nicht erwischt. Schlimmer als ein bloßer Fehlschuss wäre der falsche Tote gewesen. Einen richtigen, eine richtige gab es aber nicht. Von meinem Standpunkt gesehen. Ich hatte es gerade noch erkannt: ihre beiden Ohrläppchen. Sie besaßen dieselbe durchschnittliche Form. Kein Unterschied zwischen links und rechts, zwischen klein und fett und länglich und flach. Auch wenn diese Frau wie die auf den Fotos aussah – für die Ohrläppchen galt das nicht. Die waren falsch. Und nachdem ich nicht annahm, dass Frau Holdenried in den paar Tagen ihre Ohrläppchen hatte korrigieren lassen, und auch nicht davon ausging, dass ihr so etwas überhaupt in den Sinn kam, war für mich klar, dass die Frau, die ich im Visier gehabt hatte, jemand anders sein musste. Oder umgekehrt, dass die Frau auf den Fotos nicht Annegrete Holdenried war.

Da war keine Zeit, mir weitere Gedanken zu machen. Geislhöringer hatte zwar versichert, dass ich problemlos den Bahnhofsbereich würde verlassen können, aber wie sicher konnte ich mir noch sein? Hinzu kam, dass ich meinen Auftrag nicht erfüllt hatte. Und da ich in dem Ruf stand, nie und nimmer mein Ziel zu verfehlen, es tatsächlich noch nie verfehlt hatte, würde man vielleicht auf die Idee kommen, dass ich den Braten gerochen und mit Absicht danebengeschossen hatte. Dann allerdings war ich für Köpple weniger eine Niete als eine Bedrohung. Er würde sicher nichts riskieren wollen. Was bedeutete, dass ich meinerseits sehr bald auf der Abschussliste stehen würde. Der schlimmere Verdacht war der, dass ich längst darauf stand.

Es war auch keine Zeit, die Waffe auseinanderzunehmen. Ich ließ den Aluminiumkoffer stehen, stieg die Treppen hinunter zum Lift und fuhr nach unten. Ich stand in dieser geschlossenen Kabine, stützte mich auf meine Waffe wie auf einen Stock, war erschöpft und frustriert, aber immerhin froh, dass die grotesken Umstände es mit sich gebracht hatten, dass ich den perfekten Schlag Iron Mikes gesehen hatte, der alles andere als ein Glückstreffer gewesen war. Ich stand hier in Erwartung der sich öffnenden Aufzugtür, in Erwartung eines Kugelhagels. Und tatsächlich, als die Tür zur Seite glitt, erkannte ich eine Anhäufung von Menschen, die in olivgrün und braun gekleidet waren. Ich schloss die Augen, wie man automatisch die Augen schließt, wenn man seinen Kopf in den Wasserstrahl einer Dusche hält. Oder in den Himmel sieht, obwohl es eben zu regnen begonnen hat. Ich fühlte mich nicht leicht, auch nicht schwer. Kein Engel reichte mir die Hand. Gott blieb stumm. Ich wartete. Doch weil nichts kam, nichts mein Fleisch und meine Knochen durchschlug, ich keine warnenden, drohenden Stimmen vernahm, sondern bloß ein gleichmäßiges Gemurmel, aus dem eine einzelne Stimme sich erhob und sagte: »Ja, onser Schwobaland«, schlug ich die Augen auf und erkannte mit etwas präziserem Blick, dass es sich bei den Personen um ältere Herrschaften handelte, die in Wanderkleidung steckten. Obwohl der Pulk keine drei Schritte entfernt war, sah niemand zu mir herüber, da sämtliche Augen auf eine Wanderkarte gerichtet waren, die von vielen Händen wie ein Sprungtuch auseinandergehalten wurde. Und dieses Bild stimmte. Das Bild vom Sprungtuch. Ich war vom Turm gestürzt, in dieses Tuch hinein. Ich drückte auf die Tastatur und stieg aus dem Lift. Meine Birlewanger & Ruth fuhr wieder allein aufwärts, während ich mich in die Gruppe der Wanderer stellte. Sie kamen nicht dazu, sich über diesen Neuzugang zu wundern, da wir mit einem Mal von hochnervösen Polizisten umgeben waren, welche uns mit der nötigen Heftigkeit aus dem Gefahrenbereich beförderten, während Scharfschützen vor der Lifttür in Schussposition gingen beziehungsweise über den Eingang der benachbarten Nottreppe in den Turmkomplex eindrangen. Sie waren schnell hier gewesen. Verdächtig schnell. Und doch nicht schnell genug.

Zusammen mit der Wandergruppe wurde ich aus dem Bahnhof eskortiert. Hinter einer bereits aufgezogenen Absperrung wurden wir abgestellt und von einem Streifenpolizisten aufgefordert, nach Hause zu gehen. Da wurde es mir schmerzlich bewusst. Ich sah aus wie ein Rentner. Einer, dem man – auch im Straßenmantel – sofort ansieht, dass ihm nur noch das Wandern, der Altertumsverein, das Abenteuer regionaler Geologie und das Interesse an alemannischer Besiedlung geblieben sind. Zwei Tage zuvor hatte ich eine wunderbare Frau erobert. Minuten zuvor einen Schuss abgegeben. Nichts davon trauten diese Polizisten mir zu. Nichts. Schon gar nicht, dass ich der Mann war, den sie jagen, den sie eliminieren sollten.

Die Wandertruppe machte nicht die geringsten Anstalten, sich aufzulösen. Zu aufregend war das, was sie zu sehen bekam. Immer mehr Polizeiwagen verstellten den Platz vor dem Bahnhofsgebäude. Sirenen. Lichter. Militärisch ausstaffierte Männer, die in geduckter Haltung die Stufen hinaufjagten. Kirchweihatmosphäre. Dann, wie zur Krönung, Motorenlärm am Himmel. Ein Hubschrauber schoss über die Turmspitze hinweg. Immer wieder. Mir schien, als zittere der Stern.

Ich löste mich aus der Gruppe jener Leute, die mich gerettet hatten, die für mich die Feuerwehr meines Lebens gewesen waren. Ich schwor mir, nie mehr ein böses Wort über Zeitgenossen zu verlieren, die Sonntag für Sonntag frühmorgens die Städte hinter sich ließen, um in die Natur einzufallen.

Es wäre verführerisch gewesen, so nahe dem Geschehen in ein weiches Bett zu sinken. Über die Sache zu schlafen, während draußen ein Kampf tobte, der ohne Gegner auskommen musste. Doch ich mied das Hotel. Konnte nicht ausschließen, dass Geislhöringers Leute sich beeilten, dort aufzukreuzen. Papiere und Geld hatte ich bei mir. Und ein großes, gewagtes Ziel: Ich war lebend aus diesem Turm herausgekommen, jetzt wollte ich auch noch lebend in meine Heimat zurückkehren. Allerdings wäre es falsch gewesen, mich damit zu beeilen.

Ich spazierte die Königstraße hinunter. Es war tatsächlich ein Spazieren. Ich schaute in die eine oder andere beleuchtete Auslage, rauchte im Gehen, was in meinem Alter etwas Bonvivanthaftes besitzt, betrachtete eine Gruppe betrunkener Jugendlicher, die auf dem eisigen Boden sitzend einen Kreis gebildet hatten und eine Dose Bier herumgehen ließen, als handle es sich um den dicksten Joint ihres Lebens. Ihr Atem dampfte.

Am Rand eines ausgedehnten Platzes, um den herum Gebäude standen wie abgedankte Majestäten, stieg ich in ein Taxi (ich war jetzt ein Schlächter meiner Prinzipien) und nannte dem Fahrer eine Adresse im Westen der Stadt. Während der Fahrt fragte er, ob ich etwas von dem Aufmarsch am Hauptbahnhof mitbekommen hätte. Er wartete meine Antwort nicht ab, schilderte, was er gesehen hatte, bevor die Polizei ihn von seinem Standplatz verjagt hatte.

»Wie im Krieg«, sagte er.

»Sie waren im Krieg?«, fragte ich den Mann, einen

Deutschen, der keine dreißig sein konnte. Meine Frage schien ihn beleidigt zu haben. Er schwieg für den Rest der Fahrt.

Ich läutete an dem Schild mit der Nummer fünfundzwanzig, auf welchem der Name Ute Utz aufgedruckt war. Ich war überzeugt, dass die Frau sich in ihrer neuen Existenz anders nannte, ein wenig glamouröser. Ich blieb eine halbe Minute mit dem Daumen am Druckknopf, bis endlich eine beißende Stimme durch die Anlage dröhnte und wissen wollte, welcher Gehirnamputierte auf ihrer Klingel stehe. »Gehirnamputiert« war eine mir unbekannte Formulierung, die ich nicht gleich verstand und mir erst durch den Kopf gehen ließ. Dann erklärte ich, dass ich mein Paket abholen wolle. In etwas gemäßigterem Tonfall fragte die Frau, ob ich die beiden restlichen Tausender dabeihätte. Ich bejahte. Die Tür sprang auf.

Als ich aus dem Aufzug trat, stand sie an der Wohnungstür. Sie trug einen Hausmantel, der mich an eine wattierte Rüstung erinnerte. Auch ihr Gesicht besaß etwas Wattiertes. Als hätte sie sich kleine Pölsterchen unter die Wangen und die Stirn geschoben. Ihre Augen waren zwei schmale Rinnen, aus denen es tröpfelte. Ich meinte, ihr aufgestelltes Haar knistern zu hören. Aber das war wohl eher die Deckenbeleuchtung.

»Es ist sieben Uhr«, stöhnte sie, während sie am Türstock lehnte und ihre Hände in Gebetshaltung aneinanderrieb.

»Richtig«, sagte ich und folgte ihr in die Wohnung. Szirba befand sich noch immer dort, wo ich ihn abgelegt hatte, auf dem toten Zebra. Er sah nicht sehr gesund aus. Eine gewisse trübe Durchsichtigkeit hatte sich seiner Haut bemächtigt, als wären Fleisch und Knochen nur noch von einer dünnen Folie umspannt. Die im Schal eingebundene

Hand ruhte auf seiner Brust, wie etwas Eigenständiges, Losgetrenntes. Die Augen waren leicht geöffnet, aus den Schlitzen schimmerte es blassrosa. Auch wirkte er abgemagert und ausgetrocknet, mumifiziert, als liege hier der letzte Österreicher in einem Schaukasten, konserviert von einer deutschen Tierpräparatorin. Fälschlicherweise auf die Attrappe eines Fells gelegt, das mit Österreich nun rein gar nichts zu tun hatte. Ethnologische Ungenauigkeit.

»Was haben Sie mit ihm gemacht?«, fragte ich und fühlte Szirbas Puls, das heißt, ich wollte wissen, ob er überhaupt noch einen besaß.

Ute Utz ließ sich in einen braun und beigefarben gestreiften Fauteuil fallen und zündete sich eine Zigarette an, auf eine lasziv-cineastische Weise, die mit Sicherheit ihrem neuen Leben entstammte. Sie schenkte dem österreichischen Schauobjekt einen mitleidlosen Blick und meinte, dass sie dem Mann eben hin und wieder ein paar Schlaftabletten, ein paar Tranquilizer, Betablocker, ein wenig Rotwein und Hustentropfen – alles in Maßen – verabreicht habe.

»Warum in Herrgottsnamen Hustentropfen?«

»Der Mann hat gehustet. Was denken Sie denn? Ich wollte nicht, dass er mir hier krank wird.«

Szirbas Puls ging unregelmäßig, aber er ging. Ich zog ein Lid in die Höhe. Was sich mir zeigte, war ein Auge, das aussah wie eine in viel zu viel Öl eingelegte große Kaper. Das Öl war von vielen roten Fäden durchzogen. Die Kaper aber sah in Ordnung aus – für eine Kaper. Gut, ich habe keine Ahnung von Medizin. Dieses Auge sagte mir gar nichts, außer dass es einen ekligen Anblick bot. Was wusste ich schon. Vielleicht lebte dieser Mann nur noch, weil er Hustentropfen eingenommen hatte.

Ich richtete ihn auf. Sein Kopf sackte wie der eines

Neugeborenen zur Seite. Ich hakte mich von hinten unter seine Arme ein, hob ihn vom Zebra und zog ihn ins Badezimmer. Während er noch vor Tagen, als ich ihn aus dem Hotel geschleppt hatte, schwer gewesen war, meinte ich nun einen untergewichtigen Knaben in den Armen zu halten. Ich setzte ihn auf seine Knie, lehnte ihn mit der Brust gegen den Rand der Badewanne und hielt dabei seine Stirn fest. Dann drehte ich das kalte Wasser auf und richtete den Strahl auf seinen Kopf.

Er rührte sich nicht. Es kam mir vor, als würde ich ein totes Huhn abwaschen. Doch dann kam Leben in Szirba. Er begann zu zappeln, zu husten, was mir kurz ins Bewusstsein rief, dass eine kalte Dusche wohl nicht das Richtige war für eine Verkühlung. Oder doch? Mir fiel dieser deutsche Katholik ein: Kneipp. Wie auch immer, Szirba war am Leben. Und als hätte auch sein Körper diesen für ihn überraschenden Umstand akzeptiert, reagierte er entsprechend und entließ seinen Mageninhalt. In kurzen Folgen erbrach Szirba einen hellen, vom Rotwein nur schwach gefärbten Strom. Abstoßend, und doch erfreulich. Ein wenig fühlte ich mich wie einer von diesen Vätern, die den ersten Stuhlgang ihres Sohnes mit Stolz erleben und sich dies als eigenes Verdienst anrechnen.

Allerdings schien ich zu den Vätern zu gehören, die vor lauter Begeisterung beinahe ihr Kind umbringen. Noch immer hielt ich den Wasserstrahl über Szirbas Kopf. Wir hatten immerhin Winter, und kaltes Wasser war wirklich *kalt*. Ich vereiste den Jungen, der kein Junge mehr war. Rasch drehte ich das Wasser ab und zog ein Handtuch von der Halterung, welches ich über Szirbas Kopf zog; dann begann ich so intensiv zu rubbeln, als versuchte ich einen Erfrorenen ins Leben zurückzuholen. Szirba war zu schwach, um sich gegen irgendetwas zu wehren.

Natürlich war seine Kleidung nass geworden. Ich zog sie ihm vom Körper und packte ihn in einen Bademantel, hielt seinen Kopf eine ganze Weile unter einen Heizstrahler. Dann trug ich den Mann zurück ins Wohnzimmer, wo ich ihn nicht wieder auf das Zebra zurücklegte, sondern in einen Stuhl aus schwarzem Cordstoff setzte. Ich richtete ihn wie eine Puppe ein, den Kopf in der Mitte, das Kinn nach oben, und platzierte seine Arme – als wären sie die Stützräder eines Fahrrads – auf den Stuhllehnen. Dann drückte ich die Beine in einen rechten Winkel, sodass die Fußsohlen vollständig auf dem Teppichboden auflagen. Ich trat zurück, betrachtete ihn, jetzt selbst wie ein Präparator. Ich hatte soeben mein eigenes Bild vom letzten Österreicher geschaffen. Cord passte besser als Zebra.

Szirba hielt sich in der Waagerechten. Oder die Waagerechte hielt ihn. Sein Blick war gläsern und auf einen imaginären Punkt gerichtet, der nicht vor, sondern hinter seinem Auge lag, als schaue er hinunter in seinen jetzt leeren Magen.

»Ich hoffe, Sie haben das Badezimmer nicht überschwemmt«, sagte Frau Utz.

Ich gab keine Antwort, fragte sie, wie es mit Kaffee wäre. Sie gab ebenfalls keine Antwort, erhob sich aber, um in die Küche zu gehen.

Ich setzte mich in den freien Stuhl. Mein Körper war wie ein gestrandeter Schiffskörper zur Ruhe gekommen. Es dauerte keine zehn Sekunden, dann war ich eingeschlafen. Der Traum, in den ich geriet, war ein überaus klassischer, und während ich noch träumte (und ich wusste, dass ich es tat, was dem Schrecklichen aber leider nichts von seinem Schrecken nahm), machte ich mir Gedanken über seine Bedeutung. Ich befand mich in einem Raum wie dem, in dem ich tatsächlich saß, nur dass Szirba fehlte und eine künstliche, durch nichts begründete Helligkeit herrschte. Und dass von der Decke Spinnen hingen, kleine, große, behaarte, glatte, in den herrlichsten Farben wie Lampions leuchtend oder einfach nur schwarz und fett, eine enzyklopädische Ansammlung. Ich fürchtete mich nicht vor Spinnen, das war nie der Fall, soweit man das sagen kann. Nun aber fühlte ich mich durchaus unbequem, obwohl keines der Tiere mir näher kam. Ich rutschte auf dem Stuhl hin und her. An Aufstehen war nicht zu denken. Ich wäre mit dem Kopf in die Spinnenfamilie geraten. Blieb die Möglichkeit, gebückt oder auf allen vieren aus dem Zimmer zu kriechen. Was ich aber nicht tat, wie man ja oft in Träumen nicht tut, was sich anbietet. Stattdessen robbte nun Szirba ins Zimmer, keineswegs mit mechanischen, puppenhaften Bewegungen, eher sportlich-militärisch.

»Es scheint Ihnen schon besser zu gehen«, sagte ich.

Er hob den Kopf und öffnete den Mund, aus dem aber kein Wort kam. Eine fürchterliche Sekunde lang, die den Geschmack von Ewigkeit besaß, fürchtete ich (auch der Traumdeutung wegen), dass nun eine oder mehrere Spinnen aus seinem Mund kriechen würden. Es waren aber bloß ... schlichte Seifenblasen, die aufstiegen und noch in der Luft zerplatzten, oder indem sie gegen die Spinnen stießen. Wofür stehen Seifenblasen? Doch wohl kaum für das Zerplatzen schöner Illusionen oder das Hohle alles Gesprochenen oder gar für die Angst vor der Vergänglichkeit. Das wäre zu banal. Was aber dann? Ich zermarterte mir den Schädel darüber, doch ohne Erfolg. Es war kein wirkliches Nachdenken, sondern ein reines Zermartern, ein gedankenloses Denken, falls es so etwas gibt, vergleichbar einer Kniebeuge, die im Ansatz stecken bleibt, was ja auch zu einer Anstrengung führt, praktisch zu einer Skihocke.

Währenddessen produzierte der arme Szirba unentwegt Seifenblasen und entwickelte dabei immer mehr den Eindruck eines Kranken und Schwachen. Womit ein Bezug zur Wirklichkeit hergestellt war. Was mich ärgerte – diese dumpfe Augenscheinlichkeit. Über den Ärger vergaß ich die Seifenblasen. Und im Vergessen begriffen, erwachte ich, wie um nicht alles zu vergessen.

Szirba saß noch immer im Stuhl. Der Kopf war bloß ein wenig nach vorn und auf die Seite gerutscht. Frau Utz, noch immer im Hausmantel und eine große Tasse Kaffee zwischen den Händen, lag quer über einem Schaukelstuhl und starrte auf das eingeschaltete Fernsehgerät. Man sah gerade einen Helikopter, der gewagte Schleifen um einen leuchtenden Mercedesstern zog. Die merkwürdig heitere Stimme eines Kommentators beschrieb das, was man ohnehin sah.

Ich stand auf, um mich zu recken. Auf halber Höhe stoppte ich abrupt und zog rasch den Kopf ein, als wäre ich gegen eine unsichtbare Zimmerdecke gestoßen. Ein Rest vom Traum. Aber da waren keine Spinnen. Zumindest keine, die herabbaumelten. Somit war der Weg frei. Ich machte mich gerade, breitete die Arme aus und gähnte. Aber das war nur noch eine nachträgliche, nicht mehr wahrhaftige Geste.

»Was ist los?«, fragte ich nebenher.

Wohl ein wenig zu nebenher. Denn statt mir eine Antwort zu geben, fragte mich Frau Utz, ob ich mit dieser Sache etwas zu tun hätte.

»Womit denn?«

»Man hat auf Hübner geschossen.«

»Und wer ist das?«

»Hören Sie auf.«

»Ich kenne ihn wirklich nicht. Ich bin ja nicht von hier.

Das sollte Ihnen doch schon an meinem Akzent aufgefallen sein.«

»Paul Hübner. Der neue Mann bei den Sozis. Die rechte
Hand des Kanzlers, sagt man, oder die rechte Hand des
Teufels, oder der Teufel rechts vom Kanzler. Aber ich finde,
der Mann ist prima. Ein Realist.«

Als ob ich es nicht besser wüsste, fragte ich: »Tot?«

»Hübner hat Glück gehabt. Das muss ein Amateur gewesen sein, der da geschossen hat. Ein Verrückter, ein linker Schwachkopf.«

Auch wenn es dumm ist: Die Bezeichnung Amateur tat
mir weh. Eben weil ich Frau Utz nicht aufklären konnte.

»Hat man ihn erwischt?«

»Nein. Der hat sich irgendwo im Bahnhof verschanzt.
Hoffentlich knallen sie dem die Eier zwischen den Beinen
weg.«

Es war schon klar, wie Frau Utz zum Individualterro-
rismus stand. Zu Recht, wie ich eigentlich sagen müsste.
Doch einmal abgesehen vom Politischen, hegte ich eine
romantische Sympathie für das Einzeltätertum, wohl auch
meines eigenen Berufs wegen, obgleich ich – grob gesprochen – eher die Interessen des Establishments als die von
Außenseitern vertrat.

»Das Badezimmer war eine Katastrophe«, konstatierte
Frau Utz.

»Bitte?«

»Ihr Männer kotzt, und dann geht ihr schlafen. Woran
liegt das? Warum sind Männer unreinlich? Ist das Natur?«

»Nun …«

»Natürlich nicht. Es ist Kultur. Die dreckigen Unterhosen der Männer, diese Abermillionen angekackter Unterhosen, das ist Kultur.«

»Danke.«

»Wofür?«

»Dass Sie sauber gemacht haben.«

»Ich glaube, Sie spinnen. Sie denken doch nicht im Ernst ...«

Was ich dachte, war: Wie raffiniert die Frauen doch sind, wie überlegen. Und genau das scheint Natur zu sein, so ungerecht die Natur nun mal ist. Das Zurückdrängen der eigentlich Überlegenen, also der Frauen wiederum, ist eine Kulturleistung, auch diese ungerecht, aber erstaunlich. Die Gleichstellung der Frau gefährdet somit die Kulturleistung, wenngleich sie moralisch gesehen erfreulich ist. Moral freilich ist ein Luxus in Zeiten des Friedens, den man gegebenenfalls zurücknehmen muss. Wenn man kann. Weshalb man auch in Friedenszeiten pessimistisch und prophylaktisch denken sollte.

»Sie oder Ihr Freund?«, sagte sie.

»Bitte?«

»Wer von euch geht ins Badezimmer und macht sauber?«

Ich sah hinüber zu Szirba. Noch immer eine Puppe. Was mir auch lieber war. Ich wollte nicht, dass er etwas von der Berichterstattung mitbekam. Und wenn, redete er wenigstens nicht. Sein Mund war halb offen. Es sah aus, als wäre sein Atem ein Förderband, welches auf zwei übereinanderliegenden Ebenen gleichzeitig und gleichmäßig die Luft hinein- und hinaustransportierte. Ich stand auf, richtete seinen Kopf und ging ins Bad, um die Sauerei – genau genommen die von Frau Utz verschuldete Sauerei (siehe Hustentropfen et cetera) – zu beseitigen.

Als ich zurückkam, hatte Szirba seinen gesunden Arm gehoben. Der Zeigefinger war durchgebogen, während die restlichen Finger herabhingen. Sein Gesicht war unverändert. Er wirkte nun geradezu debil, wie er da auf den Fernseher zeigte. Man sah soeben ein Foto Annegrete Holdenrieds. Der Reporter erklärte (wohl nicht zum ersten Mal und ohne seine gewohnte Heiterkeit), dass Frau Holdenried unverletzt sei und mit der Sache selbst nichts zu tun habe. Sie sei das Opfer eines unglückseligen Zufalls. Kein Wort darüber, warum sie sich ausgerechnet um vier Uhr früh mit dem Politiker getroffen hatte.

»Sie sollten jetzt Ihren Freund nach Hause bringen. Er wird langsam lebendig.«

»Ich sollte dich einfach abknallen«, sagte ich. Das ist nun wirklich nicht meine Art, auf derart plumpe Art zu drohen. Und aus dem Nichts heraus jemanden zu duzen. Es war mir herausgerutscht. Beinahe hätte ich mich entschuldigt. Aber ich sah, dass ich sie eingeschüchtert hatte, ausgerechnet mit einem Standardspruch aus der nun wirklich untersten Schublade. Man kann es auch so sehen: Ich hatte geknurrt. Manchmal setzen die sich durch, die einfach lauter sind.

Frau Utz wurde langsam nervös. Weshalb ich Szirba aufrichtete. Immerhin, stehen konnte er allein. Etwa wie einer von diesen dünnbeinigen Wäscheständern. Ich hakte mich bei ihm unter und führte ihn aus dem Raum.

»Was ist mit den restlichen zweitausend?«, rief Frau Utz mir hinterher. So mutig war sie nun doch.

»Später«, gab ich zur Antwort. Ich hätte ihr sagen können, dass sie meinen Freund beinahe umgebracht hatte. Ich ließ es bleiben und trat mit Szirba aus der Wohnung und stieg in den Aufzug.

Draußen empfing uns die kalte Luft beinahe schmeichlerisch.

»Guuut«, sagte Szirba, als hätte er soeben sprechen gelernt. Farbe kehrte in sein Gesicht zurück. Auf seinen Wangen sprossen rötliche Flecken.

Wir gingen die sonntäglich leere Straße hinunter, Arm in

Arm, zwei Freunde, hätte man meinen mögen, die in der Einsamkeit, bedrückt von Witwer- oder Junggesellentum, zueinandergefunden hatten. So oder so ähnlich. Wir stiegen in eine Straßenbahn. Ich hatte nicht mal nach der Nummer gesehen.

Wir saßen nebeneinander, sprachen kein Wort. Um uns lärmende Kinder, die den Wagen hinauf und hinunter liefen. Ein Mädchen blieb vor uns stehen, betrachtete uns abwechselnd, schamlos, wie ein kleiner, böser Gott, der seinen Geschöpfen beim Sterben zuschaut.

»Warum bist du so dick?«, sagte sie zu mir. »Und warum ist der da so hässlich?«

Der Fehler ist, wenn man Kinder nicht ernst nimmt. Ich nahm dieses kleine Monster sofort ernst. Und knurrte. Sagte etwas darüber, dass sie selbst recht fett sei. Erst recht ihr Haar. Widerlich! Die Kleine rannte heulend nach hinten zu ihrer Mutter. Nach einer Weile rief mir die Frau etwas zu. Ich verstand kein Wort. Grinste in mich hinein, koboldisch, zutiefst befriedigt. Manchmal braucht man das.

Ich hätte ewig hier sitzen können. Es war angenehm warm. Draußen eine Stadt, die wie in einer Schlammpackung im Sonntag steckte. Kinder und Mütter waren ausgestiegen. Ich hatte ihnen zugewinkt. Nie hätte ich mich früher derart exponiert, auch im größten Rausch nicht.

Als wir in eine Station einfuhren, erhob sich zu meiner Überraschung Szirba. Nun war er es, der meinen Arm nahm und mich aus dem Wagen hinausführte. Er schien sich in dieser Gegend auszukennen und steuerte in eine kleine, dunkle Kneipe. Ich hatte noch nie im Leben eine so verdreckte Bude gesehen. Die Vorhänge waren dermaßen steif vom Schmutz, dass sie wie Wellblech vor den Fenstern standen. Die Tapeten erinnerten an alte Plakatwände.

Es kostete mich einige Überwindung, auf einem der Polstersessel Platz zu nehmen. Weniger der vielen undefinierbaren Flecken wegen. Aber ich vermutete im Inneren des Sitzteils eine ungeheuerliche Ansammlung lebender und toter Tierchen. Es fühlte sich an, als hocke man auf einer großen, dicken Zunge oder einem Stapel überdimensionierter Wurstblätter. Ich bevorzugte die zweite Vorstellung. Und zündete mir rasch eine Zigarette an. Das war mein Wirkstoff gegen Hepatitis. Der Qualm zog durch einen Streifen gelbstichigen Lichts. Woher auch immer dieses Licht kam. Durch die Fenster konnte es nicht gedrungen sein. Und Lampen brannten keine. Oder sie brannten, und man sah es bloß nicht, weil der gepresste Staub die Lichtkörper vollständig umgab. Auf den Tischen standen Türme hundertfach zusammengeschmolzener Kerzen, dazu aus Aluminium geformte Aschenbecher, in denen mehr Hühnerknochen als Kippen lagen. Eine kleine Kurbel, die unter der Tischplatte hervorsah, verwies auf eine Zeit, als man es noch schick gefunden hatte, die Höhe eines Tisches jeweils nach seinem Benutzer und – komplizierter – nach seinen Benutzern einzustellen. Wann war das gewesen? Wahrscheinlich Mitte der Siebzigerjahre, als der Biedermeier wieder aufkam und man es gemütlich haben wollte. Während in der Zwischenzeit ein erbarmungslos guter Geschmack auch die Unbedarftesten eingeholt hatte und die Vorstellung von einem Tisch eher philosophischer Natur war. Folglich war der wirkliche Tisch mehr ein Objekt der Betrachtung als der Benutzung.

Szirba setzte sich mir gegenüber nieder und legte seine »grüne« Hand auf der Tischplatte ab. Dabei stöhnte er auf.

»Haben Sie Schmerzen?«, fragte ich. Ich wollte einfach testen, ob er das Wort »ja« noch beherrschte.

Er sagte: »Durst.«

Ich schaute mich nach einer Bedienung um. Hinter einem aus Saunalatten gezimmerten Tresen stand ein Mann, der aussah, als sei er schon immer hier gestanden, von Anbeginn der Zeit, und als wäre diese Gaststätte um ihn herum gebaut worden. Der Mann war sozusagen die Urzelle, in der alle Informationen steckten, die nötig waren, um einen solchen Raum entstehen zu lassen. Und dann das Haus, das den Raum umgab. Und dann die Stadt, in welcher dieses Haus stand. Auch wenn Stuttgart augenscheinlich ziemlich wenig mit diesem Mann und dieser Kneipe gemein hatte. Aber so ist das eben. Im Großen verschwindet die Idee, die hinter allem steht. Dieser Mann war quasi der Stuttgarter Samen, das Abbild dieses Samens, eine verbliebene Hülle, ein Samenmantel, etwas in dieser Art. Er wirkte ein wenig unbeweglich. Ein Samenmantel eben. Das wirklich Erstaunliche jedoch war, dass hinter ihm – in fünf, sechs Regalen, die bis zur Decke reichten – eine Ansammlung erstklassiger (soweit ich das beurteilen darf) alkoholischer Getränke eine Heimstatt gefunden hatte. Der Zustand der Flaschen stand im krassen Widerspruch zur Umgebung. Sie glänzten, als wären sie eben erst poliert worden. Und tatsächlich stand auf der Theke, direkt vor dem Wirt, eine das Auge geradezu blendende Flasche Portwein, Fonseca 1963; daneben lag ein weißer Putzlappen. Dieser Widerspruch zwischen der Sauberkeit einer seltenen alten Portweinflasche und einer vom Dreck geradezu konservierten Einrichtung stellte wiederum selbst einen Widerspruch dar. Denn üblicherweise wurden solche Alkoholika nur in sogenannten besten Häusern, also eher enervierend reinlichen Etablissements angeboten. Wobei jedoch auf den dortigen Flaschen der Staub und Dreck und Schimmel von Jahrzehnten lag, um das vornehme Alter der Spirituosen auf drastische Weise zu unterstreichen.

Ein weiterer Unterschied bestand wohl darin, dass man den dreiundsechziger Portwein hier nicht kaufen konnte. Handelte es sich doch um eine Sammlung, was mir wiederum meinen Traum ins Gedächtnis rief. Und ich fragte mich, ob die herabhängenden Spinnen nichts anderes gewesen waren als die Vorausschau auf eine ganz andere, erfreulichere Art von Anhäufung.

Auf der abgegriffenen, mit Spuren abgestellter Gläser übersäten Getränkekarte waren die üblichen Belanglosigkeiten ausgewiesen, Bier aus der Gegend, Wein aus der Gegend, dazu Valpolicella und Chianti. Auch gab es keinen Whisky von Bedeutung. Und keinen Schlehengeist. Nur etwas, das sich »Essig« und etwas, das sich »Whorff« nannte. Ich bestellte zwei Bier. Nicht bei dem Mann hinter der Theke, sondern bei einem jungen Kerl, der etwa so gesund wie Szirba aussah. Das Bier kam rasch. Mit ordentlichen Schaumkronen ausgestattet. Der Rand der Gläser allerdings wirkte herpetisch.

»Tut mir leid, Szirba, aber es musste sein«, sagte ich und hielt ihm mein Glas entgegen. Er nahm das seine noch unsicher in die Hand. Wir stießen an. Szirba nahm einen Schluck, und trank das Glas bis ins untere Drittel leer. Zur Farbe trat jetzt auch eine gewisse Lebendigkeit in sein Gesicht. Ja, man konnte mit ansehen, wie ein Gesicht entstand, wie sich auf einer glatten Fläche Ein- und Ausbuchtungen bildeten, wie seine Nasenlöcher wieder zu jener relativ beträchtlichen Größe anwuchsen, die mir als Erstes an ihm aufgefallen war.

Mit den Nasenlöchern kam auch eine richtige Sprache. Und es zeigte sich, dass Szirba bereits in der Wohnung der Ute Utz zur Aufnahme fähig gewesen war.

»Sie hatten es also gar nicht auf Frau Holdenried abgesehen«, bezog er sich auf den Fernsehbericht.

»O doch.«

Ich beschloss, ihm zu berichten, wie alles gekommen war. Unter der Bedingung, dass auch er seine Geschichte erzählte. Vielleicht würde etwas Erhellendes herauskommen, wenn wir unsere beiden Dramen zusammenlegten.

Szirba war einverstanden. Wir bestellten eine weitere Runde und machten uns an die Arbeit.

Nachdem zwei Stunden vergangen waren, hatten wir uns so weit ausgetauscht, dass ich zur Quintessenz gelangte, diese ganze Geschichte besitze einen unwirklichen Touch.

»Einen Touch? Warum sagen Sie nicht gleich einen Hauch?«, spottete Szirba.

Er hatte recht. Gleichzeitig meinte ich in dem Unwirklichen das eigentlich Wesentliche zu begreifen, geradeso als wäre ich ein Siebzehnjähriger, der in diesem Moment die Geneigtheit und das Bucklige alles Geraden erkennt.

Was mich bei dieser Geschichte in keiner Weise überraschte, war der Umstand, dass ich weder im Fernsehen noch in den Zeitungen von der Schießerei im Hauptstätter Hospital erfahren hatte. Wenn es sich tatsächlich um das Killerkommando einer einschlägigen Agentur gehandelt hatte, so waren das genau jene Leute, die – wenn sie schon ihren Auftrag nicht erfüllten – die Leichen in den eigenen Reihen zu beseitigen wussten. Derartige Unternehmen verfügten über spezielle Reinigungstrupps. Da blieb kein Blutfleck, keine Spur zurück. Die Reinigungstrupps waren der eigentliche Pluspunkt solcher groß angelegten Aktionen.

Szirba und ich einigten uns darauf, die Sache gemeinsam durchzustehen. Was blieb uns auch anderes übrig? Unsere Zusammenarbeit war gewissermaßen das Surrogat der Zusammenarbeit zwischen Szirba und dem Boxer sowie der zwischen mir und Bötsch. Noch war nichts zu einem Ende gekommen. Außer den paar Toten und vielleicht den beiden Bötschs, die entweder auch tot waren oder sich in der Freiheit der Schweiz oder auf dem Weg nach Connecticut befanden.

»Was können wir tun?«, fragte Szirba.

»Wir müssen in die Offensive gehen und uns eine von diesen dubiosen Figuren herauspicken. An Köpple, fürchte ich, kommen wir nicht heran. Eher kommt er an uns ran. Auch an Frau Holdenried können wir uns nicht halten, weder an das Original noch an die Fälschung. Und ihr Kommissar Remmelegg mag ein netter Kerl sein, aber ich befürchte, dass sein Job nicht darin besteht, uns zu helfen. Hm ... wie wäre es mit Geislhöringer?«

»Der Bayer?«

»Sie sagen das in einem diskriminierenden Tonfall. Als Südafrikaner habe ich ein gutes Gehör dafür.«

»Ich habe nichts gegen die Bayern«, behauptete Szirba. Überzeugend klang es nicht.

»Möglich, dass Geislhöringer ein bloßer Handlanger ist«, sagte ich. »Aber vielleicht sollten wir mit ihm beginnen. Nicht in seinem Büro. Und nicht erst morgen. Sofort!«

Natürlich stand ein solcher Mann nicht im Telefonbuch. Also rief ich Borowski an und erzählte ihm, ich hätte jemanden an der Hand, der eine Weihnachtskrippe von 1720 besitze und aufgrund eines Konkurses gezwungen sei, sie zu veräußern. Und da hätte ich an Geislhöringer gedacht. Die Angelegenheit sei ein wenig delikat, des Konkurses wegen. Und sie eile. Weshalb ich noch heute mit Geislhöringer in Kontakt treten müsse. Dumm nur, dass ich seine Privatadresse und Telefonnummer verlegt habe.

Borowski zeigte sich begeistert. 1720? Unglaublich. Er begann über den armen Menschen zu spekulieren, der zu einem solchen Verkauf gezwungen war. Ich blieb eisern, bestand darauf, keinen Namen zu nennen. Borowski war ein wenig beleidigt, wenngleich er meine Diskretion verstand. Und auch die Notwendigkeit, Geislhöringer zu verständigen. Borowski gab mir Adresse und Handynummer durch und insistierte darauf, so bald als möglich über die Details informiert zu werden.

Szirba wollte ein Taxi bestellen. Doch ich riet davon ab. Ab einem bestimmten Punkt der Entwicklung war es ein Risiko, sich mit der Taxizunft einzulassen. Einige dieser Leute waren der Polizei verbunden, andere der Unterwelt. Nicht wenige beiden. Wer sonst als die Gemeinschaft der Taxifahrer hatte einen derartigen Überblick, vergleichbar nur noch mit der etwas loseren Gemeinschaft der Hobbyfunker und Amateurabhörer, dieser spitzen Ohren, die unentwegt in die Stimmbänder der Stadt hineinlauschten. Trotz Szirbas schlechter Erfahrung hielt ich öffentliche Verkehrsmittel ab nun für die sichersten.

Wir zahlten und traten in einen Tag hinaus, der schon wieder zu verblassen begann.

»Wie wär's, wenn Sie mir meine Pistole zurückgeben?«, fragte Szirba.

Woher wusste er, dass ich die Waffe bei mir hatte? Eine bloße Hoffnung? Nun, es war gut möglich, dass er die Ausbuchtung in Höhe meiner Milz erkannt hatte.

Natürlich war es riskant, einem solch labilen Menschen ein solch labiles Werkzeug anzuvertrauen. Andererseits wollte ich Szirba nicht länger bevormunden. Er hatte das Recht, die Geschichte auf seine Art zu Ende zu bringen. Und ich konnte nur hoffen, dass dieses Ende nicht auch mein eigenes bedeuten würde.

Ich schob Szirba in eine Hofeinfahrt, holte die Waffe aus meiner Innentasche und reichte sie ihm. Ich sagte nicht

»Passen Sie auf, dass sie nicht losgeht« oder »Nur im Notfall verwenden« oder ähnlich Pädagogisch-Unsinniges. Ich sagte: »Wenn Sie auf jemanden schießen wollen, müssen Sie auch auf ihn zielen.« Das vergessen Laien immer wieder.

Er steckte die Waffe in seinen Mantel. Der Griff lugte ein wenig heraus. Weshalb er seine gesunde Hand in die Tasche schob. So würde er wenigstens keine Zeit verlieren. Er sah nun aus wie ein Mann ohne Hände, der den einen Stumpf in seine Manteltasche, den anderen in einen grünen Schal gepackt hatte.

Problemlos erreichten wir den Marienplatz, den ich ja bereits kannte, wie auch die Zahnradbahn, in die wir nun stiegen und mit der ich genau eine Woche zuvor hinauf nach Degerloch gefahren war, zum Umtrunk der Denkmalpfleger. Jetzt aber stiegen wir nach zwei Stationen aus, machten uns kundig, auf Höhe welcher Nummer wir uns genau befanden, und gingen dann die Alte Weinsteige abwärts. Auf dem Scheitelpunkt einer scharfen Rechtskurve stand das Haus; es thronte geradezu, obwohl nicht eigentlich protzig, ein schmaler, hoher Baukörper, moderat klassizistisch, der vor Kurzem renoviert worden war. Es war die Lage, die beeindruckte. Das Gebäude wuchs förmlich aus der Kurve heraus, wies hinunter ins bebaute Tal und hinüber zu bewaldeten Hängen. Das Schild neben der Gegensprechanlage war ein weißes, leeres Rechteck. Das Tor zu einer kleinen Einfahrt war offen, auf dem Parkplatz lagerten Bauschutt und Gerüststangen. Über diese Stelle gelangten wir vor die Eingangstür, läuteten. Es war Geislhöringer, der uns öffnete. Als er mich sah, machten seine Augen einen Sprung nach vorn, während sein linkes Bein einen Schritt zurück tat.

»Sind Sie wahnsinnig geworden?«, stieß er hervor.

»Man wird es mit der Zeit«, sagte ich und wollte eintreten. Geislhöringer versuchte, mich daran zu hindern. So kräftig gebaut er auch war, in diesem Moment vermochte er nicht zu überzeugen, wirkte unsicher. Außerdem bin auch ich kräftig gebaut. Es fiel mir nicht schwer, ihn zur Seite zu drängen.

»Was fällt Ihnen ein! Sie können doch nicht …«

»Wir müssen reden«, sagte ich, während ich bereits mitten im Vorraum stand und ein Landschaftsgemälde betrachtete. Nicht, weil ich mich dafür interessierte. Ich wollte unserem Eindringen bloß ein wenig an Schärfe nehmen.

»Münchner Schule«, riet ich.

»Wer ist das?«, fragte Geislhöringer.

Ich drehte mich zu ihm und blickte ihn erstaunt an.

»Münchner Schule?«

»Hören Sie auf, Jooß. Sie wissen doch, was ich meine. Wer ist der Kerl da?« Er zeigte auf Szirba.

Ich sagte Geislhöringer, dass er das doch eigentlich selbst wissen müsste. Immerhin hätte er den Tod dieses Mannes in Auftrag gegeben.

»Wie?«, fragte Geislhöringer.

Weil Szirba beharrlich schwieg, stellte ich ihn vor: »Das ist der Österreicher. Bötschs Retter.«

»Ach so«, meinte der Bayer abfällig.

Bevor er auch nur versuchen konnte, mich daran zu hindern, betrat ich den ebenerdigen Wohnraum, ein mit Jugendstilmobiliar sparsam eingerichtetes und im Licht der Dämmerung und einer Stehlampe glosendes Zimmer. Ein Adagio von einem Zimmer. Verstärkt noch durch die eine Person, die neben der Lampe auf einem weißen Stuhl saß und mit leicht schwärmerischem Blick in die Luft sah. Freilich war ich überzeugt, dass dieser Person alles Schwärmerische fernlag: Annegrete Holdenried.

Welche Holdenried, konnte ich nicht sagen, da zwei massive Clips die Ohrläppchen abdeckten. Sie schaute zu mir herüber und lächelte, als würde sie sich über meinen Zweifel freuen.

Geislhöringer stürmte mir hinterher. »Ich verbiete Ihnen …«

Die Frau legte mit einer knappen, bestimmten Geste seinen Redeschwall lahm. So, wie sie da saß, schien sie aus der Schreckensküche eines gequälten Irrationalisten zu stammen, verführerisch und dominant, schlangenhaft. Aber das ist natürlich Unsinn. Sie setzte bloß ihre Macht ein, um einen Prozess abzukürzen, der nun unumgänglich geworden war.

Ich erklärte ihr, dass ich der Killer sei. Der unfolgsame Killer, ergänzte ich. Und stellte nun auch Herrn Szirba vor. Der geschmackvoll eingerichtete Raum erzwang geradezu eine gewisse Etikette.

»Wo lag der Fehler?«, fragte Holdenried und sah zu Geislhöringer. Doch ihre Frage konnte nur mir gegolten haben. Ich sagte: »Die Ohren. Daran habe ich mich gestoßen. Die Ohren waren falsch. Die Frau, die ich ins Visier genommen hatte, besaß gleichmäßige Ohrläppchen. Nicht aber die Frau auf den Fotos. So einen Unterschied zwischen links und rechts sieht man selten.«

»Diese dumme Kuh«, stöhnte Holdenried, »ich habe ihr doch gesagt, es sei wichtig, dass sie die Ohrclips trägt.«

»Sie haben absichtlich danebengeschossen?«, fragte Geislhöringer, der langsam zu begreifen schien.

»Das habe ich dir doch gesagt«, ersparte Frau Holdenried mir eine Antwort. Und zwar die richtige Holdenried, zumindest wenn man von den Fotos ausging. Denn als sie nun den Kopf einmal nach links und dann nach rechts neigte und die beiden Schmuckstücke wie Wäscheklammern abzog, war deutlich der Unterschied zwischen den beiden Ohrläppchen zu erkennen.

Also wollte ich wissen, wer die Frau war, die ich hatte erschießen sollen. Eine Schauspielerin? Eine Zwillingsschwester?

»Eine Hochstaplerin«, sagte Annegrete Holdenried, »eine Frau, die mir erstaunlich ähnlich sieht, eine kleine Gaunerin, die sich für mich ausgab. Sie hat in einigen Boutiquen und bei Juwelieren groß eingekauft und dann anschreiben lassen. Die Gute hat in zwei Tagen ein kleines Vermögen verbraten. Sie würden staunen. Das kommt gar nicht so selten vor. Es soll jemanden geben, der wie unser Kanzler aussieht und ständig Journalisten Interviews gibt. Sie erwischen diesen Mann einfach nicht. Schwer zu sagen, ob die vernünftigen oder die unvernünftigen Äußerungen von ihm stammen. Na gut, so was kann sich vielleicht ein Kanzler leisten. Ich nicht. Obendrein habe ich wenig Vergnügen daran, eine fremde Garderobe zu bezahlen. Und ich bestehe ganz gern auf meiner Einmaligkeit. Eine Doppelgängerin, auf die die Leute hereinfallen, ist eine Beleidigung für mich.«

»Und deshalb sollte diese Frau sterben?« Aber das war ja auch die falsche Frage, wie ich jetzt erfuhr. Die Geschichte war nämlich folgende: Holdenried engagierte einen Detektiv, keinen von diesen glatten, dauergewellten Bürschchen, wie sie in Agenturen herumrennen und die ihre Zeit mampfend und computerspielend in Observationsbussen absitzen, sondern einen Exknacki, einen ehemaligen Stammheimler, der keine drei Tage benötigte, dann konnte er seiner Auftraggeberin eine gewisse Ruth Dreher servieren. Er servierte sie tatsächlich frei Haus. Frau Holdenried hatte gerade Gesellschaft. Der Stammheimler hatte nichts dagegen, zur Hintertür hereinzukommen und Frau

Dreher im Weinkeller abzustellen. Dann konnte er gehen. Und durfte, bestens entlohnt, die Sache gleich wieder vergessen.

Frau Dreher war zur Genüge eingeschüchtert. Der Detektiv hatte ihr mehrmals den Arm verdreht und ihr versichert, dass jedes Kind in der Lage wäre, einen Fingerknochen zu brechen, leichter als einen dünnen Zweig oder ein Stück Schokolade. Den meisten allerdings, Kindern wie Erwachsenen, fehle die Courage. Ihm aber fehle die Courage nicht (wie die meisten harten Männer liebte er die Kunst der Wortblume).

Ruth Dreher war sofort klar geworden, dass auch Frau Holdenried die Courage besaß, unliebsamen Personen was auch immer umzudrehen beziehungsweise umdrehen zu lassen. Überraschenderweise wollte Holdenried jedoch weder die von ihr finanzierten Pelze und Schmuckstücke zurückhaben, noch forderte sie eine Selbstanzeige der Betrügerin, sondern bestand darauf, dass Ruth Dreher ihre Rolle, die Holdenried'sche Rolle, noch einmal spielte, diesmal unter genauen Regievorgaben. Der Ort wurde festgelegt: die Landesbank gegenüber dem Hauptbahnhof. Die Zeit: sehr, sehr spät. Der Text: brisant. Selbigen sollte sie auswendig lernen und in besagter Nacht dem Politiker Paul Hübner vortragen.

Ruth verstand nicht, wozu das alles gut sein sollte. Aber sie akzeptierte, umso mehr, als sie ihre ergaunerten Wertsachen behalten durfte und nach Erfüllung ihrer Aufgabe nach Südamerika reisen sollte. Die Vorstellung, von Stuttgart wegzumüssen, trieb sie nicht gerade zur Verzweiflung. Sie stammte aus Hamburg. Wie nicht wenige Hamburger empfand sie Stuttgart als den größten Vorort Deutschlands.

Es scheint, als hätte sie ihre Rolle ganz gut gespielt. Zumindest wies nichts darauf hin, dass Hübner ein Verdacht gekommen war. Hätte jedoch Ruth ihre Rolle nicht bloß gut, sondern wirklich perfekt gespielt, wäre sie heute nicht mehr am Leben. Aber sie hatte Glück. Zwei Ohrclips fehlten. Was auch ein wenig Holdenrieds eigener Fehler gewesen war, da sie ihrer Doppelgängerin das Tragen des Ohrschmucks zwar vorgeschrieben, aber die Notwendigkeit dieser Handlung nicht erklärt hatte. Und Ruth Dreher war der eklatante Unterschied zwischen ihren und Holdenrieds Ohrläppchen nicht aufgefallen. Und wenn, hätte sie dies wohl kaum als bedeutend angesehen.

»Und wozu das alles?«, fragte ich.

Geislhöringer griff wieder ein. »Das braucht Sie nicht zu interessieren. Es reicht jetzt.«

»Genau«, sagte ich.

»Genau? Was soll das jetzt wieder heißen?«, fragte der Bayer.

»Worin bestand denn Ihre Aufgabe? Ich meine, Ihre eigentliche Aufgabe?« Ich zeigte mit dem Finger auf Geislhöringer. Mag sein, dass dies in Deutschland als ungehörige Geste gilt. Dennoch fand ich es übertrieben, dass Geislhöringer nun eine Waffe zog und mit dieser seinerseits auf mich deutete, sodass mein Finger und sein Pistolenlauf sich beinahe berührten. Was mir derart drollig erschien, dass ich die Bedrohung überhaupt nicht wahrnahm und dem Bayern die Waffe einfach aus der Hand schlug, ohne große Umstände, beinahe scherzhaft, als hätte ich ihn beim Apfelklauen ertappt. Das Waffe-aus-der-Hand-Schlagen schien sich langsam zu meiner Spezialität zu entwickeln. Kein gutes Zeichen für einen Mann, der stets auf ein distanziertes Verhältnis zu Handgreiflichkeiten stolz gewesen war.

Die Waffe rutschte über den Boden auf Szirba zu, der wie ein stummer Diener neben dem Kamin stand. Nicht unelegant stoppte er das schlitternde Objekt mit dem Fuß, hob es auf und platzierte es in der Hosentasche. Sollte es darauf ankommen, würde der Österreicher gut bewaffnet sein.

»Otto, hör auf«, befahl Annegrete, an Geislhöringer gewandt.

»Ich versuche, uns zu retten«, rief der Bayer.

Holdenried schaute ihn auf eine zärtliche Weise verächtlich an. Jetzt schenkte sie auch mir einen beißenden Blick und fragte: »Warum fahren Sie nicht einfach nach Hause? Sie leben noch. Ist das nichts wert?«

»Nun ja, ich bin neugierig. Auch Herr Szirba ist neugierig. Wir haben einiges durchgemacht. Da will man doch wissen, warum.«

Annegrete Holdenried seufzte wie über eine Dummheit, die nicht aufzuhalten ist. Möglich, dass sie ihre eigene Dummheit meinte, von der sie nun zu berichten begann, davon, dass sie und Geislhöringer, die beiden treuesten und ehrgeizigsten Seelen an der Seite Köpples, sich ineinander verliebten. So was passiert immer wieder. Auch jenen Menschen, die sich recht gut im Griff haben und – noch immer an diesem Griff festhaltend – in der Bodenlosigkeit psychisch-biologischer Ungereimtheiten versinken.

Die Langzeitmätresse und der verwitwete Bayer hatten sich nicht bloß in ein Abenteuer gestürzt – auch wenn dies einige Zeit ihr Motto darstellte –, sondern vernarrten sich immer mehr in die Vorstellung von dem, was sie ohnehin taten. Denn der liebende Mensch sieht sich nur allzu gern beim Lieben zu. Nicht die Handlung selbst, vielmehr die Betrachtung der Handlung entzückt ihn. Sowenig er sich vollkommen fühlt im Moment der Vereinigung, so vorbildlich erscheint ihm das Bild, das er selbst liefert, das Bild von der Vereinigung, etwa auf dem Niveau eines Bühnenbildes. Es gibt gute und schlechte Bühnenbilder. Wie es scheint, hatten Holdenried und Geislhöringer ein ganz respektables zustande gebracht. Dazu kam das alte Phänomen der Liebe: Man mag sich plötzlich selbst. Und das macht übermütig.

»Der Max hätte das nie und nimmer geduldet«, sagte Holdenried. »Er war dreimal verheiratet. Alle drei haben ihn betrogen. Und allen dreien ist er auf die Schliche gekommen. Er hat sie gehen lassen. Aber glauben Sie mir, diese Frauen sind nicht glücklich geworden. Man kann einen Köpple nicht einfach betrügen und sich dann aus dem Staub machen. Der Mann ist nachtragend. Er hat mir das selbst sehr eindringlich geschildert. Damit ich mich auskenne. Max hat es in der Hand, jemandem Steine in den Weg zu werfen. Ohne einen Stein auch nur anzufassen. Er hat diese Frauen ruiniert. Zwei haben sich umgebracht, die dritte vegetiert in irgendeiner Trinkerheilanstalt. – Natürlich, Sie denken, ich sei nicht der Typ, der sich ruinieren lässt. Aber wie sicher ist das?«

»Man kennt sich eben nicht wirklich«, bestätigte ich.

»Weder wollte ich Otto aufgeben noch unsere Beziehung weiterhin verbergen. Und ich hatte keine Lust, ein Leben lang von irgendwelchen Leuten verfolgt oder belästigt zu werden, die für Köpple arbeiten. Was mir blieb, war die Möglichkeit, den Spieß umzudrehen. Max zu ruinieren.«

»Kann man das denn?«

»Man kann es versuchen.«

Freilich wäre es naiv gewesen, Köpple wegen steuerlicher oder erotischer Verfehlungen einen Strick drehen zu wollen. Schließlich hatte der Mann keine Banken überfallen. Vielmehr saß er in deren Aufsichtsräten (und man musste schon wie der Punker Fisch denken, um darin keinen Unterschied zu sehen). Nein, ein Kaliber wie Köpple war nicht mit simplen Schmutzkübeln zu verunreinigen.

Man wird ja auch nicht versuchen, ein Nashorn zu erledigen, indem man sich auf dessen Rücken schwingt, um sein Horn abzusägen.

Was Annegrete in der Hand hatte, lag abseits jener Belange, die an den Stammtischen des Landes und in den Medien zur Unkenntlichkeit zerredet wurden und mehr zum Amüsement als zur sagenumwobenen Verdrossenheit beitrugen. Und was sie hatte, das hatte sie von Geislhöringer, Köpples persönlichem Sekretär, der seit Jahren damit beschäftigt war, unter Anleitung seines Chefs dessen Biografie zu schreiben. Eigentlich schrieb er an einer Bombe, welche Köpple erst nach dem eigenen Tod abgeworfen wissen wollte.

»Köpple hat mich alles über sein Leben wissen lassen«, erklärte Geislhöringer. »Jede kleine und große Schweinerei und jede gute Tat. Dieser Mann will vollständig sein, alles Gute und alles Böse vereinen.«

»Klassischer deutscher Größenwahn«, meldete sich jetzt der nicht ganz vorurteilsfreie Österreicher Szirba und zeigte sich verwundert, dass ein Mann wie Köpple sich einer Biografie wegen so gänzlich seinem Sekretär offenbarte.

»Er vertraut mir.«

»Mag sein«, warf ich ein. »Aber ich kann mir kein Vertrauen ohne Sicherheiten vorstellen. Doch nicht bei Köpple.«

»Ich habe ihm viel zu verdanken. Ich hatte früher mal ein paar Schwierigkeiten. Köpple hat das erledigt.«

»Freundlich von ihm.«

»Mitunter ist er auch recht deutlich geworden, was passieren würde, sollte ich über seine Lebensgeschichte plaudern. Sehr deutlich.«

»Sie haben es dennoch gewagt.«

»Annegrete hat mich überzeugt«, erklärte Geislhöringer.

»Na ja«, sagte ich, ersparte mir aber weitere Kommentare zur Natur der Treue. Wollte stattdessen endlich wissen, wo denn nun die entscheidende Schwachstelle in Köpples Biografie lag.

»Die Folgen einer *guten Tat*«, sagte Geislhöringer. »Köpple hat früher mit Immobilien gehandelt. Ein reines Hobby. Am Profit war er kaum interessiert. Für ihn war das einfach ein großer Spaß, so mit Häusern und Grundstücken zu spielen. Natürlich ist sein Name dabei nicht aufgetaucht. Er hat einen Strohmann benutzt, einen gewissen Werner Klaffke. Eine phantastisch harmlose Gestalt. Gott weiß, wie der Makler geworden ist.«

Klaffke war offenbar ein Mensch gewesen, den alles und jedes rührte: aus den Nestern gefallene Jungvögel, das Klavierspiel zu vier Händen, leider auch alte Damen, die ihre Miete schuldig blieben. Der Mann übertrieb die Gutmütigkeit ganz entschieden, geriet in finanzielle Schwierigkeiten und solcherart in die Fänge Köpples, unter dessen Führung er seinen pfadfinderischen Ehrgeiz stark einschränken musste. Er wurde erfolgreich. Und er wurde unglücklich. Für den Sentimentalisten Klaffke war das Ganze wie ein Pakt mit dem Teufel.

Nun ergab es sich, dass einige der Häuser, die Klaffke für Köpple erstanden hatte, nicht bewohnt waren. Weniger aus Gründen der Spekulation. Max Köpple konnte sich einfach nicht entscheiden, welchen Zwecken er die Gebäude zuführen wollte. Ein wenig waren sie für ihn wie die Häuschen in einem Monopoly-Spiel, so als warte er, dass jemand auf einem seiner Grundstücke zu stehen kam. Was auch passierte, und zwar in Form von Hausbesetzern, die nun aber – so schien es – Monopoly nicht richtig verstanden hatten. Sie zahlten nicht, sie rückten nicht einmal vor. Weshalb Köpple von Klaffke verlangte, alles in die

Wege zu leiten, um das Gesindel aus dem Haus zu bekommen. Doch Klaffke sagte *Nein*, als wäre dieses Wort seine eigene, großartige Erfindung, mit der er sein Leben würde revolutionieren können. Irgendetwas an diesem Nein beeindruckte Köpple, den selten etwas beeindruckte. Vielleicht hatte er eine Erscheinung, wer kann das sagen. Vielleicht setzte für einen Moment sein Herz aus. Oder sein Hirn. Vielleicht hatte er auch einmal Lust, die Götter herauszufordern. In jedem Fall akzeptierte er das Nein und meinte, er habe nichts dagegen, wenn ein paar ungewaschene, wirre Kinder sich die Staubmilben holen würden. Auf das eine Gebäude komme es nicht an. Er war wie der erfolgreiche Monopoly-Spieler, der auch einmal die Lust verspürte, großzügig zu sein.

»Dumm nur«, erzählte Geislhöringer weiter, »dass sich in diesem Haus auch ein paar Terroristen eingenistet haben. Für die war das gar kein schlechter Ort, denn wer kümmert sich schon um Hausbesetzer. Die Polizei hat Wichtigeres zu tun, als kleine Giftpilze zu beseitigen. Und dann passierte es eben. Erinnern Sie sich an das Breu-Attentat?«

Während Szirba nickte, machte ich ein fragendes Gesicht, wenngleich mir der Name bekannt vorkam. Geislhöringer half mir auf die Sprünge. Freiherr von Breu war einer der großen deutschen Wirtschaftskapitäne gewesen. Auf dem Höhepunkt seiner Macht geriet er in die Bombenfalle einer ominösen Gruppe, deren Bekennerschreiben beinahe zur Gänze aus chemischen und mathematischen Formeln bestand. Für sich selbst nahm das Terrorkommando den Doppelpfeil in Anspruch, das Symbol für chemisches Gleichgewicht. Mehr trugen sie zur Verständlichkeit ihres Anschlags nicht bei. Es gab Leute, die behaupteten, es habe sich bei den Attentätern eher um Technikfreaks als um politische Extremisten gehandelt. In jedem Fall waren Breu und sein Chauffeur mittels eines raffinierten Systems aus Lichtschranken und Sprengkörpern in die Luft gejagt worden. Hinweise auf die Bombenleger waren rar. Doch die Polizei gab sich Mühe und witterte bald eine Spur, die in das besetzte Haus führte, wo jedoch bloß noch die Besetzer verkehrten, während von den »Chemischen Gleichgewichtlern« lediglich Ausrüstung und einiges an Chemikalien vorgefunden wurden. Verständlich, dass die Polizei einer gewissen Frustration erlag und sich an den Besetzern schadlos hielt, indem sie eine beträchtliche Prügelei veranstaltete. Was wiederum selbst die Besetzer irgendwie verstanden.

»Eine peinliche Sache für Köpple, wäre sie aufgedeckt worden«, erklärte der Bayer. »Das hat ja jeder gewusst, dass er und von Breu sich nicht gerade mochten. Beide saßen in einigen der wichtigsten Vorstände, in denen man überhaupt sitzen kann, und haben sich unentwegt angegiftet. Nicht wenige Leute haben gemeint, es wäre am besten, einer von den beiden würde das Zeitliche segnen. Und siehe da, nun war tatsächlich einer tot.«

Das führte übrigens wirklich dazu, dass in diesem Vorstand eine produktive Ruhe einkehrte, die sich ausweitete. Ja, es war beinahe so, als atme die gesamte deutsche Wirtschaft auf. Es herrschte die beste Stimmung. Was sich natürlich geändert hätte, wäre ruchbar geworden, dass Köpple der eigentliche Besitzer des Hauses war, in dem die Bombenleger ihre Aktion in aller Ruhe hatten vorbereiten können. Das wäre dann auch eine Bombe gewesen. Man kann sich vorstellen, wie die Presse diese Sache gedeutet hätte. So lächerlich der Verdacht gewesen wäre, Köpple hätte ihn nur schwer abschütteln können.

»Die Zeitungsfritzen«, sagte Geislhöringer, »hätten sich wie wild darauf gestürzt. Ein Spekulationsfieber wäre aus-

gebrochen. Am Ende hätte es geheißen: Max Köpple miss-
braucht Terrorgruppe für eigene Zwecke.«

Stimmt schon, dachte ich, das Gericht der Öffentlichkeit
urteilt schnell, bestraft hart und ist ehrlich genug, sich nicht
mit juristischen Spitzfindigkeiten abzugeben. Das Gericht
der Öffentlichkeit hat die Lüge des Rechtsstaates längst
überwunden und die Rechtsprechung wieder ihrem eigentlichen Zweck zugeführt: der Unterhaltung. Und zwar in
Form einer Opferung. Das Opfer war noch nie ernsthaft
ein Geschenk an die Götter, es war nie wirklich ein Ri-
tual des Gebens, sondern zumeist eines des Sehens. Darum
die Grausamkeit vieler Darbringungen, die immer nur der
eigenen Erbauung dienen. Wer glaubt schon, eine Gottheit
damit besänftigen zu können, einem Huhn den Kopf ab-
zuschlagen oder Kriegsgefangene zu liquidieren. Nein, eine
Opferung ist aufregend und amüsant und reinigt solcherart
die Seele des Betrachters. Zumindest ein wenig. Köpple –
einmal von den alten Freunden fallen gelassen – wäre ein
ideales Opfer gewesen. Hin und wieder müssen auch Bosse
zur Schlachtbank geführt werden.

»Aber es wusste ja niemand davon«, sagte Geislhöringer.

»Der gute Mensch Klaffke aber schon«, wandte ich ein.

»Der hätte nie einen Verrat begangen. Und ihn selbst ließ
man in Ruhe. Ein simpler Makler, der eben versäumt hat,
die Räumung seines Hauses zu betreiben. Nicht mehr.«

»Wissen Sie, wo er jetzt ist?«

»Ich habe über ihn recherchiert, wie über alle Personen
im Dunstkreis Köpples. Klaffke ist letztes Jahr gestorben.
Genau so, wie er gelebt hat. Er wollte einen Selbstmörder
retten.«

»Gefährliche Sache.«

»Das kann man wohl sagen. Er hat versucht, in das
Hotelzimmer einzudringen, in dem ein Mann im Fenster-

rahmen stand, um sich in die Tiefe zu stürzen. Fragen Sie mich nicht, was Klaffke dort verloren hatte. Auf jeden Fall ist er gegen die verschlossene Tür gerannt. Unglücklich gerannt, muss man sagen. Sein Schädel hat das nicht ausgehalten. Dafür hat der Selbstmörder überlebt. Und darauf ist es dem Klaffke sicherlich angekommen.«

Ich stellte mir vor, wie der Lebensmüde – als handle es sich um einen metaphysischen Rückstoß – zurück ins Zimmer gekippt war, jedoch ohne sich seinerseits den Schädel anzuschlagen. Rückstoß auch insofern, da er nicht wieder ans Fenster trat, vielmehr die Tür öffnete, den Tod des am Boden Liegenden feststellte und sich sehr schnell des Unglücks dieses Mannes bewusst wurde, der beim Versuch gestorben war, einen Selbstmordkandidaten zu retten. Sich jetzt noch umzubringen, das verbat sich von selbst.

Das nur nebenbei.

»Und wir sollen also glauben«, beschwerte sich Szirba, »Köpple hätte Ihnen diese Hausbesetzergeschichte erzählt.«

»Ich bin sein Biograf. Herr Köpple ist richtiggehend stolz auf diese Geschichte. Nur, dass er sie eben nicht zu Lebzeiten veröffentlicht wissen will. Was verständlich ist.«

»Und genau das hatten Sie nun vor.«

»Exakt«, sagte Holdenried. »Aber es wäre töricht gewesen, nach all den Jahren einfach zur Presse zu gehen. Köpple ist schließlich kein Leichtgewicht. Nein, wir brauchten jemand, der wirklich Hebel in Bewegung setzen konnte. Der imstande war, zu einer belastenden Geschichte auch belastendes Material zusammenzutragen. Und das auch wirklich will. Und da dachte ich an Paul Hübner. In gewisser Weise ist er der Nachfolger des Freiherrn von Breu. Vor allem in dem Punkt, dass er die Feindschaft zu Köpple aufgegriffen hat. Kein Wunder also, dass er sich interessiert zeigte, als ich ihn anrief und Andeutungen machte, es gebe einen wunden Punkt im Leben meines lieben Max. Natürlich wollte er Genaueres wissen. Aber ich hielt es für besser, ihn von Angesicht zu Angesicht zu sprechen. Ich will die Leute einschätzen können. Das geht nicht ohne einen Blick in ihr Gesicht. Es gab auch keine Schwierigkeiten. Hübner hat eingewilligt, sich mit mir zu treffen. Er wusste ja, wer ich war und dass ich ihn wohl kaum belästigen würde, könnte ich ihm bloß Peanuts servieren.«

»Was ich nicht verstehe – warum diese späte Uhrzeit?«, fragte ich und wurde geradezu rührselig bei dem Gedanken an die Nacht, in der ich Iron Mikes wunderbaren Schlag gesehen hatte, wunderbar in seiner Schlichtheit. Der Schlag war eine klare, vollkommene Geste in einer chaotischen Welt gewesen.

»Reine Organisationsfrage«, sagte Holdenried. »Hübner hatte Sonntagmorgen im selben Haus einen Termin. Außerdem, glaube ich, leidet er unter Schlaflosigkeit. Was mit sich bringt, dass er sich in den Nächten um das Wesentliche kümmern kann.«

»Zum Beispiel, sich mit Ruth Dreher treffen.«

»So war das nicht geplant. Ursprünglich wollte ich selbst mit Hübner sprechen. Warum auch nicht. Dummerweise hatte ich ihn falsch eingeschätzt.«

»Ein echter Arsch«, schimpfte Geislhöringer und erzählte, dass, einen Tag nachdem Annegrete den Termin vereinbart hatte, Hübner seinen Lieblingsfeind Köpple anrief, keine großen Umstände machte und verriet, dass Annegrete Holdenried offensichtlich über irgendwelche unschönen Informationen verfüge und mit Sicherheit gedenke, diese gegen Max Köpple einzusetzen.

Man muss sich diese wunderliche Offenheit wohl so vorstellen: Hübner – mit der Dialektik groß geworden – war einer von den Menschen, die sich stets überlegen, wie das Gegenteil von dem aussieht, was sie vorhaben. Ob nicht das Gegenteil viel eleganter, reizvoller oder gewinnträchtiger sei. In seinem Fall bestand das Gegenteil darin, seinen langjährigen Kontrahenten Köpple einfach anzurufen und ihm zu offenbaren, dass Annegrete Holdenried einen Verrat plane. Und weil Paul Hübner sowohl ein strategisch denkender als auch ein verspielter Mensch war, rief er Köpple auch wirklich an und klärte ihn auf. Wobei er natürlich weder etwas von der Terroristen-Geschichte wusste noch davon, dass Frau Holdenried über einen bayerischen Liebhaber verfügte. Und aus diesem Grund kam Köpple auch nicht auf die Idee, an die alte Sache zu denken, vermutete vielmehr, dass Annegrete allein arbeitete, interne Geschäftsunterlagen zusammengetragen hatte, etwa diverse multilaterale Absprachen. Wie auch immer Annegrete an diese Papiere gekommen war.

Köpple und Hübner trafen sich. Es war wohl an der Zeit, sich mal abseits der üblichen Rivalität kennenzulernen. Die Herren – sozusagen einmal Wange an Wange – überraschten einander mit Sympathie und praktizierten eine Freimütigkeit, die man als vorbildlich bezeichnen muss. Köpple erwähnte, dass ihm nichts anderes übrig bleiben werde, als seine geliebte Annegrete liquidieren zu lassen. Zuvor hatte er mehrmals betont, wie sehr ihm daran gelegen sei, sich bei Hübner zu revanchieren, ihm in irgendeiner Weise dienlich zu sein. Hübner überlegte. Und wieder traf er eine, wenn man so will, originelle Entscheidung. Er bestand darauf, sich wie vereinbart mit Frau Holdenried zu treffen. Und genau zu diesem Anlass sollte dann ihre Ermordung stattfinden. Natürlich würde man allgemein annehmen, das

Attentat habe ihm, Hübner, gegolten, Holdenried sei ein reines Zufallsopfer. Hübner war der Überzeugung, dass ein Attentat, das er überlebte, ihm ausgezeichnet zu Gesicht stehen und seine Popularität erheblich steigern würde. Köpple war von der Idee begeistert, versprach perfekte Arbeit.

»Sie haben sich als Freunde getrennt«, sagte Geislhöringer.

»Waren Sie dabei?«, fragte ich.

»Natürlich nicht. Aber Köpple hat mich wie immer unterrichtet. Er war besessen von der Vorstellung einer abenteuerlichen Biografie. Und da hat diese Affäre sehr schön hineingepasst.«

»Sie waren aber nicht der Einzige, mit dem Köpple über die Sache gesprochen hat.«

»Das stimmt bedingt. Er hat einige Herren aus dem Konzern davon in Kenntnis gesetzt, dass Frau Holdenried aus dem Verkehr gezogen werden soll. Es ist eine Taktik Köpples, in heiklen Fragen mehrere Leute einzubeziehen. Nicht, dass er sie fragt, aber er bezieht sie ein, und zwar in die Schuld. Das war der Abend, als Bötsch an der Tür stand und horchte. Kein guter Abend.«

»Sie beide sind wirklich ein reizendes Pärchen«, sagte ich. »Sie wussten, was passieren würde, haben sich der kleinen Hochstaplerin Ruth Dreher bedient und sie stellvertretend in die Falle geschickt. Eiskalt.«

Die Dame Holdenried schnitt eine verächtliche Grimasse und sagte: »Ich kann nicht glauben, dass Sie so ein Sensibelchen sind, guter Herr Jooß. Um eine Ratte wie diese Dreher ist es nicht schade. Sie hätte eine gute Tote abgegeben. Das wäre die beste Rolle ihres Lebens gewesen. Aber nein. Stattdessen ist alles sehr, sehr ungemütlich geworden. Und das nur, weil Sie ein kleinkarierter Krittler sind, Jooß, der sich um lächerliche Details kümmert. Der wegen einer lachhaften Unstimmigkeit der Ohrläppchen seinen Job nicht erfüllt. Und jetzt auch noch den Sheriff spielt.«

Ich ignorierte diesen Angriff und bewegte mich hinüber zur Bar, deren Anblick mir wohltat. Die schöne Ordnung der in drei Reihen aufgestellten Flaschen, der Gläser, die wie die Bauern eines Schachspiels die groß gewachsene Herrschaft abdeckten. Ich dachte an die Kneipe, in die Szirba mich geführt hatte. War der Alkohol die letzte Bastion der Klarheit und Überschaubarkeit? Neben dem Boxen?

Ich nahm einen Schluck, stellte das Glas zurück und fragte: »Welche Rolle spielt die Polizei?«

»Die Polizei ist nicht unabhängig. Wie denn auch«, sagte Geislhöringer. »Diese Leute werden mit Weisungen bombardiert. Die einen sind käuflich, die anderen verwirrt. Selbstverständlich besitzt Köpple einen gewissen Einfluss.«

»Das war wohl Ihre Idee«, kam es vom Kamin her.

»Was für eine Idee?«, fragte Geislhöringer und blickte erstaunt zu dem Österreicher.

»Diesen Polizisten auf mich zu hetzen. Thomas Keßler. Ich hatte mit der Sache doch gar nichts zu tun.«

»Nicht doch«, sagte Geislhöringer. »Sie können mir nicht erzählen, dass Sie Bötsch nicht kannten.«

»Gewissermaßen nein.«

»Inwieweit gewissermaßen?«

Szirba schwieg. Ich wusste, warum. Er hatte mir davon erzählt, von seiner merkwürdigen Obsession des »Zufügens« und dass er gemeint hatte, der Mann im Buchladen, eben Bötsch, sei von der gleichen Leidenschaft besessen. Er hatte den Parasitologen aus der Flugbahn des

Projektils befördert in der Meinung, damit einen Geistes-
verwandten zu retten.

»Und was wird jetzt geschehen?«, fragte ich.

Annegrete Holdenried wies mit ihrer Hand auf eine Ecke
des Zimmers, in der mehrere Koffer standen, und erklärte,
es sei wohl am sinnvollsten, das Land zu verlassen. »Und
das würde ich auch Ihnen und Ihrem Freund empfehlen.
Wir alle, wie wir hier stehen, sind so ungefähr das, was
man ein Sicherheitsrisiko nennt. Für Köpple. Und auch für
Hübner.«

In diesem Moment flammte das Deckenlicht auf. Die
Tür zum Vorraum öffnete sich, und zwei Männer kamen
herein, Zwillinge, hätte man meinen können, die nie aufgehört hatten, die gleiche Kleidung zu tragen. Im gegebenen
Fall waren es silbergraue Anzüge. Auch besaßen sie den
gleichen grimmigen Blick und einen Körper, der viel Kraft
und geringe Beweglichkeit suggerierte. Und beide hielten
sie eine Pistole in der Hand. Sie wirkten professionell und
wie alles Professionelle ein wenig komisch. Zwischen ihnen
trat nun ein Mann ein, klein, korpulent, sechzigjährig, mit
derart vollem Haar, dass der Verdacht einer Manipulation
aufkam. Aber dieser Mann war ja bekannt für sein natür-
lich-kräftiges Haar und nicht bloß dafür: Max Köpple.
Sein Gesicht war voller Güte. Er lächelte, als wäre er gekommen, um ein Kinderheim zu eröffnen. Und tatsächlich schien er von der Tugend des Verzeihens erfüllt, denn
er ging auf Annegrete zu, sagte: »Darling«, nahm ihre
Hand und küsste sie. »Ich weiß, ich bin selbst an allem
schuld.«

Köpple machte eine kleine Pause, in der er offenkundig
unser Erstaunen ob seiner Einsicht genoss. Allerdings stellte
sich die Frage, wie die gezogenen Pistolen zu verstehen
waren.

»Es war äußerst unklug von mir«, erklärte er dann mit einem kalten Lächeln, »irgendjemand zu vertrauen. Vertrauen ist eine Larmoyanz, die den Instinkt und die Vernunft, sogar die Erfahrung außer Kraft setzt. Unverzeihlich. Ich hätte uns allen viel Leid ersparen können, wäre ich weniger vertrauensvoll gewesen. Ich bin tief getroffen von der eigenen Dummheit. Und bin nicht einmal sicher, ob der Schaden wirklich zu begrenzen ist. Aber man muss es versuchen. Was sonst sollte man tun?«

Köpple küsste nochmals Holdenrieds Hand. Gleichzeitig wies er, ohne ihn anzuschauen, in die Richtung seines Sekretärs Geislhöringer. Einer von den Zwillingen nickte. Ein Schuss ging los, gedämpft, wohltönend. Geislhöringer riss die Augen auf und schob die Pupillen nach oben, als folge er dem Eintritt der Kugel in seine Stirn. Dann fiel er um wie einer, der nicht mehr mitspielen möchte.

Köpple ließ die Hand seiner Herzdame und Sprecherin der Konzerngeschäftsleitung los, trat zur Seite und sagte: »Ich würde mir eine weitere Dummheit nicht verzeihen.« Dann gab er dem anderen Zwilling ein knappes Zeichen. Der Mann drückte ab. Das Projektil traf Holdenried an der gleichen Stelle wie Geislhöringer. Ihr Kopf fiel zur Seite. Sie war ebenso schnell tot. Sie konnte nicht mehr reden. Aber ich meinte sie zu hören, wie sie sagte: Was für eine Komödie.

Das ist ein Standpunkt. Der einer Toten. Ich selbst betrachtete die Situation weniger gelassen. Schließlich war ich noch am Leben, hatte aber das Gefühl, es nicht mehr lange zu sein.

»Mir ist das eigentlich peinlich, Herr Jooß«, begann Köpple von Neuem. »Sie müssen ja auf den Gedanken kommen, hier in Stuttgart regiere das Chaos. Ich versichere Ihnen, das ist nicht der Fall. Es ist bedauerlich, dass jemand von Ihrem Ruf in ein derartiges Durcheinander geraten ist, an dem Sie selbst – davon bin ich überzeugt – nicht die geringste Schuld tragen.«

»Sie sind mir gefolgt, nicht wahr?«

»Ja. Meine Mitarbeiter waren so freundlich, Sie zu beschatten, nachdem es Ihnen gelungen war, aus dem Bahnhofsturm zu entkommen. Ich hatte großes Vertrauen in die Polizei gesetzt, dass man Sie liquidieren wird. – Da haben Sie es schon wieder: mein dummes Vertrauen. Immerhin, Sie haben mich zu meiner geliebten Annegrete und meinem nicht minder geschätzten Sekretär geführt, dessen Rolle mir unbekannt war, das muss ich gestehen. Ich war so frei, ein wenig zu lauschen. Ich hätte ihm das nicht zugetraut. Ich hielt die Bayern bis dato für harmlos. Eher humorig als wirklich gefährlich. Ich werde diese Ansicht korrigieren müssen. Ich werde noch viel korrigieren müssen.«

»Wie wäre es«, mischte Szirba sich in selbstmörderischer Absicht ein, »wenn Sie die Korrektur dort vornehmen, wo sie wirklich etwas bringt? Nämlich in Ihrem Kopf.«

Köpple blickte den Österreicher verwundert an, als hätte er ihn eben erst bemerkt. »Wer sind Sie denn?«

»Das ist mein Rosenkohlrösle!« Die Antwort kam von der Tür her, in der nun ein enormes Exemplar von Frau stand, man könnte sagen, eine Offenbarung von Frau, barfüßig, den Raum aufsaugend, naturgewaltig trotz Sportanzug. Das musste Gerda sein, von der Szirba mir erzählt hatte. Ich erkannte um ihren Hals den gleichen grünen Schal, der um Szirbas verletzte Hand gebunden war. Neben Gerda stand ein Mann mit geröteten Augen. Gerötet vom vielen Schachspiel und den vielen Tränen, denn auch ihn hatte ich sofort erkannt: Heinz Neuper, der Boxer. Unverkennbar hatte er beide Fäuste angehoben, die linke wie ein Tastorgan in den Raum führend, während die rechte parallel zu seinem Kopf stand. Dort stand sie aber nicht lange, die Faust, denn sie schoss nun durch die Luft und landete im Gesicht des einen Zwillings, der sich überrascht umgedreht hatte, gerade rechtzeitig, sodass die Faust ihn wie ein Kometeneinschlag traf. Sein Finger war gerade noch dabei gewesen, den Abzug zu drücken, wurde aber ein Opfer der Ohnmacht, die auch den Finger erfasste. Gleichzeitig hatte Gerda den Lauf der Pistole gepackt, die der andere Zwilling hielt, und richtete ihn hinauf zur Zimmerdecke, in die jetzt eine Kugel einschlug. Gerda tat nichts weiter. Der Mann schaute sie ungläubig an. Dann ließ er die Waffe los, trat einen Schritt zurück und blieb regungslos stehen. Offensichtlich besaß er ein gesundes Gespür für die eigenen Grenzen. Und schließlich bezahlte ihn niemand dafür, sich mit einer solchen Frau anzulegen.

Weniger einsichtig zeigte sich Max Köpple, welcher in die Brusttasche seines Jacketts griff. Weiter kam er allerdings nicht. Er hielt inne, da er etwas an seiner Schläfe spürte, das sich wie eine kalte Fingerkuppe anfühlte. Doch der Situation entsprechend hielt er es für die Mündung einer Pistole, Szirbas Pistole. Er sollte nie erfahren, dass es tatsächlich eine Fingerkuppe gewesen war, da Szirba in der Eile keine der beiden Waffen, über die er verfügte, aus Hosen- und Manteltasche herausbekommen und deshalb zu seinem eigenen Finger gegriffen hatte. Bevor Köpple diesen lustspielartigen Irrtum durchschauen konnte, war Heinz Neuper herangesprungen und hatte ihn gepackt.

»Ist das das Schwein?«, fragte der Boxer, wobei er Köpple in die Augen starrte, als könne man einen Menschen mit bloßem Blick töten. Weil man das aber nicht kann, umfasste er Köpples Hals, um quasi dem Willen des eigenen Blicks zu folgen. Seine Hände zogen sich zusammen und drückten den Schädel nach oben. Köpple musste sich auf die Zehenspitzen stellen. Aus seinem Mund drang ein Laut, der fern klang. Mehr ein Schatten von einem Laut.

Szirba legte Neuper die Hand auf die Schulter und sagte in aller Ruhe: »Lass gut sein, Heinz. Mach dich nicht schmutzig an dem Drecksack.« Das war eine bloße Empfehlung. Etwas anderes hätte auch nicht gewirkt. Der Boxer schien sich nun wirklich zu ekeln. Er ließ Köpple los, welcher zurückwankte und nach Luft rang.

Bevor Köpple sich erholt hatte, griff ich in seine Brusttasche, zog jedoch nicht die erwartete Waffe heraus, sondern einen Klumpen aus gebranntem Ton. Was hatte er vorgehabt? Uns damit erschlagen? Offensichtlich handelte es sich um eine Art Sparschwein, denn ich entdeckte einen münzgroßen Schlitz. Ein Sparschwein? Mein Gott, was für ein Gedanke, dass Köpple mit seinem Sparschwein nach uns werfen wollte. Irgendwie hatte ich einen Mechanismus bedient, der mir zeigte, dass ich da kein Sparschwein in der Hand hielt. Aus dem Schlitz schoss ein scharfes Metallblättchen, verfehlte mich nur knapp und blieb zitternd im Holz eines Schrankes stecken. So ein Plättchen konnte zu unschönen Verletzungen führen, etwa zu abgetrennten Nasenspitzen, aber wohl kaum jemandes Leben bedrohen. Oder doch? Was war, wenn sich Gift auf diesen Plättchen befand? Die Vorstellung von Gift jedoch erschien mir kindisch, altbacken. Wie auch immer, ich wandte mich an Gerda, die wie keine andere Person in dieser Stadt die Dinge in der Hand zu haben schien. Und in ebendiese Hand drückte ich ihr den Klumpen. Dabei kam ich der Frau so nahe, dass ich sie riechen konnte. Ich kann nicht sagen, wonach genau sie roch, aber es war etwas Mächtiges, so wie vielleicht ein Meer riecht. Dabei warf ich einen kurzen Blick auf ihr ballonartiges Gesicht und überlegte, dass sie eine wirklich hässliche Frau war. Und doch eine Frau, die begeistern konnte. Ihre Unförmigkeit wirkte formvollendet. Ich dachte mir: Sie ist unser aller Irrenärztin. Und Szirba hätte hinzugefügt: unser Schutzengel.

»Sie sind im richtigen Moment gekommen«, sagte ich.

»In welchem denn sonst«, gab Gerda zurück.

Das klang kokett. Doch sie schien es ernst zu meinen. Ich wagte nicht zu fragen, wie sie uns eigentlich gefunden hatte. Es war Szirba, der diese Frage stellte.

»Weißt du, Rösle, ich hab halt ein Aug' auf dich.«

Das war eine freundliche, aber ungenaue Erklärung. Doch für Frau Gerda schien damit schon alles gesagt. Sie drückte mir zwei Tickets in die Hand und sagte: »Beeilt's euch, Buben.«

Die Tickets waren auf mich und Szirba ausgestellt. Die Rede war nicht von irgendeiner pompösen Propellermaschine des Hauptstätter Hospitals, sondern von einem Linienflug nach Paris und weiter nach Johannesburg. Weshalb ich meine Bedenken anmeldete, allein wegen Szirba, nach dem mit Sicherheit gefahndet wurde. Und ich selbst war ja auch kein Unbekannter mehr. Ich hielt es für ziemlich kühn, sich in einer solchen Situation dem Stuttgarter Flughafen zu nähern.

»Wo klopft dein Herz?«, fragte Gerda.

Ich verstand nicht. Sie ergänzte ihre Frage: »In der Hose?«

Ich versuchte zu erklären, dass meine Ablehnung nicht ein Produkt der Angst, schon gar nicht der Flugangst, sondern der Vernunft darstelle. (Genau genommen war ich zutiefst gekränkt, dass eine solche Frau den Ort meines Herzens in meiner Hose vermutete.)

Gerda erklärte ihrerseits, dass man Vorbereitungen getroffen habe. Niemand bräuchte sich zu sorgen. Wir würden gefahrlos unser Flugzeug erreichen.

»Warum tun Sie das?«, fragte ich.

»Nicht für Sie«, sagte Gerda, »fürs Rösle. Und passen Sie gut auf ihn auf. In Johannesburg.«

Szirba schien ärgerlich. Wobei ich nicht glauben konnte, dass ihm der liebevolle Ton Gerdas missfiel oder dass ihn die Bezeichnung störte, mit der sie ihn unentwegt adelte. Nicht, dass ich wusste, was ein Rosenkohlrösle ist. Aber ich dachte mir, es müsse hübsch anzuschauen sein.

Möglicherweise irritierte Szirba die Vorstellung, an mich gekettet zu werden. Mich irritierte sie auf jeden Fall.

Gerda fragte mich nach meinen Papieren. Ich sagte ihr, dass ich meinen Pass dabeihätte. Als wäre ausgerechnet dies mein größtes Problem, erwähnte ich meine unbezahlte Hotelrechnung.

Sie schüttelte den Kopf wie über eine Kinderei. Dann ging sie auf Szirba zu und sagte: »Hier, Rösle, dein Pass« und steckte ihm das Dokument in die Brusttasche seines Sakkos.

»Woher …?«, stammelte Szirba.

Auch jetzt schüttelte sie den Kopf. Aber viel liebevoller.

»Blödsinn«, zischte Köpple, der sich halbwegs erholt hatte und – vielleicht ohne es zu merken – eine Hand auf der toten Schulter seiner toten Lebensgefährtin aufstützte. »Ihr werdet nicht weit kommen.«

»Aller Bosheit wird das Maul gestopft werden«, zeigte sich der Boxer Heinz Neuper bibelfest (Luther) und versetzte Köpple einen leichten Schlag auf die Wange, kräftig genug, dass Köpple sich weiterer Kommentare enthielt.

»Also«, sagte Gerda, fasste Szirba an den Oberarmen und küsste ihn auf den Mund. Allerdings mit äußerster Zurückhaltung. Beinahe hatte ich das Gefühl, sie hatte Szirbas

Lippen nicht wirklich berührt. Es war mehr ein Flüstern als ein Kuss gewesen. Ein Geheimnis? Eine Salbung?

Sie nahm ihren grünen Schal und legte ihn Szirba um die Schultern. Dann holte sie unter dem Oberteil ihres Trainingsanzugs einen Plastikbehälter hervor und öffnete den Deckel. Aus der Schüssel stiegen feiner Dampf und der Geruch von warmem Most und Zimt. Der Boxer, Szirba und ich lugten in die Box, in der sich tischtennisballgroße Knödel befanden, braungebacken, glänzend vom jungen Wein, mit dem sie benetzt waren.

»Versoffene Jungfern«, erklärte Gerda und behauptete – im Einklang mit meiner eigenen Erfahrung –, dass man in Flugzeugen ja niemals etwas Gescheites zu essen bekäme. Sie schloss den Behälter und legte ihn feierlich in Szirbas gesunde Hand, als handle es sich um etwas Lebendiges oder zumindest um etwas, das sich im Zustand der Verlebendigung befand.

Nun wurde Szirba auch vom Boxer umarmt, wie Boxer es eben tun, routiniert in ihrer Unbeholfenheit, die sich wohl daraus ergibt, dass sie es gewohnt sind, schwitzende, nackte Menschen zu umarmen, mit denen sie sich gerade noch geschlagen haben.

Gerda versprach, sich um Köpple und seine beiden Helfer zu kümmern. Köpple – der noch immer neben seiner Annegrete stand, die Hand auf ihrer Schulter, als posiere er für ein Magazin – wirkte ungerührt und arrogant. Aber ich sah, dass sein linkes Augenlid zitterte. Vermutlich überlegte er gerade, worin die Macht dieser ihm unbekannten, barfüßigen Frau bestand, die so gar nicht in irgendeine seiner Vorstellungen passte, abgesehen von der Vorstellung einer geschlossenen Anstalt.

Ich reichte Gerda und Heinz Neuper die Hand. Gerdas Hand fühlte sich an, als greife man in einen bislang unbekannten Stoff hinein, in etwas gleichzeitig Hartes und Weiches. In etwas, das nur real sein konnte, weil es das Gegenteil von sich selbst barg. Während die Hand des Boxers einen saturnischen Charakter besaß, The Bringer of Old Age.

Dann trat ich mit Szirba hinaus in den Abend, der entsprechend der Jahreszeit bereits die Färbung der Nacht besaß. Ein Taxi stand zu unserer Verfügung. Der Fahrer war derselbe Mann, in dessen Wagen ich nach dem missglückten Attentat gestiegen war, um mich dorthin bringen zu lassen, wo ich Szirba für eine Weile untergebracht hatte (man könnte auch sagen: beinahe umgebracht hatte).

Meine Skepsis bezüglich der Gemeinschaft der Taxichauffeure hatte sich also bestätigt. Jedoch in einer überraschend vorteilhaften Weise.

Während der Fahrt sprach der Fahrer kein Wort. Er schien hoch konzentriert. Aus dem Funkgerät drang eine Frauenstimme, welche nicht bloß die anzufahrenden Adressen durchgab, sondern auch Formulierungen gebrauchte, die befremdlich anmuteten, da sie aus der Vortragskultur der Wetterberichte stammten. Mit dem Unterschied, dass die Dame aus dem Funkgerät völlig leidenschaftslos sprach.

Offensichtlich handelte es sich um einen Code. Die Frau sagte: *Die polare Meeresluft hat uns verlassen* oder *Im weiteren Verlauf werden die Schneefälle abnehmen* oder einfach *Auflockerung*.

»Hört sich gut an«, kommentierte ich die Auflockerung.

Der Fahrer blieb stumm und brachte uns ohne Unterbrechung zum Flughafen. Er stieg mit uns aus dem Wagen, um zwei Reisetaschen aus dem Kofferraum zu heben, die er mir in beide Hände drückte. Szirba trug ja bereits seine versoffenen Jungfern.

Ich hatte diese Taschen aus dunkelgrünem Leder nie

zuvor gesehen. Und fragte mich, was die Initialen HHS zu bedeuten hätten. Hauptstätter Hospital Stuttgart? Immerhin meinte ich den Sinn des Gepäcks zu erkennen. Es sollte uns an diesem Ort eine gewisse Glaubwürdigkeit verleihen.

Grußlos setzte sich der Fahrer wieder hinter sein Lenkrad. Bei halb offener Tür vernahm ich, wie er in sein Funkgerät sprach: *Die beiden Schauerstaffeln sind eingetroffen.* Dann fuhr er davon.

Gut möglich, dass man Szirba und mich als »Schauerstaffeln« titulierte. Doch der Begriff war mir fremd, ich verstand ihn nicht. Außerdem klang er lange nicht so nett wie Rosenkohlrösle.

Wir traten in die Halle, vorbei an Sicherheitsbeamten, die mit geübtem und trockenem Blick an uns vorbeisahen. Der Großteil der Passagiere, die herumstanden oder eine Art pferdeloses Dressurreiten vollzogen, waren Geschäftsreisende. Man hätte sie auch ohne ihre Anzüge erkannt. Eine Aufgeregtheit lag in der Luft wie der Geruch von Gas. Diese Leute wirkten, als gehörten sie zur Besatzung eines Spaceshuttle. Auch wenn heutzutage die halbe Welt flog, schienen Geschäftsreisende das Fliegen noch immer für ein Adelsprädikat zu halten. – Das ist übrigens ein merkwürdiges Phänomen, welches ich des Öfteren zu beobachten meine. Dass der sogenannte Prolet, vereinnahmt er wieder mal irgendein Privileg der oberen Kasten, dies mit einer geradezu dreisten Selbstverständlichkeit tut (ob er nun fliegt oder golft oder Austern schlürft), während jene Personen, die das Golfen und Schlürfen eigentlich gewohnt sein müssten, selbiges auf eine Art betreiben, als könnten sie das Wunder einer Muschel, deren Fleisch man für viel Geld verspeisen darf, noch immer nicht fassen.

Ich stellte die beiden Taschen ab – nun doch etwas unsicher über deren tatsächliche Bedeutung – und öffnete sie. Was hatte ich erwartet? Leichenteile? Eine Bombe? Augenscheinlich war nichts Auffallendes zu entdecken. Kleidung, Rasierzeug, ein Stuttgartführer, ein kleiner, goldener Bahnhofsturm. Betätigte man den Knopf auf der Unterseite, leuchtete der Mercedesstern auf. In der anderen, ebenfalls mit Kleidung gefüllten Tasche, lag obenauf eine gerahmte Fotografie, darauf Gerda. Gerda im Schnee. Rotwangig. Gepolstert. Nicht barfüßig, sondern in Gummistiefeln. Das Haar unsichtbar unter einer Pelzkappe. Ich konnte mir vorstellen, was Szirba und Neuper zu diesem Bild gesagt hätten: typisch russisch.

Ich schloss die beiden Taschen und gab sie am Schalter der Fluggesellschaft ab.

Als ich zu Szirba zurückkehrte, wurde mir seine exzentrische Erscheinung bewusst. Wie er da stand, als hielte ihn bloß ein leichter Luftzug in der Vertikalen, jetzt wieder mit diesem Blick eines chronisch Betäubten, einen grünen Schal um den Hals gewickelt, einen anderen grünen Schal um die Hand. Dazu ein Tupperware-Geschirr in der Armbeuge. Das war es freilich nicht, was mich zusammenzucken ließ. Sondern die zwei Pistolengriffe, welche einen Fingerbreit aus seiner Manteltasche herauslugten.

»Heilige Schauerstaffeln«, murmelte ich und schob Szirba auf die Toilette. Händewaschend wartete ich, bis wir allein waren. Dann zog ich rasch die beiden Waffen aus seiner Manteltasche, schloss mich in eine Kabine ein und umwickelte sie mit Klopapier. Anschließend ging ich zurück zu den Waschbecken und warf die Dinger in einen Abfalleimer.

Ein Moment der Entspannung trat ein, in dem ich mein Gesicht im Spiegel betrachtete. Es war nicht so, dass ich in diesen Tagen gealtert wäre. Doch etwas hatte sich verändert, so wie man eines Tages feststellt, dass man zu schrumpfen begonnen hat. Das war es wohl: Ich schrumpfte. Und als Erstes mein Gesicht.

»Wir können jetzt gehen«, sagte ich zu Szirba.

»Wir können«, bestätigte er. Aber es klang nicht, als spreche er zu mir.

Als wir durch den frei stehenden Türrahmen der Sicherheitskontrolle traten, forderte man Szirba auf, er solle seinen Plastikbehälter auf das Rollband legen. Szirba schüttelte den Kopf, kam der Aufforderung jedoch nach. Was nun der Beamte auch immer auf seinem Monitor erkannte oder nicht, er gab seinem Kollegen ein Zeichen, der das Objekt nach erfolgter Durchleuchtung vom Band nahm und auf einem Tisch abstellte. Dann schaute er Szirba an und fragte: »Was ist das?«

Szirbas Gesichtszüge wechselten von der Schlafsucht zur Durchtriebenheit. Er sagte: »Versoffene Jungfern« und legte seine verbundene Hand auf den Tisch, als biete er auch diese zur Überprüfung an.

»Ich stehe hier nicht zum Spaß«, erklärte der Sicherheitsbeamte. Mit dem Trotz des täglich Gequälten hob er den Deckel und sah in die Schüssel. Ob es nun die bloße Erleichterung ob der Harmlosigkeit des Inhalts gewesen war oder der Geruch von Most, er lächelte, wirkte für einen Augenblick beinahe gerührt. Dann schloss er den Behälter, legte ihn zurück in Szirbas Armbeuge und wies uns an, weiterzugehen.

Und indem wir uns auf unseren Flugsteig zubewegten, meinte ich zu spüren, wie hinter mir auch Stuttgart zu schrumpfen begann, mit jedem meiner Schritte kleiner wurde, eine Stadt aus knöchelhohen Kunststoffgebäuden.

Ich dachte an den miniaturisierten Turm in meinem Gepäck. Und mich beglückte die Vorstellung, dass er auf irgendeiner Johannesburger Müllhalde landen würde. Ich halte es für das Beste, wenn die Erinnerung verrottet. Die Erinnerung lehrt uns nichts, sie macht uns weder weiser noch menschlicher, im Gegenteil, in der Erinnerung steckend, verkümmern wir zur Bitterkeit. An der Vergangenheit nagend, verderben wir uns jeglichen Appetit auf die Zukunft.

Aber noch war es nicht so weit. Die Geschichte, die ich erledigt glaubte, baute sich erneut vor uns auf. Etwa eins fünfundsiebzig hoch.

»Das ist er«, sagte Szirba.

»Wer?«

»Remmelegg.«

Der Kommissar sprach gerade mit einer der beiden Flugbegleiterinnen, die am Eingang zu einer Röhre standen, in welcher die Passagiere wie in einem Teilchenbeschleuniger verschwanden. Die Stewardess musste freundlich bleiben und dabei die Wünsche des Kommissars respektieren. Er löste sich von den Damen, trat auf uns zu.

»Das ist ungerecht«, beschwerte sich Remmelegg.

»Wie meinen?«, erkundigte sich Szirba.

»Das ist bereits Ihr zweiter Schal. Sie verzeihen, aber ich weiß nicht, was Gerda an Ihnen findet. Sie sind so durchschnittlich wie wir alle. Na gut, Sie sind Österreicher. Aber ich kann nicht glauben, dass das ein guter Grund ist, Ihre Bevorzugung zu erklären.«

Szirba öffnete umständlich seinen Behälter und hielt ihn Remmelegg unter die Nase. Der Kommissar schüttelte den Kopf. »Was soll man da machen? Sie haben bei Gerda nun mal einen Stein im Brett. Und ich befürchte, nie zu erfahren, wie dieser Stein dort hingekommen ist.«

Ich hatte andere Sorgen. Ich schaute mich nach den Männern um, die sich demnächst auf uns stürzen würden. Remmelegg erkannte meinen Blick und meinte: »Nicht doch. Ich wollte Ihnen beiden nur Adieu sagen.« Wieder an Szirba gerichtet: »Und da wäre noch die Frage, was ich Ihrer Frau sagen soll. Die Wahrheit einmal ausgenommen. Sie ist ehrlich besorgt ... besorgt ist vielleicht ein wenig übertrieben. Sagen wir, Ihre Gemahlin will sich auskennen. Was man verstehen kann.«

»Sagen Sie ihr, ich wäre geflüchtet.«

»Das wäre dann aber die Wahrheit.«

»Dann sagen Sie, dass ich wegen ihr geflüchtet bin.«

Remmelegg überlegte wie ein Pantomime, der den Zustand des Überlegens darstellt. Dann fragte er: »Ist das realistisch? Vor einer solchen Frau flüchten zu wollen?«

»Sie wird es verstehen«, zeigte Szirba sich überzeugt und drückte den Behälter fester an sich, als keime darin sein neues Leben.

»Na gut«, sagte Remmelegg. »Ich habe nichts dagegen, Ihre Rolle auf die eines desertierenden Ehemanns zu vereinfachen. Damit können wir alle leben. Solange Sie von dieser Stadt und von diesem Land fernbleiben. Ihnen, Herr Jooß, brauche ich das ja nicht zu sagen.«

Ich sagte kein Wort, als hätte ich bereits vergessen, je die deutsche Sprache erlernt zu haben.

»Was wollen Sie wirklich?«, fragte Szirba.

»Ich will, dass Sie fliegen«, antwortete Remmelegg, gab uns die Hand und ging an uns vorbei, dorthin zurück, wo Stuttgart lag, welches mit jedem seiner Schritte in die Höhe schoss, über seinen Kriminalistenschädel wuchs, Stuttgart, in dessen Untergrund er stieg wie in ein Moorbad, das einen alten Mann weder gesünder noch schöner macht, aber doch irgendwie am Leben erhält.

Ich drehte mich nicht um. Um ja nicht auf den Gedanken zu kommen, jemals in dieser Stadt gewesen zu sein.

Zusammen mit Szirba und einem Dutzend versoffener Jungfern stieg ich in die Röhre des Teilchenbeschleunigers.

Der Schreiberling
(Eine Anmerkung des Autors)

Ich lernte Szirba im Winter 1999 in Johannesburg kennen. Er stand an der Theke des Cafés Museum. Ein merkwürdiger Name für ein Lokal, das nichts von einem Kaffeehaus besaß und an jenes berühmte Wiener Café gleichen Namens nur durch eine gewisse Schäbigkeit der Einrichtung erinnerte. Der Besitzer, ein Mann namens Rayleigh, den sie den Schaumkönig nannten, wegen der brutalen Art, mit der er sein Bier zapfte, war nie in Wien gewesen. Er vermutete diese Stadt zwischen Budapest und Belgrad.

Rayleigh behauptete, dass die Gestalten, die seine Gaststätte besuchten, ihn zu diesem Namen animiert hatten. »Modern Art«, sagte er lachend. Ich glaube nicht, dass er viel von moderner Kunst hielt. Er mochte seine Gäste so wenig wie sie ihn. Warum die Leute hierherkamen, blieb ein Rätsel. Das Bier war es sicher nicht. Ich kam wegen des Namens. Wie auch Szirba.

Er war mir seines Akzents wegen aufgefallen, als er bei Rayleigh eine Bestellung aufgab. Sonst hätte es keinen Grund gegeben, ihn zu bemerken, wie er da stand, nicht unbedingt der Frischeste, und auf den Schaumkörper in seinem Glas starrte. Ich sprach ihn an, sagte, dass ich Wiener sei. Was sich natürlich blöd anhört. Das ist so, als erkläre man einer Person mit abstehenden Ohren, dass man unter der eigenen Mütze ebenfalls über abstehende Ohren verfüge. Wenigstens verzichtete ich diesmal darauf, mich als Schriftsteller vorzustellen. Es passiert mir leider des Öfteren, dass ich sage: Ich bin Wiener und schreibe Bücher.

Kein Mensch redet so. Kein Mensch stellt sich vor, indem er sagt: Ich bin Amerikaner und streiche Wände, oder ich bin Marburger und verkaufe Motorräder. Nur Schriftsteller tun das.

Szirba sagte bloß: »Lassen Sie mich in Frieden.«

Nicht, dass ich den Mann angefasst hätte. Aber ich blieb neben ihm stehen und legte ihm dar, dass meine Neugierde beruflich bedingt sei, immerhin ... ja, ich platzte nun doch damit heraus, dass ich Bücher schreibe. Irgendwann musste es eben gesagt sein. Warum nicht gleich zu Anfang.

Szirbas Gegenwehr hielt sich in Grenzen. Er schwieg, trank, während ich ihm meine Lebensgeschichte aufdrängte, an deren Ende meine Urlaubsreise nach Südafrika stand, gerade so, als wäre sie der Kulminationspunkt von achtunddreißig anstrengenden Menschenjahren. Ich hoffte, dass er sich für meine Beichte revanchieren würde, indem er jetzt von sich zu erzählen begann. Doch er zeigte sich undankbar. Irgendwann trank er aus und ließ mich einfach stehen. Ich bin das gewohnt. Es kümmert mich nicht mehr. Ich nerve die Leute und sehe darin die Basis meiner Arbeit, meiner Erkundungsreise, wie ich das nenne. Ich folgte Szirba. Er ließ es sich gefallen, ja, nachdem ich lange genug neben ihm hergerannt war, beugte er sich seinem Schicksal und lud mich zu sich nach Hause ein. Ein hübsches Zuhause, so, wie man sich das weiße Südafrika vorstellt, großräumig, hell, mit einer golfplatzartigen Wiese und einer erdfarbenen Mauer drum herum. Nur ohne Personal, zumindest ohne offensichtliches. Wir setzten uns an die Hausbar, die wie ein verunfallter Sportwagen aussah, und ich setzte meinen Stachel an und bohrte.

»Sie wollen also eine Geschichte hören«, sagte Szirba.

»Genau!« Ich brüllte es geradezu heraus.

Und dann präsentierte er seine Geschichte, dieses verrückte Ding, das zu glauben ich mich verpflichtet fühlte. Leider erzählte er bloß die Hälfte und brach an der Stelle ab, wo er darangegangen war, dem Killer zu folgen, dem Mann namens Ludwig Jooß, dessen Attentat er zu verhindern suchte. Szirba rutschte vom Stuhl, legte sich auf ein Sofa und war für jede weitere Bohrung unempfänglich.

Eine dickliche, ältere Frau in einer weißen Rüschenschürze erschien, das Haar im Nacken zu einem breiten Knoten gebunden, in den Händen ein gewaltiges Fleischermesser. Sie war nicht gekommen, um mir zu sagen, was es zum Essen gab. Ich hätte es auch gar nicht wissen wollen. Sie war gekommen, um mich aus dem Haus zu werfen. Was sie damit erklärte, dass man ihr keinen Gast angekündigt habe und ich folglich keiner sein könne.

Wäre die Frau schwarzhäutig gewesen, hätte sie in einer dieser Komödien spielen können, in denen negroide Haushälterinnen die Tugend der Unbestechlichkeit hochhielten. Sowie eine beinharte Skepsis gegen alles Hausfremde. Und ich war ein Hausfremder. Und Szirba nicht der Hausherr, wie ein verächtlicher Blick der Schürzenträgerin zweifelsfrei verriet. Vermutlich war sie Italienerin. Gemäß dem torpedierenden Wortschwall, mit dem sie mich aus der Villa scheuchte.

Ich hätte die Angelegenheit mit Humor nehmen und vergessen können. Ich hätte auch Szirbas Geschichte selbst zu Ende denken können. Tat ich aber nicht. Vielleicht auch nur, um mein Prinzip der Aufdringlichkeit fortzuführen, das ich mit einem Hang zum Naturalismus verwechselte. Am folgenden Tag stand ich wieder vor dem Haus und läutete. Die Rüschenschürze war eine andere, die Dame aber dieselbe. Sie trat ans Tor, um mir zu sagen, dass ich mich verziehen solle. Ich hätte gern diskutiert. Aber sie wollte nicht. Sie zeigte mir ihren Hintern, ein beinahe kreisrundes, dominantes, jedoch recht flaches Gebilde, das mich an den wienerischen Begriff der Schastrommel erinnerte, mit dem man dicke, alte Weiber bezeichnet. Dieser Hintern vermittelte mir den Eindruck von etwas ungemein Offensivem, das sich gleichzeitig von mir wegbewegte. Durch die wellenartig geschwungenen Gitterstäbe sah ich der Frau nach, wie sie wieder im Haus verschwand.

Am Abend ging ich ins Café Museum, fragte nach Szirba. Rayleigh schüttelte den Kopf und zapfte mir ein Bier, das wie geschäumte Milch aussah. Auch in den nächsten Tagen konnte ich Szirba nirgends auftreiben. Ich wurde nervös, da mein Urlaub dem Ende zuging und in Wien ein Brotberuf meiner harrte, wenngleich ich wenig vom Geschmack des Brotes hielt. Ein erneuter Versuch, in das Haus eingelassen zu werden, scheiterte. Die Italienerin machte sich gar nicht erst die Mühe, ins Freie zu treten. Sie stand am Fenster und gestikulierte. Mit dem Fleischermesser. Vermutlich legte sie es ungern aus der Hand.

Es war mein letzter Abend in Johannesburg, als ich im Café Museum stand, vergeblich nach Szirba Ausschau hielt und mich entschloss ... nun, gewissermaßen entschloss ich mich, verrückt zu werden, vielleicht in Gedanken an das Brot, das mich erwartete. Wie anders könnte man erklären, dass ich in aller Eile bezahlte, aus dem Café Museum rannte und mich zu ebenjenem Haus begab, wo eine resolute Dame mit Schürze mir die Gastfreundschaft verweigerte. Um ebendieser Dame auszuweichen, stieg ich im relativen Schutz der Dunkelheit über eine Mauer, ungeachtet der Bedrohungen, die mich auf und hinter dieser Mauer erwarten konnten, eigentlich erwarten mussten. Doch da war niemand, der mich von der Mauer schoss, kein Stromstoß warf mich zurück, und als ich hart auf die Wiese auftraf, fehlte es an Kampfhunden, die meinen Eintritt gegenzeichneten. Weshalb ich auch nicht wie ein Ranger durch die Gegend robbte, sondern mich aufrechten Ganges um das beleuchtete Haus bewegte und schließlich auf eine ausgedehnte Terrasse trat. In der breiten Glasfront klaffte ein Spalt, durch den ich in jenen Wohnraum gelangte, in welchem ich Szirba zurückgelassen hatte.

Ich vernahm Stimmen, die aus einem TV-Gerät drangen. Mit dem Fernsehen war das so eine Sache. Ich konnte mich dem nie entziehen. Selbst jetzt nicht, in diesem gewagten Moment meines Eindringens. Ich musste einfach nachsehen, was da gerade im Fernsehen lief. Wer da mit wem sprach. Nun, es waren drei Herren, die in einem Studio saßen. Einer davon war unverwechselbar: jener Boxkünstler, der einst behauptet hatte, wie ein Schmetterling zu flattern und wie eine Biene zu stechen. Sein Gegenüber, offensichtlich ein Journalist, streute dem alternden kranken Mann Blumen und erwähnte, dass er bekanntermaßen »der Größte« sei.

»Wer sagt das?«, fragte der einstige Champ.

Der Reporter blickte verblüfft auf. Dann grinste er und meinte: »Das haben Sie doch selbst immer behauptet.«

»Und das haben Sie geglaubt.«

In diesem Moment konnte man das Gefühl haben, der Boxer leide gar nicht unter Parkinson, spiele das nur. Als hätte er vor einiger Zeit bloß die Rollen getauscht und sei vom »schönsten Mann der Welt« zum »schönsten Kranken der Welt« geworden.

»Ich habe befürchtet, Sie würden kommen.« Das war nun keine Stimme aus dem Fernseher. Sie kam von der Seite her. Doch Szirba war es nicht, sondern ein älterer dicker Mann, der jetzt hinter die Bar trat und eine wasserhelle Flüssigkeit in zwei Gläser einschenkte. Sein Deutsch war präzise, überlegt und unterkühlt. Sein Deutsch war wie: Worte ohne Lieder.

Er wartete meine Frage nicht ab, sondern erklärte, dass Rayleigh ihn angerufen und von einem Österreicher erzählt habe, der auf der Suche nach Szirba sei. Der Wirt des Café Museum hatte die Vermutung aufgestellt, diesem Österreicher sei durchaus eine Blödheit zuzutrauen.

»Mr. Rayleigh hat einen guten Riecher für alles Abnorme«, sagte der dicke Mann.

Ich weiß nicht, warum es mir jetzt erst aufging, das viel zitierte Licht. Auch wenn ich von Szirba bloß die halbe Geschichte erfahren hatte, also nicht wissen konnte, warum es ihn nach Johannesburg verschlagen hatte, so hätte ich doch daran denken müssen: Der Killer, der Mann, der afrikanische Bibeln verkaufte, stammte aus Südafrika. Das konnte kaum ein Zufall sein. Der Mann, der mir nun ein Glas hinhielt, musste jener Bibelverkäufer sein, Ludwig Jooß.

Darum fehlte jegliche Sicherheitsvorkehrung. Die Leute hier wussten nämlich, wem dieses Haus gehörte. Ein solcher Mann hatte es nicht nötig, seinen Besitz zu verminen, da es ohnehin keiner gewagt hätte, sein Blumenbeet zu zertreten. Was ich jedoch in diesem Moment noch nicht wusste: Dieser Mann war kein Killer. Womit gemeint ist, dass er nicht so reagierte, wie ich mir vorstellte, dass Killer zu reagieren pflegen. Nein, der Mann war anders. Friedlicher konnte jemand gar nicht sein. Das Töten war bloß sein Beruf. Aber man weiß ja, wie sehr ein gewisses Berufsbild unser Bild von der charakterlichen Disposition eines Menschen bestimmt. Und wie sehr das quasi Unehrenhafte alles Beruflichen auf das Privatleben übertragen wird. Was jedoch nicht immer stimmt. Menschen mit den unterschiedlichsten Professionen können in der guten Luft ihrer eigenen vier Wände oder Zäune zu den liebenswertesten Personen erblühen. Was uns bei Politikern oder Generälen oder Postboten nicht weiter überrascht. Und es sollte uns eben auch bei Killern nicht überraschen.

Das war nun eine Einsicht, die mir nicht gleich in den Sinn kam. Entgegen der Freundlichkeit, die das angebotene Glas klaren Branntweins bedeutete, befürchtete ich, dass mich dieser keineswegs gefährlich anmutende Mensch mit einer einzigen, verschwindenden Bewegung vom Leben zum Tod befördern würde.

Mit einer schwerfälligen Geste bat er mich, irgendwo auf der Sitzgarnitur Platz zu nehmen. Erleichtert setzte ich mich auf das butterfarbene Leder. Auch weil ich annahm, dass sich auf einem so empfindlichen Möbel ein Mord von selbst verbat.

Als wir saßen, sagte mein Gastgeber: »Bitte schön.«

Ich signalisierte ihm mit einem Blick, dass ich nicht wüsste, worum ausgerechnet *er* mich zu bitten hätte. Nun, er bat mich zu erklären, was ich eigentlich wollte.

»Ich möchte Herrn Szirba sprechen.«

»Ich weiß. Aber der schläft. Eigentlich schon seit Tagen. Hin und wieder ist sein Schlafbedürfnis erstaunlich. Ich möchte sagen: eine alte Angewohnheit. Sie müssen also mit mir vorliebnehmen.«

Nicht, dass ich mir in diesem Moment ein solches Angebot wünschte. Aber ausschlagen konnte ich es ebenso wenig. Natürlich hätte ich jetzt irgendeine Belanglosigkeit erfinden können, aber sosehr die Übertreibung zu meinen Stärken gehört, so wenig die Verstellung. Also setzte ich auf die Wahrheit, wie ein Kind, das die Wahrheit für eine derartige Leistung hält, dass die Folge nur Straffreiheit bedeuten kann. Ich berichtete, was ich von Szirba wusste und wie sehr ich gehofft hatte, auch den zweiten Teil der Geschichte zu erfahren, um dann das Ganze zu Papier zu bringen. Mit den Freiheiten der Gestaltung und der Verschlüsselung, versteht sich.

»Schriftstellerei ist eine dumme Sache«, stellte Jooß fest (natürlich war es Jooß, der mir da gegenübersaß).

»Es ist mein Beruf«, sagte ich.

»Beruf? Jetzt flunkern Sie aber.«

»Hören Sie ...«

»Schon gut«, wehrte Jooß ab, »ich glaube Ihnen ja. Trotzdem bin ich der Meinung, man sollte an die alten Geschichten nicht rühren. Seien wir ehrlich, die meiste Literatur stellt doch einen Missbrauch von Geschichte und Geschichten dar, einen kannibalischen Akt. Man könnte auch sagen: Es ist wie Schlafen mit einer mehr oder weniger verwesten Leiche. Die Phantasie des Autors besteht darin, sich die Leiche lebendig vorzustellen. Bücher sind etwas Obszönes. Und das Verabscheuungswürdige an Bücherverboten und Bücherverbrennungen besteht für mich nur darin, dass solche Aktionen nicht sämtliche, sondern immer nur eine Auswahl an Büchern treffen, weil jedes System und jeder Systemgegner meint, zwischen guten und schlechten Büchern unterscheiden zu können, statt zu erkennen, dass Bücher an sich ein Unfug sind. Ich meine natürlich Prosa.«

Ich sagte: »Nun ja ...« Was allein noch kein stichhaltiges Gegenargument gewesen wäre. Doch warf ich zusätzlich einen fragenden Blick auf jene Regale, welche so vollständig mit Büchern zugestellt waren, als habe hier ein Spieler die lückenlose Füllung eines Baukastens zustande gebracht.

Jooß hob die Hände, spreizte wie zur Abwehr die Finger, seufzte und sagte: »Es fehlt mir an Konsequenz. Ich will ja nicht als Dummkopf dastehen. Man muss schon Nobelpreisträger sein, um sich die Freiheit zu erlauben, so gänzlich ohne Bücher zu sein.«

»Sie lesen diese Bücher doch.«

»Ich sehe mir auch Fernsehshows an, obwohl ich das verabscheue. Ich rauche, obwohl ich davon Magenschmerzen bekomme. Ich treffe mich mit Freunden zum Essen, die nicht meine Freunde sind, in Restaurants, in denen kein Mensch essen würde, müsste er dafür nicht eine Menge Geld ausgeben. Und ich beherberge einen Mann, der so dumm ist, mir jemanden wie *Sie* ins Haus zu bringen, jemanden, der meint, eine Leichenöffnung vornehmen zu müssen, um auf die Wahrheit zu stoßen. Dabei handelt es sich immer wieder um die Erfindung der Wahrheit. Und das ist eine schlechte Erfindung.«

Ich verzog das Gesicht auf diese zähneknirschende Art, als müsse ich ihm recht geben. Behauptete aber, dass die Leiche nun einmal ausgegraben sei und die Autopsie zu Ende geführt werden müsse, bevor man das zerstückelte Fleisch, das Fleisch der »Stuttgarter Vorkommnisse«, wieder einsargen konnte. Ich konstatierte: »Ein Buch, das ist bloß der Grabstein, der auf einer beerdigten Geschichte steht.«

»Das ist wohl der Stil, in dem Sie schreiben«, sagte Jooß abfällig, war aber gastfreundlich genug, mir einen weiteren Schnaps einzuschenken.

»Ich kann Sie nur bitten«, sagte ich.

»Worum?«

»Mir zu erzählen, wie sich das Ganze zugetragen hat. Wie *Sie* meinen, dass es sich zugetragen hat.«

»Was denken Sie? Dass ich diesen Unsinn auch noch unterstütze? Ihnen die Möglichkeit gebe, Ihr überflüssiges Buch zu schreiben?«

»Ich bezahle dafür.« Das war mir so herausgerutscht. Im Grunde eine Frechheit. Ganz abgesehen von meinen dürftigen finanziellen Mitteln. Vielleicht dachte ich, dass ein Mann, der fürs Töten bezahlt wird, auch fürs Plaudern honoriert werden möchte. Das war natürlich Unfug. Aber offensichtlich war der Unfug so grob, dass Jooß sich ihm nicht entziehen konnte. Er reagierte wie ein Muskel, der unwillkürlich auf einen Reiz anspringt. Er fragte: »Wie viel bieten Sie?«

Ich wusste, dass ich noch fünfzig US-Dollar und ein paar Rands in meiner Geldbörse hatte. Natürlich wäre es sinnlos gewesen zu beklagen, wie wenig das sei. Stattdessen legte ich die abgegriffene schwarze Brieftasche auf den Couchtisch, der zwischen mir und Jooß stand, und verlautbarte, nicht ohne Pathos: »Mein ganzes Geld.«

Jooß konnte sich denken, dass in dieser Börse kein Vermögen logierte. Zudem brauchte er auch kein Vermögen. Er besaß sein eigenes. Andererseits: Er hätte es auch schon lange nicht mehr nötig gehabt, Mordaufträge anzunehmen. Erst recht hätte er sich Stuttgart sparen können. Aber wie gesagt, es war ein Reflex. Jooß griff nach dem Portemonnaie, steckte es ein, ohne den Inhalt zu überprüfen, und begann zu erzählen. Begann – mit scharfen Instrumenten, wie ich sagen muss –, die Leiche zu öffnen.

Entsprechend den beiden Schilderungen, jener ersten von Szirba und der von Jooß, habe ich die Niederschrift gestaltet, beide Male vom Standpunkt des Icherzählers (natürlich wurden die Namen geändert). Dass dabei meine eigene Sprache, meine eigene Sicht wie eine Schuppenflechte (also die panikartige Bildung von Oberhaut) die beiden Berichte überzieht, war nicht zu verhindern. Mag sein, dass der Killer Jooß und der Wiener Szirba sich in dieser Geschichte nicht wiedererkennen oder auch die Geschichte nicht wiedererkennen und mich als literarischen Doppelmörder qualifizieren. Mag sein.

Dennoch behaupte ich: Genau so ist alles passiert.

Heinrich Steinfest

Ein sturer Hund

Kriminalroman. 314 Seiten.
Piper Taschenbuch

Wer ist die Mörderin, die ihre Opfer porträtiert und anschließend mit ritueller Präzision köpft? Und was hat sie mit dem Wiener Privatdetektiv Cheng zu tun? Denn als er sich selbst porträtiert findet, startet sein Wettlauf gegen die Zeit, und er muß feststellen, daß nicht nur sein Mischlingsrüde Lauscher ein sturer Hund ist ... Der zweite Roman um den einzelgängerischen, sympathischen Detektiv Cheng.

»Ein Virtuose des geschmackvollen Pöbelns, ein Meister der schrägen Figuren, ein sanfter Terrorist.«
Thomas Wörtche

Heinrich Steinfest

Nervöse Fische

Kriminalroman. 316 Seiten.
Piper Taschenbuch

Für den Wiener Chefinspektor Lukastik, Logiker und gläubiger Wittgensteinianer, steht fest: »Rätsel gibt es nicht.« Das meint er selbst noch, als er auf dem Dach eines Wiener Hochhauses im Pool einen toten Mann entdeckt, der offensichtlich kürzlich durch einen Haiangriff ums Leben kam. Mitten in Wien, achtundzwanzigstes Stockwerk. Und von einem Hai keine Spur. Nun steht der Wiener Chefinspektor nicht nur vor einem Rätsel, es sind unzählige: Ein Hörgerät taucht auf, zwei Assistenten verschwinden. Und die Haie lauern irgendwo ... Der neue Krimi Heinrich Steinfests, 2004 Preisträger des Deutschen Krimipreises.

»Ich wiederhole mich: Herrlich! Göttlich! Steinfest!«
Tobias Gohlis, Die Zeit

Heinrich Steinfest

Tortengräber

Ein rabenschwarzer Roman.
288 Seiten. Piper Taschenbuch

Klaus Vavras tägliche Freuden sind es, Croissants zu essen und Frauen am Telefon anzuschweigen. Seine beiden Gewohnheiten bringen ihn in ernste Gefahr: Vavra kann es nämlich nicht unterlassen, die auf einem Geldschein – den er natürlich beim Croissant-Kauf bekommen hat – gekritzelte Nummer zu wählen und wie gewohnt zu schweigen. Wenige Minuten später stürmt die Polizei seine Wohnung. Und damit beginnt eine ebenso mord- wie wendungsreiche und hoch komische Rallye quer durch Wien.

»Heinrich Steinfest verfügt über ein schamlos bloßlegendes Sprachbesteck.«
Der Standard

Heinrich Steinfest

Ein dickes Fell

Chengs dritter Fall. 608 Seiten.
Piper Taschenbuch

Ein Kartäuser-Mönch soll im achtzehnten Jahrhundert die Rezeptur für ein geheimnisvolles Wunderwasser erfunden haben – 4711 Echt Kölnisch Wasser. Als in Wien ein kleines Rollfläschchen mit dem Destillat auftaucht, beginnt eine weltweite Jagd nach dem Flakon: Seinem Inhalt werden übersinnliche Kräfte nachgesagt, wer es trinkt, erreicht ewiges Leben. Ausgerechnet der norwegische Botschafter muß als erster sterben, und Cheng, der einarmige Detektiv, kehrt zurück nach Wien. Sein Hund Lauscher trägt mittlerweile Höschen, hat sich aber trotz Altersinkontinenz ein dickes Fell bewahrt. Und das braucht auch Cheng für seinen dritten Fall in Heinrich Steinfests wunderbar hintergründigem Krimi.

»Steinfest unterhält nicht nur, er öffnet einem buchstäblich die Augen für – ein großes Wort – den Reichtum und die Vielfalt der Schöpfung.«
Denis Scheck in der ARD

PIPER

Heinrich Steinfest
Die feine Nase der Lilli Steinbeck

Kriminalroman. 352 Seiten. Piper Taschenbuch

Lilli Steinbeck, die international anerkannte Spezialistin für
Entführungsfragen, wird in einen brisanten Fall eingeschal-
tet. Die Wienerin in deutschen Landen ist eine ausgesprochen
elegante Person, jedoch ausgestattet mit einer äußerst auf-
fälligen Nase, die zu korrigieren sie sich hartnäckig weigert.
Die Polizei hofft auf ihren feinen Spürsinn in dem so heiklen wie unerklärlichen Entführungsfall. Lilli Steinbeck muß
das gekidnappte Opfer rechtzeitig finden und gerät dabei
in ein Spiel mit zehn lebenden Figuren, um die ein weltweit
operierendes Verbrecherteam auf allerhöchstem Niveau
kämpft. Zum Zeitvertreib. Es gewinnt, wer alle zehn Spieler
getötet hat ...

»Heinrich Steinfests Romane lesen sich, als hätten Heimito
von Doderer und Raymond Chandler eine Schreibgemein-
schaft gegründet – der eine liefert die farbige, elegante
Sprache, der andere den spannenden, immer wieder durch
neue Erzählstränge angereicherten Plot.«
Suddeutsche Zeitung

01/1777/01/R